跨度新美文书系
Kuadu Prose Series

跨度新美文书系
Kuadu Prose Series

Xing De Chunfeng
Xia Qiuyu

行得春风 下秋雨

桑新华 ○著

中国文史出版社

目　　录

大山的觉者（代序）……………………………… 冯骥才　1

书房，心灵的家园（自序）……………………………… 3

第一辑　华夏之魂

与泰山对视 ……………………………………………… 3

拥有泰山 ………………………………………………… 7

高山仰止 ………………………………………………… 13

美在桃花源 ……………………………………………… 17

泰山女儿茶 ……………………………………………… 21

走近夕阳晚霞 …………………………………………… 24

捡石头去 ………………………………………………… 27

疑是银河落九天 ………………………………………… 30

龙潭观瀑 ………………………………………………… 34

松海听涛 ………………………………………………… 36

临岱观树 ………………………………………………… 39

第二辑　风景人生

假如失去天堂 …………………………………… 45

巍巍哉敦煌 ……………………………………… 52

英雄的科尔沁大草原 …………………………… 55

走,到帕米尔高原去 …………………………… 60

喀什——最后的老城 …………………………… 70

海南茶情 ………………………………………… 76

山小石头大 ……………………………………… 80

丹桂飘香 ………………………………………… 83

又一个热闹去处 ………………………………… 87

晋中人家 ………………………………………… 90

大草原,小生灵 ………………………………… 95

草原落日 ………………………………………… 98

如今,天鹅与人零距离 ………………………… 101

野生鸟类趣事 …………………………………… 105

愿天下祥鹤永驻 ………………………………… 112

古居民风千年根 ………………………………… 116

风景人生 ………………………………………… 121

香港的街道 ……………………………………… 128

难忘四月台湾行 ………………………………… 133

第三辑　岁月镂痕

走过大雨 ………………………………………… 139

花木无语 …………………………………… 144

一蓑烟雨 …………………………………… 147

陈酒苦涩 …………………………………… 151

村剧团 ……………………………………… 156

祭灶 ………………………………………… 163

渴望千年 …………………………………… 166

眼睛，永远望着明天 ……………………… 171

永驻的笑容 ………………………………… 177

行得春风下秋雨 …………………………… 181

盲人小刘的这个年三十 …………………… 186

师道，天道 ………………………………… 190

时光变奏曲 ………………………………… 194

雪悄然飘落 ………………………………… 206

冬韵 ………………………………………… 210

守望"非物质文化遗产" …………………… 217

第四辑　心灵有约

阿弥陀佛是一声问候 ……………………… 223

海边，留下一首歌 ………………………… 226

激越与温馨的和声 ………………………… 231

静夜吟 ……………………………………… 237

寒霜即将逝去 ……………………………… 240

杜鹃声声 …………………………………… 244

孩子，妈妈多想对你说 …………………… 247

女儿长成了母亲 ················· 260

绿叶成荫 ················· 265

为人父母的楷模 ················· 272

四季短章 ················· 276

暮年种菜趣味长 ················· 280

我的花园我的家 ················· 284

滋味尽在业余中（跋） ················· 290

大山的觉者（代序）

冯骥才

对于作家来说，如果一个读者第一次读到的是自己的代表作，这应是作家的一种福气，也是读者的福气。

我第一次读桑新华的散文，便是她的名篇——《与泰山对视》。

那篇散文她写得角度新颖，充满新意。她本想伴友游山，不巧遇雨阻隔；避雨之时，默默与泰山相对。本来无奈又黯然，谁料却从眼前烟雨蒙蒙的大山中品出许多意味来。于是，一篇上佳的散文伴之而生。

桑新华给我最初的印象，是她的悟性。悟性是一个作家的才气。这之中包括敏锐的发现力、非同寻常的感觉以及奇特的想象。

没有才气的文章我是不看的，不管文章的内容怎样惊人。因故，我开始关心桑新华的文字。其中的缘故，可能和我从家族上就与泰山有着深刻的缘分有关。而桑新华一半以上的散文是写泰山。

尽管不少作家都写过泰山的文章，但真正得天独厚属于泰山的作家却只有桑新华。读一读她的文章，她的感受、述说、思考和激情，全都与泰山的高山大壑、巨石长木、浓雾清流，融为一体了。一个好的作家总是与他的一方水土密不可分，从血肉到灵魂。她整

1

日在山的躯体里纵横穿行，眼睛里无时不是泰山的形象与表情，心里常常想着泰山的过去与未来。她欣赏泰山，热爱泰山，崇拜泰山，信仰泰山的精神。故而她写泰山，也是把泰山的性格一点点搬进自己的生命追求里。看看她关于泰山的那些文字，就知道她从那岿然又缄默的大山中，找到多少我们所需要的精神了。

本集收入她的散文，还有她的一些各地漫游以及生活随感。这些文章显示了她广泛的思想视野与文化情趣，对美的事物的敏感和勤于思考的思想气质。当然，还有她一贯的清新又真切的文风。

她行文不造作，这对于散文十分重要。散文的本质便是真切自然。不矫饰，不刻意，甚至看上去不着力。但是这又谈何容易！因为同时散文在文字上还要求准确、精到、生动和富于色彩。散文达到这个高度，就像泰山的中天门。文字功力相当成熟的桑新华，已然将中天门甩到她的背后。现在，她身在十八盘，步步在登攀。

散文的南天门，便是一个作家个性化和风格化的散文品格了。

我相信，桑新华一定会站在南天门上。这由于她的悟性、勤奋与才华，还有那座已经给了她不竭的灵感与无穷动力的泰山。

我希望永远是这样一种境界：在巍峨雄浑的岱宗对面，一个女子永远与之沉静地对视。大山不语，她是觉者。于是一篇篇上好的桑氏散文油然而生。

是为序。

书房，心灵的家园（自序）

书房，对于深信"诗书传家远"的中国人来说，古往今来都是一种执着的情结，在日益现代化的家庭里，它渐渐成为一道不可缺少的风景。旧社会，"书中自有黄金屋"，"学而优则仕"，书房自然是仕途的摇篮；社会进步了，读书越来越成为文明人的必需；当今一个知识爆炸的时代，大凡不甘心来世间白走一回、雄心勃勃地要闯一闯天下干一番事业的人，哪个会轻易撒手书房？书房正宗的用途是读书做学问，如今各色人等拥进书房，读什么书？怎么读？要做什么？那只能因人因志而宜了。

我大概是个前生前世因文盲而吃过亏受过挫的冤魂，与生俱来有一种对读书的饥渴感。二十世纪六十年代初，农村孩子满八岁才允许报名入学，那年我不足六岁，背着家人去报名。学校不收，软缠硬磨跟了老师半个月才被破例录取。入学后又跳了一级，四年读完了小学六年的课程，考入当时的县重点中学。而与书房结下不解之缘，倒是在我穷困至极忙乱至极的时候。

整个中学时期赶上了特殊的"十年"，不能静心读书，也没有什么书可读。精神食粮极度贫乏的同时，天灾人祸，家里维持生命的基本物质也到了一贫如洗的地步。多病的父母为了使我读完高中，只好变卖掉祖传的房屋。西屋整个地卖给邻居，南屋没人要，拆了檩梁卖，供到我高中毕业，出路只有一条：战山河。

到了一九七七年，突来一道恢复高考制度的通知，我和许多爱读书的学子一样，怀着久盼的兴奋和荒疏学业的不安心情，掸一掸浑身的尘土，将信将疑地走回书房。那是什么样的书房呀：把唯一留下的北屋西头那间灶房腾出来，用旧报纸糊住熏黑的墙壁，开一方洞为窗，在狭小黑暗的空间安一张吱呀作响的小床，依床垒高砖头支一块旧木板，放一凳子，桌凳算是齐备了。书橱呢，是我捡来的拆房遗留的木板，钉起来，紧贴墙根站稳了，把自己暗暗收存的书、从老三届同学手中借来的课本，还有新出的复习资料摆上去，还倒是一个给屋子增辉、给我以希望的书架。挨过饿的人最知道获取粮食的宝贵，况且还要去应试。一桌一凳一架足矣，一定要在仅剩的两个月里复习完初、高中六年的功课，做完六大本复习提纲的练习，于是那盏泛着黄光的小灯拨亮了就再没有熄灭过。困了和衣倒下睡一会儿，醒来接着学，一日三餐都是母亲送到桌前。家里一只老得不能再老的母鸡，三五天才下一个蛋，这是我唯一的营养品。每当母亲挪动着瘦弱的身躯，把荷包蛋面条捧到桌前，我鼻子总是酸的，眼眶总是湿的，只有埋下头去，不停地写，不停地算。两个月的拼搏换来了一纸大学录取通知书，也换来了父母满面的笑容。在我打点行装的时候，老人家却忙着把书从摇摇晃晃的书架上取下来捆扎，嘴里不停地念叨："留着，等你回来再看。"

跨出家门，再也没能回到故乡。出校门走向社会，生活条件渐渐好起来，住瓦房，进楼房，不管住什么房子，房子是窄是宽是小是大，我总是留出一间做书房，每次出差总忘不了选几本书买回来，日积月累，竟有了可观的几大橱子书。时光流转，年龄增长，承担

4

的社会责任越来越重，有劳累，有艰辛，有烦闷。每当忙极烦极的时候，我总是不由自主地踱入书房，感受清清静静的氛围；看一看各种藏书，提醒自己不要忘记世界是多么的大；或者铺开纸张，随心所欲地写点什么，借助笔墨来一次自己对自己的谈心，从中获取一种心灵深处的轻松。

夜幕降临后的时光大多属于我。此刻，我可以坦然地在书桌前坐下，打开灯，将窗帘缓缓地拉上，以把白日里纷纷争争喧闹异常的世界挡在窗外，给身心营造一片暂且隔离尘俗凡间的无边宁静。清澈的灯光使斗室明亮如水，一杯清茶热气裹挟着香气袅袅升腾，一盆玲珑却繁茂的花，或迎春或茉莉或秋菊或水仙（不同的季节更换不同的花，养心的书斋里花是万不能缺的）盛开着，芬芳弥漫开来，清清淡淡，悠悠长长，和着茶香书香，缕缕盈袖，丝丝入怀，熏陶得我体如抛锚的船舶，稳稳地落入座椅里，静静地小憩。心灵负荷释放了，思绪源源升起来。目光扫视过如列队军兵般的藏书，在今日渴望的那本上打住、抽下、摊开，再置一纸一笔，这就是我今夜视域中的所有。斗室如此的狭小，书海如此的广袤；物质世界如此的有限，思想的旷野又是如此的无垠；默默品味此时此地的纯静、深邃、悠远，暗自庆幸自己节衣缩食、精心构造这方小天地的高明，从察觉到的从未有过的富足感中，分离掉往常在竞技场上每每失手的烦闷，于是，思索起大千世界有和无、穷和富、成与毁之间进行着怎样的变换。

室外，夜色浓重了，相邻的窗上灯火渐次熄灭了，花也睡去了。独我拥书静坐，专注地去审视人间走去的轨迹，回想世上斑驳陆离的表象，探寻两者之间的区别、联系及其莫测的本性，思考着"人之为人"这个简单到妇孺皆知、深刻到伟人巨子一生一世都参悟不透的问题。看世人，更重内省自己。竭尽心智地从纷繁表象的粗粝矿石中提炼出内核的精华，从司空见惯的竞争斗不过钻营、坦荡挡不住倾轧中，从追逐物质丰富时不小心使精神失落道德沉沦中，从同一曲折坎坷的人生路、千万人踩出千万种不同的脚印中，找出那份不泯的正义、真诚、乐观、自强不息的奋发，叙写成文，献诸于众，来回报我的亲朋好友，来回报并没亏待我的生活。没想到，当我把无意中写下的小文，拿给某一位享有盛名的文学大师指教时，他竟以满怀希冀奖掖后进的心境，写下了"教人学好，引人向上"的评语。只字千金，道出了做人为文所负责任的重大，也为我树起一个行进的路标，更是为我人生之路刻下了一座铭碑：己不正何以教他，我不奋进何以引人。

读着，写着，晨光熹微，万籁俱寂，茶已残凉，笔已枯干。站起来踱到窗前，拉开帘子朝外眺望，扑面而来的是整整一座灯火闪烁沉静不语的泰山。泰山也不睡，她在注视着我，她在陪伴着我，她是在认同我那种不自量力的宗教般痴迷于文字的辛勤，以及无论何时何地都难以掩饰的、深入骨髓的、良知难泯的、赤诚耿直的文人习性。只有此时此刻，在对泰山虔诚敬畏之上，感觉到精神上的某些沟通。轻轻抚摸着这沓厚厚的文稿，获得了一种不能愧对、没有愧对的兴奋和激动。

目光与极顶的灯光在交流，思潮漫无边际地在飘飞，飘来飞去，停驻在当年一桌一凳一架的屋子上。这座老宅里最后的书屋，早因久无人住长年失修坍塌了，父母捆扎的书籍早已化作泥土，仅剩参差嶙峋的残墙断壁，松软处长出了野草，时不时有无家可归的狗或一时迷途的羊暂且栖身。往日里每想到这些总是怆然泪下，今夜里想来倒有一份感激，房屋破旧了总归要倒塌，那一桌一凳一架永远

6

地留驻心中，它才是我生命扬帆的起点、生活动力的源泉，眼下这间并非豪华却也清幽丰盈的书房，却不是我行程的终点，它只是生活赐予我填充生命空白点的心灵栖息地、精神家园。

从儿时起，我就勾画心中理想的书房，它应该是：室内清雅充实；窗外要有一座常绿的山，好停靠容易压驼的背；窗下最好有一条清澈的河，以洗涤尘埃包裹的魂；不管怎样，一桌一凳一架是不能少的。

如今，安坐书房，正对泰山，读我想读，思我所思，写我要写，足以无惧无悔，无愧今生。

第一辑
华夏之魂

与泰山对视

第一次，这样整天地坐下来，静静地与泰山对视，是因为陪朋友登山受阴雨所阻而形成的。

好友自远方来，路经此地，专为登临久仰而从未谋面的泰山驻足。准备了半天，谁知一冬一春少雨雪，艰难孕育的好雨偏偏下在了今天。雨雾笼罩了整个世界，天湿了，地湿了，登山的心情全湿了，沉甸甸的，烦躁躁的。看看雨丝在微风中舞呀舞，不紧不慢，没完没了。无奈，我们在窗前坐下来，望着山，等……

泰山是一道世人瞩目的风景，居室楼是山怀里的颗颗纽扣，我的蜗居仅是纽扣上的一个小点，高挂楼顶，恰恰与大山形成极好的对视角度。只可惜整天疲于奔波，就像上得无法再紧的发条，人乏心更累，哪顾得上认认真真地看它一回。值此闲暇，以渐渐静下来的心，细细看风雨中的山，似酷夏午后慢慢品一杯绝好的"雨前"，品品诸般滋心润肺的味道。

山整个地浸在雨里，湿漉漉地装在我窗里。正对着的是层层叠叠后面的主峰，两翼延绵东西。草木葱茏的繁华让寒冬脱去了，雨幕挡住了雀跃攀登观赏膜拜的人群，连同纷乱与嘈杂，只有细雨微风裹着无言的沉默，在山的脸颊上抹。挂上主峰的是雪，白皑皑的，

3

落进低近起伏山包的是水，悄无声息地把土石树木濡湿浸黑，黑和白随意一叠，自然构成一幅茫茫大海上泊着艘洁白巨轮的写意。简单、清丽，透着初春酥雨特有的朦胧、柔和、静谧。所有细节被删去，令人心仪的景观珍宝和被人忽略的山岩顽石统统模糊成没有差别的一片，平日里闹得满山沸沸扬扬的历史卷帙和永远说不完的荣枯生灭故事，早已收藏进大山深处。山，头顶着天，脚踏着地，袒露出自自在在、从从容容的风骨，留一个空空灵灵、清清静静的境地，任我们审视。久久凝望它安然端踞的姿容，体验到一种肃穆的深邃，一种由静而弥漫升腾起的苍莽大气。古往今来，那么多人频频临访、苦苦思辨泰山伟大之所在，是否只在感受到了它守中持恒超然物外的从容宁静气质之后，才有了"稳如泰山""重如泰山"的结语？

我友也在全神贯注，突然头不回地问我："山上有河吗？"有啊，直贯上下的中溪、通天河，穿行西麓的彩石河，还有……何止一条。不过它们随季节变化而消长，不像大山，始终如故地迎送无常的四季。雨季来了，任雨暴风狂、雷劈电击，山默默承受，把创伤埋进心底，坦然地把丰水供给草木，送给河流。于是，河水翻腾飞溅，随势应变地跳跃奔流，水声回响在山城间。多彩的卵石趁机拥挤着、碰撞着，喊喊喳喳，热闹得令人炫目。雨季去了，山无言地忍受烤裂的曝晒，不惜输出脉管里的血支撑草木洒下一片绿荫。而河顿失滔滔，消落到流细声微，枯竭到河道自身迷失。此时此地，你怎能看得到呢？还记得我们学过的一句哲言吗？自然界的奇迹都在相对的静态中酝酿，宇宙的巨轮在无声中运转。动是宇宙的本能，静是自然的灵魂。静是运动之后的一种沉淀、恢复、修整、提升。静是一首诗，一种美，一种境界，具有超凡的影响力。泰山了悟了这一道理，从而获得了对事物对自己把握的力量，凝练出任物变依然故我、宠辱不惊的庄重品格，无愧是自然界的仁者。

主峰西侧平坦的一段，那是天街，这座城市最北边的一条。其实山与城本来就一体，山与人始终共生共存、相亲相伴。城从南向北走到头便是山，由盘道接天街直到极顶，沿途的各种营生与城里一样红火。这影响不了山的静，它形态静心更静，静到了人们一走进它，自觉不自觉地多一些持重和规矩。从山顶开始就有居民，一路下来到山脚，汇聚成人挨人的城池。山因有了居其中、行其中的人，除去许多拔地横空盖世凌人的孤苦和傲气；人因有了雄伟、闻名、可亲可靠的山，多了闯生活的自信自豪和情趣。正因如此，山在泰城人心中更增加了分量，增加了敬仰的虔诚。外地人诚惶诚恐地前来对山顶礼膜拜，则对挑行李的山民颐指气使、不屑一顾，殊不知，在这里山与人不可分离，伟大与平凡之间不存在明确的界线。

泰山毕竟举世闻名，名山带名城，铁定是全世界认准的旅游胜地。于是人流滚滚，八方面来风。城变大了，景变美了，人心变高了。遗憾的是：南来北往的风吹来吹去，吹得心高起来的那些人少了些本分的清静，添了些浮躁的火气。腰缠万贯的老板与徒步爬山的老太太都有诸多不如意，做学问的和目不识丁的同样奔忙出无可言状的烦恼，为了什么、不为了什么都去争一争、嚷一嚷。只有泰山依旧无言，始终不语，默默地看着不肯安静片刻的人世，看着沉浮起落的大地，看着在欲望面前失去自控力、变得孩子似的那些人。那些人看作关系生前身后荣辱成败的大事情，山知道和它怀里的树木流水一样，消长生灭，转瞬即逝。浮躁的追逐戏剧性的热闹，宁静的注重丰富真实的生命。二千八百年前，我们民族文化的先哲就断言：不欲以静，天下将自定（《道德经》三十七章）。经千年进

5

化、世事历练，踏进现代文明门槛里的人们，怎就轻易忘记了？奢望过多失望必多，何苦自困自扰。

一种心态导致一个时代的风尚。

一旦静到泰山一般，还有什么能失去，又有什么不能得到的？

举目西北望去，巨大的卧佛，仰枕傲徕峰，脚抵九女寨，一卧就是上亿年。它以佛的慧眼，阅尽人间沧桑，任斗换星移、岁月嬗变、尘嚣汹涌，从不动容、不开口，显出了嘈杂言行的浅薄而多余。一触目它那不被任何所惊扰、尊贵优雅的姿势和安详如满月的面容，顿觉辐射来一种化愚矫枉的巨大力量，自己平时的焦躁渐渐化作一缕轻尘，飘然逝去，得以解脱的轻松漫遍全身。

夜来了，一切在如烟如雾的缥缈中隐退，清晰可见的只有闪烁在盘道和天街上形似北斗的路灯，神秘地对我们眨眼睛，这真真实实富有灵性的对视，是一次人与自然、心灵与心灵的碰撞、交汇，是精神的净化，它正随着春雨融进生命里。

与友相对。

我说：山，是我窗上的一幅巨画，有了它，高挂的斗室就是我灵魂的栖息地，永远。

她说：不虚此行。

拥 有 泰 山

  自我有记忆，长辈们就用家喻户晓的传说、石凿铅印的史实，在我稚嫩的脑际勾刻下泰山的形象：伟大，神圣。

  当我由红领巾的牵引，第一次来到泰山，仰望拔地通天的傲峰，观瞻端庄严肃的神像，抚遍"五岳独尊""第一山"的石碑，似懂非懂地读过七十二家先王、十几位皇帝登封朝拜的记载，直觉得冷冷的岩石分明透射出威势的炽热，堂皇的寺殿显示出逼人匍匐的严峻。莫说崇拜是人类的童年，倒是我登临初步留下的唯一印象：崇拜历代封禅营造的神圣，崇拜使人难以靠近的伟大。

  成年以后，到泰山脚下念书、工作、生活，天天与山对视，日日与山风壑雾厮磨，看多了草飞树长大自然的葱茏，听多了人来车往尘世间的喧嚣，少年时的感觉渐渐被淹没，潜滋暗长出几许自然的亲切、靠近的平常。同时，司空见惯中触及了大山从残断失修的景物中流露出来的疲倦，拾捡到参差不整的盘道上迟缓的脚印。

  近年来，山上一项一项的建设，山下一届一届的"登山"，众多的新故事、新变化，一次又一次地拨动我的心弦。为了找回久违的记忆，感受泰山永恒的生生不息，体验亲身登临的情致，在女儿的一再鼓动下，于八月奇巧多变的晚霞里，坐汽车，乘缆车，直上天

7

街，夜宿"仙居"，品味了一回做神仙的滋味，单等观罢日出，一路步行而下。

极顶东坡上，探海石周围活动着短衣长衫色彩斑斓的游客，在沉昏中渐增明亮的晨曦里，翘首以待，直到天际的乳白线幻化为五彩大幕，既而一派红光。海——这位尽职的助产师，澎湃的血红徐徐托出那轮丹日。半圆贴在天上，半圆埋进海时，不住地抖动，是临盆阵痛的痉挛，还是辉煌诞生的激动？此刻里，山风海浪汇合谱就的新生取代衰亡、光明驱散黑暗的英雄乐章，回荡在宇宙之间，唤醒了万物众生。俯瞰脚下山涧里，弥漫的云，已变成一尘不染的纯白，被晨风朝气推动奔跑如涛。一波一波，连接成片，模糊了远近的高宇碑崖，遮盖了诸多的矮山低峰，愈显出主峰的卓然出世，屹立独尊，凸明凹暗、交错一身的样子，酷似罗丹笔下的思想者，默想着如何用智和力，使新的一天更富勃勃生机。

伫立在圣洁之光里，直渴望与这个神圣的魂魄对话：你本凭自在的巍峨、博大、居东拥日主生的位置，历经雷雨，越发精神的本性，以及你和你的儿女们积极的贡献，跻身中原文明，独领风骚，赢得整个民族一向的厚爱。此后，才是帝王的慕名拜谒，借你之威，驾驭天下，怎好单单说他们封出了你的威势。岂不见"秦皇憺威灵，茂陵亦雄材，翠华行不归，石坛满苍苔"吗？（金·元好问诗）对你自在的壮美，不止的行进，那众多的封号、满布的文化是添彩也是负荷。即使历史错综，现实复杂，却难以改变你深蕴的内涵。身边一片生动、亢奋，众人或欢呼、或惊叹、或雀跃、或沉迷，千人千态，百人百面。我呢，也直怕看久了，从此再不会有什么能使我激动。小女儿瞪大了眼，手指放在唇边，痴迷地听山看海观日升，全身心沉浸入童话境界，很久很久，怕惊动什么似的轻轻自语："美啊，真美！"

浩大的登天景区保护建设工程已接近尾声，建设者以"熔古铸今"的情怀和匠艺，把天街两旁的大殿小铺修葺一新，威严的更威严，古朴的更古朴，别致的更别致。元君祠里钟磬声声，伴着神憩宾馆里传出的现代钢琴曲漫山翻飞，酿成协调与不协调的别样韵致，吸引着成千上万的四海宾客，抛弃商海拼搏、生活快节奏的紧张，前来享受片刻的宁静，启悟古老文化与现代文明相承相悖的真谛。

南天门以下，新修过的九曲十八盘，直垂下去，长不见底，台阶窄窄，底端看不出层次，像一条随风飘向远方的带子。攀登的人们，紧抓扶手，侧身斜脚，缓缓而上，上一台，停一停，走几步，歇一歇。一位老大娘干脆手足并用。我认真地望着女儿，无言地问：有信心走到底吗？她收回观望的惊愕，拉起我的手要走。于是，握着这个跃跃欲试的征服欲望，迈下台阶。

对松山两峰耸峙，壁如刀割，下临深涧，摩崖石刻，处处可见，真想不出匠人们要费多大劲才能刻上去。山坡上，被今年过多的雨水冲得沟壑纵横，不少松树根裸露出来，然而只要有一条根深深扎进岩缝，树就稳立在那里，泰泰然现出天然主人的潇洒，黑油油绿出秋的深沉，一棵接一棵，排成任何风雨奈何不得的蔚然大观。不觉中步子渐渐慢下来，铅不停地向腿上灌。过了升仙坊，刚想小憩，一抬眼看见十八盘起处，人头攒动，近百号担山工，木杠横竖相接，抬着约几吨重的牌坊物件向上攀登。"嘿唷，嘿唷"，雄壮的号子从大山的胸膛里吼出，震彻八方；"咚——咚——咚"，铿锵的脚步和泰山那颗博大坚韧的心一齐律动；几人站满一个台阶，层层排列，步步前进，每每掀起大海粼粼滚动的波浪。众游人被深深吸引了，围上来问这问那。指挥行进的工程设计师轻松地甩出一串沉重的数字：这算得了什么，已完成的五十多个项目，十多座高宇阁楼的复修中，几座百余吨重的石坊，上千吨建材，都是民工们肩挑人抬运上山的。大热天里，哪个民工每天不湿透几身衣裳，倒出满鞋的汗水。闻者无不为之动容，感叹不已。是啊，古往今来，满山难以计数的人文景观，哪一处不饱含泰山儿女的汗水和智慧。自然的山就在这汗水和智慧里得到了丰富、升华。而眼前，这一大片布满汗珠、紫黑发亮的脊背和肌腱隆起、结实有力的臂膀构成造山群英图，不是泰山上最生动、最高价值的又一景观吗？山拥有了它，才拥有永远鲜活的生命，飞扬起一种奋进不息、经久不灭的精神，而这种精神又成为泰山儿女步伐坚实雄壮的渊源。

劳动号子向高处移去，我们继续前行。女儿游兴倍浓，景景流连，事事询问，似乎非要把泰山万年造化的外精内气看个究竟，时不时弄我个无言以对、问此答彼的困窘。看遍沿途新近点彩敷红的景点，听到一大串故事，评说着那些史话掌故的真真假假、是是非非，越过了中天门、壶天阁，来到红门下，已是夕阳西下。回首来路，霞染岚翠，风起云生，满山上下，苍苍茫茫的雄浑大气弥漫升腾。暮霭中，高耸的主峰从容大度，是那种理清了纷繁思绪、满怀希望，走向成熟的镇定自若。中间大片群峦低谷，半是明晰半是褐暗，沉默而平和，或许在潜心研读这天然博物馆里久藏的那部凝重的史书，探寻万事万物生生息息、兴兴衰衰运动过程的奥秘。矗立着起义纪念碑的那座小山头，草木格外旺，定是掩埋过赤眉军的尸骨，安顿着起义将士的英灵，千秋光照，万人瞻仰，才有了这气势、这生息、这神韵。山上有生有死，山下有盛有衰，日月有消有长，世事有得有失，然而精神不朽，青山不倒，生者、死者，平凡、伟大亦皆永恒。今年的葱茏取代了去年的茂盛，新的辉煌势必抹平往昔的建树，无论历史进程，还是生命进程，其最高境界，将永远是不断创造，不停前进。

　　山脚下，山坡地里，果实累累，路旁大大小小的商亭和经营者的心灵都修整过了，洋溢着新气息，形形色色的货物，被主人殷勤的招应、真诚的微笑映衬得增了成色。古朴风情与现代文明在这里和谐地相融，只是少了尘欲嘈杂、物欲横流的浊气，实在叫人无法拒绝地珍爱。再看眼前，小女儿不再雀跃，一瘸一拐地慢慢行走。我急急地脱下她的鞋来看，五个指头全起了血泡，整个袜底都成了褐红色，心疼地责怪她不早说。她倒不以为然，告诉我：听人说，脚打过泡以后，生出茧子来，就再不怕磨了。还把握着的小手伸到我眼前，神秘而自豪地说："妈妈，我可捡到泰山玉了。"咳，什么玉，只是一块夹了石英闪光的石子，然而怎忍心说穿，去磕碰一颗纯净如玉的童心呢？说话间，女儿又向前走，大红的夹克像一束跃动的火苗，一闪一闪，格外惹眼。顿时，一缕释然的快慰掠过我的心头，全身轻松得如同天地间的白云，清静得如同苍翠的高山。

　　城里的灯亮起来了，阵阵锣鼓由远而近，越来越响，那是准备登山节时演出的民间故事队在彩排。道两旁挤满黑压压的人，有市民，有外宾，有山上下来的，有农村赶来的，大人小孩，男人女人都聚集在这里。故事队过来了，昂首摆尾的巨龙，威风凛凛的雄狮、猛虎，在震山的锣鼓声中，飞腾翻滚，舞成一片。擎龙玩虎的人们，个个化装成古代的壮士，显示出不可挡的威猛雄壮。精彩的表演配上壮士们一张张被大汗冲乱粉黛变得红白黑道的"脸谱"，引得人们阵阵大笑。他们舞得更起劲了，似乎要把憋了多少年的劲，在此刻都释放出来，脚步疾疾，好像要赶哪一段落下的路。传统舞姿配上现代节奏，熟悉而新鲜。舞呀舞，一直舞到山脚下。龙盘山，栩栩

11

如生；虎归涧，精神抖擞；山藏龙虎，神气活现，雄伟无比。整个城沸腾了，整座山复活了。再看那主峰，酷似一个迈开前进的双脚、永不收拢的"人"字，连绵的山峰就是手拉手大步奔走的一队。

山巅上站着的，分明是一个不止不朽的民族。

回到家中，夜已深，女儿甜甜地入睡了，一切归于宁静，我却难以平静。梳理膨化的思绪，珍藏巨丰的收获，凝望窗外行走着的峰峦，审视女儿手上的"玉"石，一种难以抑制的豪情充溢心间：我们拥有泰山！

高山仰止

——记经石峪

被誉为"大字鼻祖""榜书第一"的经石峪，在我知道泰山时就听说了这个去处，然而，山上了无数趟，经石峪却没能认真地去过一回。原因很简单：登泰山多为陪外地来宾，宾客自远方来，来去匆匆，大都直奔玉皇极顶，在缆车上浏览一下全景也就知足了，以至无暇顾及这个中途岔道边上的名胜。自己几次早晨锻炼到此路口，看着起伏蜿蜒向东北的路岔，及其被树木杂草遮映到不见踪影的目的地，犹豫之中造访的打算便被升高的太阳消融了。观瞻经石峪，一直成为深藏在心底的一个情结。

前不久，一位书法家为我写了一幅《陋室铭》。展开来，一方"我师经石"的引首章下是一纸几近乱真的经石体，几位深谙书道的同事一个劲地说好。高挂斗室，凝神默视，只见字体高古清越，圆润而端庄，深稳而不失飘逸。字与文配，顿觉一股纯净超然的清风扑面而来，引得我苦苦思索大片石刻经文的真迹原味该是什么样的神韵，于是，推开俗务，踏上了去经石峪的路程。

徒步泰山中路至三官庙，沿新整修过的岔路东北行，跨过溪洞上两座新架的桥梁，登上石阶，翻过一个小山包，转过"高山流水"

13

亭，便是经石峪。经石峪因佛教重要经典《金刚般若波罗蜜经》刻在山谷深润的巨大石坪上而得名。泰安人见惯了崇山峻岭深壑长溪，没想到经石峪竟是一个深凹在峪中的盆地，一个天作盖、山作边、石铺底的硕大池子。四周陡立的山峦郁郁葱葱，衬得这一片有别于青灰色泰山花岗岩的姜黄色石坪，恰似高挂青天的一轮皓月，给沉静的山谷平添了几分豪气。偌大的石坪自东北向西南略微倾斜，北面立着一座玲珑的石桥，桥西接着一条数米宽的石坝，坝上挂着一帘银珠四溅的瀑布，瀑布下边是潺潺流淌的小河。蓝天、绿树、小桥、流水，清风徐徐，白云悠悠，松涛阵阵，真是少见的人间仙景。实在佩服刻经人选址的苦心和眼力，未观其字，早已醉了三分。

抚着石坪周围的青石栏杆，第一眼望见石上刻字，目光就没再移动：太大了。大片石坪，仅刻字的那一片就一亩多；大段经文近四十行，上千字；大个字体，每个都半米见方。由于经历千百年的风剥雨蚀，有的地方已没有字了，一片片裸露着斑驳石纹，有的字已残缺，仅留下浅浅的痕迹，更增添了沧桑感和高古气，而整个地看上去，丝毫无损于大气磅礴的气势。再看那字，明显地带有隶书笔意，而无蚕头雁尾；具《石门铭》的潇洒而不放肆，有《瘗鹤铭》的笔画圆润而体不瘦长；结构宏阔自然，用笔浑朴苍劲，笔笔送到，人石三分，给人突出的感觉是：稳。稳而不呆，发散着超拔飘逸的迷人神韵，不觉中营造了我虔诚膜拜的朝圣心境。怪不得历代文人学者一再推崇它"以隶为主，兼篆、真、行、草之意态，集王、韦、郑、安之大成"（《书法津梁》）。而在书法发展史上值得留下一笔的还在于它具有汉隶向晋唐行草转变的划时代意义。想无石不刻的泰山，大者削壁写下洋洋文章，小者取石平之处留一字两字，秦篆汉隶，晋唐行草，无所不有，随处可见，而像经石峪这样在一亩大的石坪上刻下一部每字大如斗的经书，怕在全国所有名山大川中也是独一无二的。我不由得想到佛的一句偈语：得大自在。无论风雨世态如何变幻，热烈也好，冷落也好，赞誉也罢，褒贬也罢，都不能丝毫改变它固有的地位和价值。西谷口上，高山流水石亭，披一身温馨灿烂的阳光，默默地立在那里，与大学对视。是的，把神圣的佛经用超凡脱俗的书法艺术铭刻在神圣的泰山上，的确是再适合不过的了，它以变求新、处变沉稳的实质恰恰与稳如泰山的灵性是相通相融的。只有这样的文字才能与泰山相称，才可成为泰山不可少的一部分；有了它，即便泰山没有其他景物，也值得人们专门前来收获高山仰止的感受。

读经石峪，真是在读一本发人深思、名副其实的石头大书。这书是古老的民族蘸着千百年风雨写在亿万年岩石上的，是饱经风霜的先民们为留住内心的一片宁静、一份虔诚、一种不受外界干扰的清静脱俗的情感而一笔一画雕凿的。

据史料记载，在泰山石坪上刻《金刚经》经文，缘起于以恢复佛法著称的北齐文宣帝，原定刻经全文五千字，中逢周武帝"断佛道二教"，随后北周灭北齐，佛尽毁，刻经自然半途而废了。也有学者言："法难"期间，佛门弟子为护佛而"刻一代经于名山"的。因为经未刻完，不记姓名、年号、何人所刻、刻于何年，便成为历代史学家争论不休的疑案。龚定庵有诗曰："北书无过《金刚经》，南书无过《瘗鹤铭》。"郭沫若也说："经字大于斗，北齐人所书。"此后，算有了确定年代的权威。而何人所刻，至今尚没有明确的断言，从字迹清劲、稳健、酣畅的神态来说，该是个心平而志坚、学深而名不噪的佛门弟子吧。以上无论哪种说法，都可以看出：刻在石头上的《金刚经》，命运与佛教传入中国后的命运一样，都是在苦与乐中摆渡，在风和雨中抗争，既有改朝换代、纷乱战争的影响，也有儒、释、道、伊、天不同宗教间的争斗消长。佛门的《金刚般若波罗蜜经》像它名称的含义一样，用它的坚韧、稳健与智慧，由苦的此岸摆渡到乐的彼岸，在笼罩着帝王之气的泰山，争得了一块风水宝地，占据一席永恒的位置，在历史的沉淀、世世代代的审视中，终于凝成超越时空、无可伦比的艺术境界，成为一道令人神往的永恒风景线。而人类社会正是在这种排斥、吸引、争斗、融合中不断走向新的文明。

泰山是中国文化史的一个缩影，经石峪是其最浓烈最精彩的一笔。我久久地审视着这本深奥神奇的大书，始终不敢狂言一个"懂"字，轻轻地按住被触动的心绪，来感受经石峪与我开始了的某些沟通，更深切的领悟，留待再次走近。

美在桃花源

早就知道泰山雄奇涵灵秀，秀美尽在桃花源，终于忙里偷闲，选在夏日雨后的清晨，来到这个养在深闺的秀女面前。

桃花源在泰山西侧，是一条山峭沟深、长十几里许的大峡谷。这里溪流纵横，植被丰厚，上端有三泉交汇，俗称"三岔口"，只因此处多桃树，人称桃花源的历史记载，故命名"桃花源"，是近年开发的新景区。

朝阳下的桃花源，确确实实当得起一个"美"字。站在山边向里望，一弯漫山彻地澄澈闪光的清波，一弯花飞草长引得蝶飞蜂舞的芬芳，一弯蓬蓬勃勃的生命，连满谷的空气都被染成绿色，水灵灵的。

秀色铺陈了一山一地，山上山下、崖头地里到处都是盎然的新绿。千百种花草树木，从水中长到悬崖，从地上挤到天边，把整个山谷掩映得严严实实，郁郁葱葱。从谷中举目窥眺，群峦叠壁，峰有多高，绿有多高，恰如高挂云天的巨幅画屏。乘缆车俯察，山杏起伏绵耳，松柏交错，花草遍野，是一层无边的厚绒毯，清风徐来，绿浪翻卷，好一片碧波汪洋。几处绿色细密平实的地方，仔细看，竟是断崖残壁裸露的岩石，已经裹上鲜嫩的苔藓，风刀雨剑锻打的伤痕被装点成了风景。绿色抚慰了大山曾被遗忘曾受凌虐的心灵，使之从容地把创伤埋在心底，把欢乐挂在脸颊，以绵绵不绝的生机、永远的宁静，踞坐在那里，一任四季幻化，阅尽人间变迁。而今，观景人看尽青山依旧在、岁岁绿葱茏之后，终于懂得了大山生命的永恒。无言相对，只是心境充溢一片绿意的澄明。

秀美浸透在河里水里，溪流潺潺，涓涓有情。桃花源河秀水美而并不软弱，二十五亿年的山水，硬是在两脉山间冲出这样巨大的山峪，在峪底拓出这条宽阔的彩石河床。每逢夏日，桃花源上段，汇集上桃峪、沐龟沟、雁群峪三股泉水，聚成三岔润，然后依山顺河而下。途中不时有滑消细流，从绿油油的山坡上悄然融入。河水越汇越多，形成颇有气势的湍流，时而迂回曲折，时而漫河缓流，时而欢腾奔涌，遇到巨石挡道，河水积成深潭，变成无数玲珑的小瀑布，飞落直下，形成另一种奇观。数十里峡谷清风，两岸千姿百态的岩石造型，说不定就是这一溪流经天纬地的杰作呢。然而，溪水仍然轻声细语，连扬起的水花都是细碎的，一直陪伴的两岩峭壁最懂得它，而始终缄默不语，任溪水沿自己的路流尽古今，却不道破古今，让临溪肃敬的人们徒然叹服不已。

谷静水秀养奇鱼，罕见的赤鳞鱼就生长在这里。此鱼生长于海拔八百米的山阴清里，"非泰山水不能活"，故山高谷深、溯河清泉的桃花源便成为它生息繁衍的理想场所，它呢，也就成为不可多得的泰山一宝。鱼儿小得可爱，通常二三寸许，精得出奇，品种有金银铜铁之分，穿梭水中，金赤银雪闪电一般，一划而过，给溪水留下稍纵即逝的条条赤黄白黑的彩线，鱼儿早不见了踪影。赤鳞鱼生性精灵，受惊则钻入石缝半日不出。因此，虽其肉食之可"明目、固齿"，而古往今来得见者稀，得食者更少，越是想食而越不可得

18

之，它鲜嫩到置于石上可晒成一滴水、放于口中顷刻即化的传说也就越甚了。欲观之，须蹲在岸边半日不动，才见鱼儿渐露首尾，有的头在石缝，只露条尾巴左右不停地摆动；有的尾在石缝，只露出头来，两眼惊恐地注视着四周，确信无妨害时，方才突然穿梭几回，或结伴游出，其时水中金光灿灿，银光闪闪，偶有声响，倏然而逝，真是妙趣横生。

秀美刻在遍地的石头上。按地段分，有米红场、黄石崖、彩带溪。以形状论，峡谷两壁，河床两岸布满一个一个栩栩如生的造型：元宝石、靴子顶、钓鱼台。最有趣的要数满河床的鹅卵石了。那青白红三色相间的石子，大如碗口，小若鸟卵，都镶嵌着不同的文字和图案，参加各种石展的泰山卵石"太白醉月""中日友好""九七回归"均采于此地。这些天人合一的艺术品，俨然出于大自然的大手笔，全在似与不似之间，凭欣赏人的慧眼，勾出一幅幅奇特美妙的图画，寄托人的殷殷期盼，给人以无限的遐思。由不得信步走进河床，随意翻拣起来，不大工夫，捡得数枚石子，其中一块碗大的青色卵石上，白色条纹勾出两个神韵飞扬的大写意文字：天一。"天人合一""人与自然合一"是儒、释、道三教追求的同一终极目标，是中国传统社会所需的身心内外和谐的价值取向。想不到，小小的泰山卵石，以特有的方式提示着一个如此深奥的哲理，又似乎有意来道破此行潜在心底的意愿。收几枚卵石带出山峪，携走一山的神韵、一峪的宁静与清幽。

桃花源秀美，在山在水在石头，美到摄人魂魄的却是脚下这条平展展宽阔阔的大路。峪里原本没有路，没路的山谷是荒山野岭。自前人在草窝里踩出第一个脚印起，路便成了做不完的梦。于是，便有了一层草路、一层土路、一层砂石路。当这条齐崭崭的钢筋混凝土水泥路，像玉带般镶在青山绿水之间时，时代向历史和未来宣告着同一个辉煌：桃花源跨过了从原始到文明的巨大时空，圆起了一个千年的梦。

不错，源里最美数大路，它是泰安人用千年的梦想和着万滴汗水浇铸起来的。有了它，人们才能走向美的自然；有了它，自然的美才会回归人间。

泰山女儿茶

自古名山产名茶，泰山自然在其中。喜人的是，伟丈夫形象的泰山上出的名茶，偏偏是纤纤细细、娇娇嫩嫩的女儿茶，可谓天作之合，刚柔相济。未品其茶先获得了一种自然和谐的情致。

泰山女儿茶，最早记载见诸明代李日华《紫桃轩杂缀》："泰山中人摘青桐芽点饮，号女儿茶。"据史籍中说，泰山扇子崖阴谷"多青桐，曰青桐涧"，每逢初春，青桐吐绿，山民采摘青桐嫩芽精心泡制成茶，大约因其外形纤巧、味道鲜嫩清香而谓之女儿茶。又一传说：乾隆登封泰山，途中问茶，山中居民一位美丽的少女献上女儿茶，乾隆饮之，清香爽口，龙颜大悦，钦点泰山女儿茶为御用珍品。传说仅是传说，由此可见，女儿茶在清代已成为上流社会不可多得的高档饮品。《红楼梦》第六十三回中，品茗颇有造诣的贾宝玉酒后消食，选用的就是女儿茶。可惜这女儿茶的制作方法久已失传。

近年来，泰山居民将其开发问世，深受宾客喜爱。并且由茶叶专家以科学技术与传统工艺结合，研究培育出适应泰山土壤气候的女儿茶新品种，已在泰山景区培植发展茶园上千亩。新茶品质极佳，富含氨基酸、茶多酚、咖啡碱及有营养价值的多种微量元素，叶体肥厚坚洁，茶色碧绿清澈，饮之有醇厚的板栗清香味道，且包装精美，携带方便。茶叶里有"泰山"的风景，有"女儿"般的舒卷清纯，从此，远道慕名前来的广大宾朋再不愁喝不上买不到女儿茶啦。然而，时至今日，登泰山饮女儿茶，最富情趣的去处仍属四槐树。

走泰山中路，过壶天阁，穿柏洞，就到了四槐树。这儿住着一户人家，搭起一座草亭，高高挑出一个木制茶壶形招牌，便是女儿茶茶馆，游人望之生津，不由得脚下生风。

茶馆里用的女儿茶倒是从青桐涧采来的青桐芽，不过，配上了泰山何首乌、枸杞子、黄精、红枣等中药材，已非旧时正宗。但细细品来，仍觉"清香醇厚"。茶亭内外一应器具皆用自然草木根皮建造，磨久光滑，质朴别致。亭外栽植野花山草，亭内四周挂满根雕，或鹿角或羊头，似虎像马，因物赋形，意趣天成。茶馆西邻中溪，四环青山，极是清幽。若选在一个细雨微风飘摇的午后，或独自或邀一两位知音好友，坐在朴拙的草亭木窗之下，面对着一袭青衫提瓦罐续水的茶房先生，围一盏红泥火炉，握一杯温热香茶，悠然自得地观云看松，侧听雨打桐叶萧萧声，一人得神，二人得趣，三人四人得其乐，若是遇上个粗心大意之人，还可留个清火解渴的作用，可谓神趣幽幽，其乐融融，以一抔净土，一杯清茗，滋润着或枯寂或丰实的人生，点点滴滴超越时空，慢慢融入"泰山茶熟人人醉，卧听空林木叶飞"的美妙境界里去了。

喝茶入了境界才谓品，品茶实在是门学问。在我国茶之为饮，发乎神农氏，缘结佛门道家，有唐代"茶味禅味是一味""吃茶去"的禅语为证，且茶文化广传海外，历史悠久，影响远大，学问精深。论此，我确乎不在行。只是觉得茶馆比之酒肆清雅得多，平民化得多，历来是消闲小憩的精神乐园，无论贫富高下，渴与不渴，谁都能来此小坐片刻，寻一方放松心灵的天地，由淡淡茶香的引领，走向诗，走向画，走向音乐，走向哲思。待到茶淡了，风住了，雨歇了，日也暮了，身心也全放松了。更何况置身泰山风景画中这样的草庐茶馆，捧一杯天然清澈的女儿茶呢？实在是客来之意不在茶，在乎山水之间也。

走近夕阳晚霞

　　为等待明天的日出，乘八月黄昏的凉风登上岱顶，无意地伫立在月观峰上，放眼西望，好一派"苍山如海，残阳如血"的壮美，霎时，心旌被深深地撼动。

　　独立峰巅古亭，四周苍茫而宁静。群山载着林木逶迤远去，连着收获过的千里沃野，都在一天的繁忙热闹之后终归沉寂。无风无火，不语不动，让人强烈地感受那种大音希声、大象无形的肃穆画境。背景上，唯有落日依然美丽，不同的是，它除去了刺眼的光芒，袒露出心胸的磊落、庄严深处的平和，令人倍感亲近而温馨，像一颗成熟的浆果，安详地微笑着告别曾经的红火，沿该走的路缓缓下坠。环绕它陪伴它的，是布满天庭的晚霞，尽情地幻化着七色光谱，摆设出千种奇巧万般绚烂的造型，一会儿如飞禽走兽，一会儿如翻卷的波涛，一会儿又如连绵的峰峦，与泰山遥遥相望。是哪一位艺高胆大的乐师，竟拿天宇作舞台，如意地发挥自己最富有创造力的想象，来构造庄严到凝固的"安魂曲"？

　　月观峰是岱顶最西边的一个山头，它与日观峰对峙，也因此而得名。在古代新雨初霁后、万里无尘时，凭高南眺，可见吴越城池，往北展望，又见层峦尽头的黄河玉带。夕阳下，渺渺河水像一条金

24

色的带子，闪闪发光，蜿蜒九曲，一直伸向天际。遇到水汽反射到空中形成蜃景，波水粼粼，金铺银裹，仙境一般。入夜山河睡去，又有济南府的万家灯火历历在目，故又名"望越山""望府山"。如今，空气浑浊，遮去了望越望府的奇观，也阻隔了人们贪恋热烈而难耐单纯的孱弱之心，留下这苍凉千秋的古亭独向黄昏，与穿过重霭始终美丽的晚霞厮守。

脚下，山阴有两块巨石对立如门，人称西天门。立石自门，乃真天门，由此向西是西天，由此引得多少人却步揖别，由此引出多少曲曲折折的诗文和故事。眼前，灰青色立石镶上霞光的金边，门衔落日，是那种充满诱惑布满玄机的美妙神奇意境，并没有传说里西天肃杀恐怖的阴森。原本西天仅是天的一部分。由门向东，天街、极顶、人群、苍翠杂以浅黄绛红的斑斓秋色，都沉浸在柔柔的霞光里，祥和得让人感动。此时此景，唯有清雅悠长的古琴名曲《渔舟唱晚》能与之相匹配。想一想，在大江大海里殊死搏击过、收获过，乘舟归来，唱出的该是怎样坦然、怎样安宁的心绪？志在真实的生活，志在完美的人生，使独立观景的人，在静聆乐曲中回归沉稳的平常心，来与还原本真的大自然进行心灵的交汇。

微风袭来，叶子纷落，满山绿黄斑驳的松林夹着脱尽叶子的枝条在霞光余晖中摇摇曳曳，浓重了那种"无边落木萧萧下，不尽长江滚滚来"的悲壮氛围。今年特别干旱，不少树木未经风霜就飘零了，连松柏都多了早枯的枝叶。落叶在山坡上沙沙滚动，静谧中听来格外清晰而动人魂魄。冥冥之中有一种昭示叩击我心：当一个有机体在停止生长之后，死亡实际上已经开始了，这是不可避免的，正像爬上顶峰再往前走只能是下坡一样。世上没有任何一件永远处于顶峰的事物，新生、成长、死亡，都是生命过程中具有同等分量的一个环节，生是开始死是归宿，要紧的是走好过程中的每一步，直至以有声有色的死去忏悔，去感召心如死灰的生。记得雨果曾在巴尔扎克墓前说过："死亡是伟大的平等，也是伟大的自由。"当然，大凡对死亡的寄语，皆是对生存世界的追求；任何面对死亡的坦荡，都是来自生存过程中曾拥有的自信和充实。从此后，我再不会为曾见过的中青年人由噩梦便产生对死亡的恐惧而觉得好笑。

夕阳由金变红，由浅红到深红，最后变成一个通身血色的球体，在天地相接处那条霞光凝成的金线上跳荡。

它莫不是宇宙那颗活鲜硕大的心？

我按住怦怦心跳凝视而膜拜，直想伸出双手去接，去捧，去怀抱。而夕阳如同赴义的烈士义无反顾地往下沉，终于訇然坠落山坳，顿时溅血成霞，地心喷火似的使整个天际骤然升腾起巨大的扇状红云。夕阳以生命的全部代价，给人间留下最后一缕耀眼的璀璨，也留下了犹如种子入土般的新的期待。天在燃烧，地在燃烧，身后的峰峦也在燃烧。天地浑然一体的红光营造出我平生绝无仅见的壮丽，预示着明日将有一个更好的清晨，吸引我像虔诚的朝圣者，走近纯粹，走近崇高，走近大自然原本状态的风景，去解读"生与死"的因因缘缘，去领悟一种精神的深邃，以对纷呈多变又终究归一的世相又一次更新的感知，来开垦自身未知的领地。从而，由衷地认可了晚霞夕照列入岱顶奇观的无愧。

夜幕降临，人稀山空。踩着黑暗走进夜的深处，同时也踏上了迎接旭日东升的极顶阶墀。

捡 石 头 去

家里有第一块泰山观赏石，是早起散步在中溪河滩上随意捡来的。

人到中年，常伏案几，锻炼不知不觉地提上日程，于是，隔三岔五地跻身清晨登山的人群。进红门，过万仙楼之后，便有人溯中溪而上，在满滩的河卵石上翻寻。自己被旭日初上晨曦澄明之景、石击水响清越之声所吸引，也去凑热闹。偶遇中意的，顺手一掇，到家随便一摞，忙事务，忙上班，也就置之脑后了，既无意泰山石镇灾消殃的民俗，也不谙"园无石不秀，室无石不雅"的赏石大道，更没料到日后这座城里骤然趸起的藏石热风。不过，日子久了，门后还是有了一个小小的石头堆。

一日，乡下的一位长者前来，临走时看见堆放的石头，一脸诧异，拉着我悄声说："听说城里不安全，还用得着这个？有个准备也好，一石头准挡事。"全家人都愣了，啼笑皆非。我旋即翻出一块砖头大小、有人形图的递给他："您老不正盖新房子，这才是真正的'石敢当'咪，拿去吧。"老人疑惑地看看我，托着石头好一阵子端详："像，真像。那，我就请着。"等老人用新毛巾包了放进包里下楼去，全家爆发出一阵大笑。又一日，一位颇称藏石赏石行家的朋

27

友来访小坐，一见石头，眼里顿时放出光来，一块一块地看，一件一件地品，一上午话题再没离开石头，直数落我堆在门后是糟蹋。我应景地附和着，怎么也找不到陋室因石而生辉的感觉，注意力远没有欣赏他瞬息万变的面部表情足。

　　时间就这么一天天过去。偶染小疾，闲在家里，焦躁情绪不断滋长，无聊中摆弄起那些石头来，拿起一块，浑朴朴、沉甸甸的。乍看，平淡无奇。再看，质地坚硬，图纹神奇。只因为它们不需装饰，不事雕琢，更经得起上下反正的审视，自有拙到自然自在的真，奇到似像非像的幻，透出摄入心魂的禅机。这些石头原与大山为一体，被风霜雷电剥离了，被人们带到四面八方去了。山是真的，它们仍是真的，只是山石本无情，人们自多心，取名，阐释，把萦魂入梦的万象人间刻印上去。掂量着自己的收藏品，揣摩着也应该取个贴切可心的名字。这一块方方正正的，正中一个球体，外环细线，涵尽了自然规律无可抗拒、最终坠入尘世的悲壮，就叫它"陨落"；一大汉仗剑而立，莫不是壮志未酬、仰天长啸、挂甲归去的末路英雄？是一个"壮士归"；"把酒问月"，苏子仕途失意手足离别的双重悄怅尽在一向之中；"庄子坐禅"，逍遥游并不逍遥，每每碰壁，是面壁沉思的时候了……嘿，小小一块石头，有了名字，便有了生命，有了文化意韵，竟成为有情的人与无言的山相沟通的一道桥梁。

　　"笃笃笃"，门开处，旋风般拥进来探病的朋友们，落座小叙，话题自然转到一地石头上，欣赏、品评，各抒己见，不一会儿，一块石头就有几个不同的名字，而集中的是对我命名的分歧：什么乱七八糟的名堂，不对呀。这块是旭日东升；这块是英雄出师；问月嘛，应该是李白，多美的月亮，多洒脱飘逸的诗人；庄子可不这么呆坐着，他正骑上大象去各国游说呢。看，连底座的象形都讲进去了。

同样一块石头，同样一个图案，每个人领略到的意境竟然如此不同。想平日无意地随兴去捡石头，穿行于突兀与峻拔营构的深山陡涧之间，仰望壁立千仞与天竞长与云相逐至坚至大的石崖，俯视一溪源远流长穿石奔流至柔至清的莹莹绿水，既觉悟到人的伟大被山水淹没后的渺小，又享受了回归自然自我释放的舒展。每每对着石隙里升腾起的散淡不断的云雾，想象人世的念念相续，闭上眼睛去感觉静穆纯粹中处于睡与醒之间的泫然境界。此时此刻，任谁都会觉得：普天下的好景致好心情，立地可得，何尝在乎一时一地的荣辱得失，更不在乎石头捡到捡不到了。再看看坦坦然充当珍珠装点山谷河滩的卵石，它不过是登山人踏裂的石屑，是巍巍泰山脱落的片片微不足道的鳞，而石小心不小，依然展现属于自己的风采神韵，同样得到人的珍爱，获得应有的价值。人啊，天天与山相拥，与石为友，怎学不得他们半点风雨无摧、宁碎不折、超然故我的品性？

山之体，石为骨，不论大与小；人之体，志为魂，无论何时何地。

有一份生活的权利，就要活出十二份的志趣。管他阴晴圆缺，管他冬霜春雨。景由心造，物随人移，观赏石的价值究竟如何，一块石头到底哪个名字为贴切，说来说去，又有多大意义？同事们正欲起身陪某观光团进山考察石文化。管他呢，一切丢开，再凑趣一回：捡石头去！

此去，最应无挂无牵。

疑是银河落九天

　　身后是一片光明中新鲜热闹的城池，前面是一路灯火映照下更显峻拔深邃的大山，擦肩而过的是攀登不夜山的千名学子及无数的游人。我站在城的边缘、山的起点——岱宗坊下，酝酿着自己的行动。

　　景仰名胜是游览的一种引力，享受美的同时获得新感知、新的教益便是登临的原动力。自从学生时期，艳阳下踏遍泰山之后，就萌发了不识夜间圣山真面目的遗憾，几次策划，每每被漫漫长途里黑暗中莫测的崎岖、无端的恐惧所阻遏。直至此时，起伏山峦中或隐或现灵动闪烁的一线流光，过群峰越天门直插云汉，似寺院教堂上高耸的顶尖那种抽象的象征，把视线、心思引向深奥神奇的空间，又像一支精巧华贵的钓竿，垂过来，稳稳打捞起沉在心底的夙愿，牵引我毋容迟疑地融入熙熙攘攘的人群。

　　星星是夜的眼睛，路灯是夜间山的眼睛。炯炯的目光，使泰山永远地翻过千万年夜间昏睡的历史，以百倍的热情欢迎昼夜不舍的游人。我引足于这座古往今来扎根于中华民族心中的神山圣殿，看灯盏一只接一只抛成一条金色的曲线，将盘道点缀成熠熠生辉的火龙，而道旁愈被映衬得莫测高深，明处则明，暗处更暗，整个地呈现出亦真亦幻似隐似现的玄妙、肃穆、神奇，笼罩着一种朦胧空旷的独特神韵。学生们一队队、一排排，从山下风卷而上，白衣、红衣、蓝衣，整齐的校服一下子把古道染成了藏胞的衣裙。旗展猎猎、步履疾疾、山路云影憧憧，三三两两的游客和我很快被抛在后边。看得出年轻的心帆一定被某种魅力所鼓动。我望着茫茫天幕下，悠悠山道上，跃动着的一片背影，深深羡慕他们的活力和激情，如同他们痴迷地探寻泰山古老而年轻、神圣到永恒的谜底一般。旗帜和色彩翻过一个又一个山口，先行者很快到了中天门，不知是谁凭借呼风唤雨的二重天界，高声长呼，顷刻众人尾随，群峰回音，如洪钟，似山啸，一波一波地荡开去，壮阔激越，所表达的远远超过了这次登山活动的本身，以真切的体验抒发出内心的欣喜和感动。

实在赶不上学生的行进，只好乘缆车飞上南天门。跨过最后一道天门，天街当眼，禁不住惊喜于色。这里一扫往日夜间的冷清、沉寂，行走坐卧到处是人，夜幕星辰灯火辉映下，好一座美妙繁华名副其实的天上街市。路灯向极顶延伸去，楼阁、牌坊、各个店铺飞檐画柱上，都装满五光十色的彩灯，华灯齐放，宛如仙宫。人们再用不着在黑暗里摸摸索索，披一身光辉，进进出出，观赏购物闲聊，洒脱脱做一回神仙。街侧栏杆旁，一团一伙的人对着山下指指点点，我近前远眺：呵，一片灯海。纵横主要街道的明灯作为井然的框架，高大建筑物上的轮廓灯是一艘艘远洋巨轮上高挂的风帆。可是高处不胜寒的银河顺天梯倾泻而下？山城相接，灯火相连，一片光明，无比辉煌，天上人间，蔚然大观。光明在天街流淌，光明在城郭流淌，光明驱除了阴暗，消融了尘封，营造出一个美好的生存环境，赋予万物以生命，也美化了登山人的身心。

脚下磅礴的群山，大大小小的山头，仅剩下相连的一痕痕隆起的弧线。"一峰端踞，群峦匍匐，稳立天地间"的形象感觉，在夜幕下的大写意中表现得尤为明显。再回首眼前暗影里的极顶呢，简化了一切有形的，删除了一切无形的，只留下一个简单的几何体，像洗去铅华的少女，像脱下衮袍的将相，自然自在，平常可亲，怎么也与日间仰视的感觉协调不起来。真不可思议，她几经沉浮，积淀成众岳之宗、民族之魂的历程多么漫长；无法探寻，她神圣到与天地比肩，与日月同辉，亘古如一的渊源多么深厚。玉皇顶古刹里一两声清越的磬声断续传来，这曾经陪伴关于宇宙生命的本源、前世来生的因果经卷吟诵，如今为游客求得一个如愿的承诺而鸣奏的仙乐，似特地前来驱拨迷雾，告诉我：博大宽容自新即是永恒。是啊，上下千万年，泰山从不间断地积累使之成为独一无二的文化圣山，如今又凭借现代文明展现新面容。她固守根本，顺国势恤民意，使各个时期各个阶层的人都可以到这里找到自己所需求的，而她，既没有在惊天动地的封禅大典中诚惶诚恐，也没有在一介草民一步一叩首的祈求下妄大独尊。失去群山的拱卫，哪来如此雄伟磅礴的气势？抛弃了凡夫俗子无数的朝拜，怎么填充祭祀之间的百年寂寞？看看泰山博大的胸怀里，容纳着的释道儒各种宗教流派以及民众的信奉，明白了她所具有的无法比拟的生命力、感召力、震撼力、向心力，默默在心中供奉起这个永远的精神、力量、平安、吉祥的象征。

夜已深，踏进碧霞祠的院落，正和攀登的队伍相遇。如初的英姿勃发。中间洁白的一段是护士学校的队员，一色的女学生，一个也没有掉队。离规定的集合时间尚早，我信步走下祠南门的台阶，看碧霞祠紧闭的大门外坐卧一片的人群，看硕大香炉里弥漫不绝的香烟，禁不住暗自发笑：肃穆的宗教，在演变中也有如此有趣的事

32

情；碧霞元君，这位由生活在最底层的苦难民众自发造出来的，出身微贱，无权无势，不佛不道的柔弱女神，只缘同情民生疾劳，济世救人，有求必应，便赢得了最鼎盛的香火，坐稳了神山上的第一把交椅。这本属民间信仰上的一桩趣事，却如此沉重地撞击着我的心扉。回想路灯下踊跃攀登的人群，沿途并不豪华的灯盏，在夜间登山的人们心中，不同样占有不可取代的一席之地？相形之下，有些祭告圣文、石经颂铭，反倒是过多地宣泄了统治欲望，少了些解民于饥困、救民于倒悬的实际用处，更少了点取信于民、造福于民的牺牲精神，可远观而不可亲近，只能摆设在那里，作为一段历史过程的记载，一件供研究的文物。

蓦然抬头，那弯下弦月当空高挂，微笑着普洒银辉，默默地给灯火不能及的峰谷草木送上一袭如水的霓裳。没有孤傲的嫉妒，没有争高论低的聒噪，灯光灿灿，月色溶溶，杀了威的山风自由自在地穿行轻吟，一派让人感动的圣洁、宁静。多想截取一段灯月交融的清辉，擦拭去风尘习俗留给心灵的斑痕，真渴望采纳神山圣物的灵性气度，滋润浮躁的魂魄，以使心底保持一片澄明。

灯月接上晨曦，群山渐渐清晰起来。《纪泰山铭》唐摩崖下一片沸腾，是登山队伍在颁奖。这个曾经至高无上的祭坛，如今进行着的是一个极为平常的群众活动，而飞扬的欢笑声行天经地，湮没了报晓的晨钟。紧接着，雀跃的人群云霞般拥上日观峰，对着初升的太阳举起金杯。

日月灯星交会成一片奇丽的光明，满山遍野处处生动，张张笑脸绽露出早已准备好了的走进新一天的心绪。

龙潭观瀑

山无水不活。水是山的血脉，水是山的精神。

泰山石灵水也秀，六条大溪谷把泰山分割成六个扇状的景区，于是各景区便有了"幽、旷、奥、秀、妙、丽"之分。还有自古命名的五十六处瀑布潭池，一到雨丰水涨的夏天，山格外抖起了精神，有溪皆流水，无潭不涌泉，崖崖瀑飞溅，整座山全活了。登山赏景岂能不看水？而泰山上看水最佳处，在西路旷区西溪黑龙潭。

黑龙潭位于西溪中下端，因传说壮士小黑龙战胜邪恶的故事而得名。还相传与东海相通。西溪因具通天之势又名通天河，常年有水，夏天水更大，水流越过长寿桥底巨大石坪，随悬崖垂落潭内，崖陡流湍，形成"长虹飞瀑"壮观。

在一个细雨蒙蒙的夏天，我们来到黑龙潭。坐在潭边石亭里远望，连日的大雨把整个山洗得晶莹剔透，到处绿莹莹、湿漉漉的，清爽可人。远处的座座青峰像披蓑而立的老翁，山上的处处石崖，仿佛黯伤春去的少妇，仍在掩面低泣，泪水涟涟。最引人注目的，当然是穿桥过坪冲过来的白练，水头一过石坪铁栏杆，就像一个大汉捕捉到久久追寻的目标，夺路猛扑而下，势不可当，水声轰鸣，撼动整条山谷。再看水潭，深不见底，水不扬波，上罩迷蒙的水雾，下泛圈圈涟漪，含蓄而安详，多像一个端庄温和的淑女在接纳酩酊大醉归来的夫君。阳刚之雄健、阴柔之美丽在这里完美地结合了。世间多彩人生相承相悖的和谐之美，叫人感动，令人深长思之……

历代写瀑布的诗词多不胜数，首推当是大诗人李白"飞流直下三千尺，疑是银河落九天"的传世之作。李白之后还有一位唐代诗人徐凝也写下了"今古长如白练飞，一条界破青山色"的佳句。李白表达了威猛的阳刚之气，徐凝则传出朦胧青山背景上一线瀑流的清盈柔美之韵。看来，无论自然界还是人类社会，都是阴阳相生、动静相随，刚柔相济的美就蕴含在这和谐统一之中。

人情趣各异，在欣赏美的时候可各取所需，但不管取什么舍什么都不可忽略客观存在的美的多侧面，才能获得一个完整的本真。

松 海 听 涛

　　静静地坐在天空山元君庙前，面对满目苍松，聆听阵阵松涛，切肤彻骨地领略岱阴第一洞天——后石坞幽区自然自在的风光，内心不由自主地对大自然升腾起一种尊崇和敬畏，平日里的躁气俗念消散殆尽。

　　我特意选择这里，专程前来感受生态环境和生态旅游，缘起于听取了一位环保专家的讲授。此刻，置身于这片自然自在的幽静美丽之中，联想那些来自城海人流的喧嚣嘈杂，开始对青年专家讲过的生态环境、生态旅游的意义不再陌生。时至今日，人类确需通过对环境的审美感受，来重新认识自然的环境意义了。从尊重自然的异质性，以使人类与之共存共生的角度来思考环境问题，反省人与自然的关系，以一种新的心态和角色与自然交往，而不再只是按照自己的意愿对大自然强行施加影响。不然的话，人类终将失去生存依赖的最后一抔净土、一方乐园。

　　山风自来，树荫如盖，松涛阵阵，云飞雾涌。掸一掸满身的尘土，轻松地站起来，放眼四望：只见三面峭壁环围，背阴天寒，奇峰林立，洞深谷险，巨石累累，乱石成片。然而，这里依然是松林的家园，乱石涧底，光秃峰峦，只要有一寸土，哪怕仅仅一条石缝，便有松树不屈不挠地立在那里，不畏严寒酷暑，自信自得，一枝一干都凝聚着千年沧桑、万种神韵，用顽强的生命撑起一片绿荫，一片一片，将荒山变成了生机勃勃的绿海。这里的松树一树一态，千奇百怪，有的侧身俯壁，有的壑中盘曲，有的悬垂倒挂，有的横空欲飞，不论什么姿势，都在风刀霜剑、雨摧云压中练就了铁干虹枝，平添了苍劲美、顽强美。是这里，特殊的自然环境异化了它们的自然生态，天工营造出岱阴奥区奇特的自然景观，留给人类一部难得的教科书。

再看溪里峪底，就像天然的泰山松盆景展览。鸳鸯松，根相连，干相依，枝相牵，叶难分，像恋人，似夫妻。天空山的飞龙松，树干合抱有余，蜿蜒腾空，大有吞日舞云之势；透天门前的英雄松，万干耸立，华盖擎天，伟伟有大丈夫气概，彬彬有长者遗风。九龙岗上的姊妹松，双干相依，相似相从，挺拔玉立。说起这姊妹松，还有一段传说：岱阴马家庄里霸道的马员外，强娶佃户马老大的一双俊秀女儿为偏房。姊妹俩闻讯外逃躲藏，马员外抓住了马老大，姊妹俩为救父亲挺身而出，以释放父亲为条件应允亲事。马员外放了马老大之后，姊妹俩再次逃跑。无奈马员外的打手追逼到悬崖，姊妹俩手牵手跳崖自尽，马老大悲恸欲绝，也一头撞死。后来就在姊妹俩尸体掩埋处并排生两棵茂盛的松树，人称姊妹松。从此，永远地屹立世间。

一阵微风吹过，松林绿波粼粼，涛声吟吟，山音应和，动人心弦。风声、涛声引发百鸟婉转的啼鸣，百灵、鹊鸰、伯劳，哦，清泉育茂林，茂林留俊鸟。面对平常已罕见的野花飞鸟，清澈透亮的溪水，脚下绿草茵茵别无杂物的土地，耳边回响起青年教授的话语：

除了脚印，什么也不留；除了摄影，什么也不取；学会把自然当作有个性的独立的生命，倾听其语言，感受其呼吸，这就是生态旅游的根本方式。想到这里，我情不自禁地伫立侧耳细听：松涛声、鸟鸣声、流水声、树木花草生长声，万物千声，与自然界的呼吸声汇成一首让人回味不尽的交响曲——这不就是我们悉心向往而又久违的天籁之声吗?

我静静地看着，听着，品味着：不留、不取、倾听，竟成为这天籁交响曲中往复出现的主旋律。

临岱观树

　　登泰山，就是为看亘古的神秀、千年的文化。然而，你注重过那些漫山遍野、随处可见、抬手可触、最平常最奇特、最亲近最深沉、一路相伴而又相别易忘、给你荫翳给你启迪的树吗？

　　从山下到极顶，从春夏到秋冬，无时无处都有这些高高低低大大小小呈现千姿百态的树。正是这一片片一层层的绿蓬蓬、翠莹莹，包裹了大山赤裸冷硬的肌肤，铺展出"青未了"的壮阔，在莽莽苍苍无边无际的黄土地上，涌起一汪大海，卓立一颗硕大的绿宝石，撑起原本混沌的天地，润活万物干燥龟裂的身心，灿灿映照出一切。

　　一棵树，哪怕是最不起眼的无名小树，也是一掬绿波，一种神韵，一片云，一首诗，一串说不完的故事。

　　走下十八盘，让吁吁气喘停靠在云步桥石栏杆上。回望来路，使我诧异的，倒是路左拔地通天、寸土皆无的峭壁石缝里，硬挤出来的那棵树。主根自壁凹处横出，凝聚成一盘如铁如石的疙瘩，突然崛然向上，拧着劲伸向碧空。每条根，每段枝，都抓紧每一滴水、每一缕光，十分努力地营造着苦恋、挥洒着奋发、建构着气势。这根、这干嵌进我的双目，犹如放上天平，霎时称出了存活生长的分量。再看干头，悠悠蓬勃出丛丛丰腴的枝叶，像片片永驻的彩云，终于留下了属于自己的风景。阳光下，任风乍起乍收，倩影款款披落，铿锵一崖一坡，摇曳幻化出生动。

卧龙槐早属名胜，只静观无须置辞。可是抚摸着几近枯朽起起伏伏横卧宛如带子的残枝，觉得像在书写一个永远写不全的删节号，在删节一个民族波澜复杂到不能细写的历程，删节我似断似续曲曲折折的情怀。它被人们称为国槐，在文学里喻为英勇无敌的大将军，而当把一切都袒露在风里雨里、光里亮里、寒里暑里，没有包藏、没有防御时，免不了遭受致命的雷击电劈。槐，到底是槐，坚韧得不会逃避，选择得没有怨悔，以无可阻遏的求生意念和毅力，愣把伤疤变成了艺术，劫难中繁衍出新的生命，匍匐着高昂起头，矗立成了永恒的文化。仔细观察，噢，老树新树都长足了各自的根，深埋进土里，被供奉、被观赏的，只是摆设。槐默默地，贡献出所有的美丽，以繁茂的浓荫呵护起那段成为曾经的伤痕。

岱庙大殿前庭东侧，孑立着一株枯死的柏，枝、叶、皮于它皆属多余。深深的纹沟从上到下，是嶙峋的肋骨，主干顶着个黑黑的空心洞，仍支撑出几根枯断的臂，浑然一个突兀的木乃伊。就是这枯柏，曾有侍卫历代禅祀神坛、披红挂彩、享尽荣耀、令人景仰的辉煌历史，阅尽了至高至上的隆重繁华。得到的过多负荷怎不重，时过境迁中早早地睡去了。今朝咀嚼着冷落，也得到了安宁，开始思考一生的历程，慢慢品味出自然平淡守中的珍重。于是使出最后的积蓄，压挤出一枝单薄的嫩绿，像一面旗帜迎风猎舞，宣示涅槃后的新生。不失生机的苍劲是那种极致的风景。且看拥上来争相留影的人们，人以树为背景，树以人为底色，树无言，人心语，游人顷刻里抛却轻狂，慢慢地抬起脚，在规整的方砖祭坛上有节制地起落，只怕惊扰了从不动声色、悄悄翻弄朝代演变的时序。我想不了

40

那么多，谨折下一枝新叶，缠绕住散乱的思绪，藏进衣袋，让不化的绿，渗归心肺，祈祷一辈子别褪色。

……

万代瞻仰的泰山，那些记得清、记不清的故事，理得出、理不出的情愫，就这样挂上满山无以计数的树。树是泰山大自然大文化的一部分，临岱观光怎好忽略这些树呢？细细看看吧，看看它的荣枯生灭，你会懂得斗转星移、日落日升。当树进入你的心里时，你或许会站成泰山上的一棵树。背靠厚重的历史，面迎崭新的朝阳。

第二辑
风景人生

假如失去天堂……

在青藏高原，许多事物往往与天堂有关。我对天堂倒没有过多的向往，只是带着对高原反应的恐惧来到了这里。

没想到，酷夏时节的西宁第一个亮相竟然这么精彩：不高不低、二十四五度的温度，明澈而清新的空气，云白得纯粹，天蓝得深沉，处处可见鲜花、绿树、草丛，整座城市安详而不失繁盛，西域风情独特而不失雅致。

出城西行，那简直是扑入一幅巨大的油画：连绵千里的高山草原一片碧绿，绿得连天彻地，绿得不见寸土，绿得沁人心肺，绿得足以和阿尔卑斯山北麓延绵几千里的"浪漫之路"相媲美；盛开的油菜花蓬蓬勃勃、金黄灿灿，镶嵌在大片大片的油绿草丛中，一层一层向山间铺展，叫人不能不想起"谁持彩练当空舞"的诗句；地广人稀，无边的宁静接着宁静，连放牧的牛羊撒进这广袤的草场里，也变得小巧玲珑、悄无声息了；偶尔有鸟儿凌空飞过，甩下一两声啼鸣，显得那么响脆、悠长。此时此地，天底下还会有什么地方比这里更宜人、更美丽、更神奇？

到青海不能不去青海湖，我们沿着青藏公路向西挺进。天下起了小雨，细细的雨丝斜打在车窗上，让人微微感觉到风刮过的印痕。

来到海拔三千二百多米的日月山时，气温骤降，正午的气温只有四摄氏度，让人怎么相信这是在北半球同此炎热的盛夏！大家参观文成公主纪念馆，不得不租用藏式棉袍。而雨中的日月山更加青翠巍然，云蒸雾腾，加上文成公主回望汉宫，摔镜以绝思乡之念，决然西行以承使命的历史传说，使这片土地回荡着肃穆而神圣的苍茫大气。对峙的日山月山，相对相守的日亭月亭，则给人留下关口要塞的印象。当地陪同的人告诉我们：这道山岭是青藏高原农牧区的分界线，向东是无边的田野，向西则是真正意义上的高原牧区了。仔细看，可不是吗？山头渐渐裸露出来，山下有半人高白茫茫的牧草。当空旷的高原上突兀地现出了一痕灰蓝的水色，灰蓝色越来越大，直到茫茫然一望无垠，深蓝色的水连着浅蓝色的云，一直延伸到天地尽头时，我们确信青海湖到了。

早就知道，青海湖是我国最大的内陆咸水湖，也是国际七大湿地保护区之一，它还是当地居民心中的雪域神湖。然而，不亲眼目睹绝不会想象出它的高旷与博大，不来到它的身边绝不能感受到它的庄严和瑰丽。湖水浩渺、坦荡，清澈得没有一丝杂念，犹如高原人的胸襟与情怀，它和五体投地虔诚膜拜的转湖藏族群众，一同构筑了这样一片梦幻般的净土。弃车步行，走在长长的湖岸上，迤逦在高原七月的细雨微风里，起落在沙滩与草场之间，感到一身的轻松和醉意。不由得放慢了脚步，为细细品味这久违了的甜丝丝、清凉凉的纯净气息，为倾听这来自天籁与心潮和鸣的音律，也为不惊扰这样一片难得的和谐以及水中从容畅游的鱼群，还想由这轻轻的脚步去穿越万年的时空，以探求这片古老湖水形成的缘由和未来的宿命。

湖水真蓝，蓝得像一匹上好的青缎，又像欧罗巴小姑娘一尘不染的眼睛，蓝得让我实在找不出恰当的词语来形容。突然记起了这里各民族对它的称谓：在蒙古语里，它叫"库库诺尔"；在藏语里，它叫"错温布"，都是"青色的大海"之意。"青色的大海"而不是"蓝色的大海"，莫不是取意于"青出于蓝而胜于蓝"？其实，青海湖的水之所以如此湛蓝，是因为湖面高出海平面三千一百九十七米，地势比两个泰山还要高，湖水中含氧量较低，浮游生物较少，含盐量在百分之零点六左右，透明度能达到八九米以上，这样，湖水就显得无比的晶莹清澈了。

雨住了，天光放出亮色。湛蓝湖水的尽头连着缀满大朵大朵白云的天庭，偶尔驰过一抹尚未隐退的乌云，宛如恣意飞腾在天地间的骏马。身后，闪着水珠的草滩上伫立着连绵起伏的山峦，谷壑里升腾起一片片云雾，使天、地、山、湖连成一片，增添了不尽的朦胧与灵动。再看我们的来路，闪烁着银色的水光，像从天上飘下来的哈达，逶迤着伸向我们目所不能及的地方……

我们一行人谁都不说、不动，静静地伫立着，生怕这摄人心魂的美景被任何一丝响动所破坏。我曾领略过瑞士少女峰下的湖泊，它清得纯粹，美得冷峻，让人不敢亲近；也曾见识过埃及帝王谷旁的一汪浑水，那水太浓厚、太沉重，任你怎么照看都不能从中看清自己的真面目；日本的湖呢，多是多了，只是小气局促了些；至于我国南部东部数不清的名湖大泊，时至今日，大都被滚滚世尘淹没了原本的天生丽质。面对眼前青海湖素面朝天的质朴与大气，怎不万分珍爱，千般感慨，这不就是匆匆赶路的人们，苦苦追求难得一见的人间天堂吗？

不能不感叹大自然的造化。

不能不感谢大自然，它把最后的至真至爱珍藏到了如此遥远而神圣的高原腹地。

　　用过午餐，大家要去看看鸟岛，那个鸟的天堂，我们心仪已久的生命福地。飞越千里万里前来栖息的鸟儿，那一双双背负着凄迷风雨而追寻清水源头的坚毅翅膀，和它们在草丛里、卵石间演绎出的爱情故事，还有阵阵此起彼落的清亮鸣唱，唤醒了湖水的涟漪和风情，带给这片荒原无限生机和活力。陪同人半天不回答也不行动。再三催促，他才告诉我们：鸟岛正在封闭。原来，由于全球气候变化和人为活动的破坏，青海湖流域生态环境出现危机：草原退化，而且每年以百分之三的速度增加；土地大面积沙化，每年以十多平方公里的速度在扩大；原有七十八条河流向湖里注水，如今只剩下了二十多条，湖里的总水量比二十世纪五十年代减少了百分之六十，并且水平面以每年十二厘米的速度在下降，目前的青海湖已变成一大多小的湖泊群了。鸟岛呢，则由湖心岛变成了半岛，鸟岛区域内生活着的一百六十四种水禽已有上百种濒危……

　　当世间繁杂的尘埃落定，快乐与忧虑总是不尽如人意地结伴而行。面前的美丽若因失水而变得满目疮痍，绚烂的风韵注定会像雨后的彩虹流云那样褪去。到那时，转湖的牧民还会有吗？远方的客人还会来吗？我们的目光越过湖面遥望天地相连的苍茫之处，任若有所失的痛楚拨动内心深处最敏感的弦：假如有一天，真的失去了这片湖水，那也就失去了滋润这片干枯土地和世人疲惫身心的源泉，也就等于灭绝了这片土地上的所有生命。失去生命的土地还有什么意义？一旦失去这一切，科学、艺术也会随之失去。苍茫茫大地真干净，干净是干净了，与之相伴的只有死寂。毁灭自然就等于毁灭人类本身，作为万物之灵长的人类，怎会不懂得大自然珍贵的赐予是不会失而复得的？

陪同人看出了我们凝重的神色，嗫嗫地说："这不每年都在休渔封岛吗。今后，大家到这里再也不能吃湟鱼了。"说着，指给我们看路旁青海省人大颁布的《青海湖流域生态环境保护条例》的标牌，还送给我们一盘鸟岛的光碟。光碟封面是一对体态优雅的黑颈鹤，这种被国际上列为濒危物种、属于我国独有鸟类的高原珍禽，全世界仅剩下六千只，在这里有一千只左右。画面上它们相偎相依，引颈向天长鸣，不知道是欢歌还是呼号。

收藏起这份别具意义的礼品，也是收藏起一份久久不变的期待，我们返程去塔尔寺领略宗教的文明。

从西南方向踏上去湟中县鲁沙尔镇的山路，便进入了塔尔寺的区域。由古老的石门进入寺院，迎面便是闻名于世的佛祖八塔。八塔一字排开，通体洁白，高耸肃穆。信徒们正绕塔磕等身长头，身影覆盖着身影，岁月重叠着岁月，故事重复着故事。每一次的全身匍匐，既是对神灵的敬仰，也是对土地的崇拜；每一次这样与大自然的亲密接触，都是用心灵去感知土地那种可依赖的深厚，获得来自信仰张力的精神活力和内心充实。他们每向前跨进一步，都感觉是在迈向通向天堂的阶梯，用身心而不是用脚步去丈量凡俗与神圣之间的距离。他们因虔信而甘愿饱受身躯之苦，又因虔信而坦然享受心灵之愉。信仰是什么？是独属于人类的精神活动，是始终的理想和追求，是最大的规矩和行为准则，是力量的根本源泉。在这里，虔诚的信仰不再仅仅是一种仪式的象征、精神的寄托，而是他们的生活本身。

塔尔寺在朝圣者心中是灵魂永驻的归宿，谁若放弃了它，谁就是在放逐自己的灵魂。它的每一座神圣的大殿，每一尊庄严的佛像，都能使渴望感受生命的人进入一种孤独的冥想状态，那是一种至高至纯的无上境界。端坐在殿堂里的藏传佛教格鲁派创始人宗喀巴大师，慈爱地注视着每一个朝拜者，他要告诉他们什么？格鲁派的教义经书上都写些什么？宗师的慈母在他的诞生地植下的菩提树和一盏盏长明的酥油灯又在昭示着什么？这是神谕，只能给虔信的人。而矢志不移的信徒们始终固守着心中的秘密，他们是在以千年不变的信仰来维护自身精神的纯粹和这块生存土地的净化。

黄昏里，夕阳下，从正门的广场上回望，整个寺院一片辉煌，大小殿堂、各式佛塔都在霞光里熠熠生辉。想借相机来留住这绮丽的景象，还有自己一个凡俗之人经过洗涤之后的舒泰心境。没料想耳边传来了甬道两旁商店里招揽生意的叫卖声。还好，目前这些俗尘商潮还不足以与耸立千年的圣殿相抗衡，暂且用不着担心人们会失去灵魂的皈依之地。

刚刚选好拍照的角度，跑过来几个穿着民族服装的小孩子，争相陪伴合影。我怜爱地抱起最小的一个，轻轻地抹去她面颊上的灰尘。快门一落，眼前伸来的竟是一只只乞讨的小手。微笑凝固成啼笑皆非的尴尬。泰戈尔的话语掠过脑际：孩子的眼睛里找得到天堂。那是因为孩子的眼睛中有的只是纯真、清澈和向往。然而，我在面对的一双双眼睛里，只找到了迷惘与空洞。

错大莫过于不教而诛；诛酷则无过于诛心。

人，只有在具有一颗充实而快乐的心灵之时，才会获得那种生活在天堂般的愉悦；充实而快乐的心灵，则需要良好教育的滋养。对于已获得基本生存条件的人来说，最大的剥夺莫过于受教育机会的丧失。一个人一旦终身不能受到教育，他的心灵怎么能得到充实与快乐，他还会有什么保障来维护自己人之所以为人的尊严？信仰也会由此而变成与人类生存意义无关的空泛概念。一旦到了这一步，

50

即使是再虔诚的膜拜，虚无的精神不再需要寄托，空洞的灵魂用不着也没有天堂可皈依。

　　还好，我是为参加全国的教育工作会议才来到这里的。以后的日程都是参观学校。相信这方土地上那些众生学习与"修行"的殿堂，会别具一番令人欣喜的风景。

　　在这个景色秀美、佛风荡漾的雪域圣境，我得到了一次身心的享受，却经历了一场精神上的凝重之旅。

巍巍哉敦煌

敦煌，哪一个中国的读书人不知道你。

莫高窟，哪一个中国的艺术家不受惠于你。

我也知道你，是从小学历史老师骄傲与悲愤交织的神情里。他在我心中留下一个谜。

当我成年工作后，走遍了五大洲。面对西斯廷耀眼的壁画，那种沉重得让我无法抬头的失落感，使我又一次把你想起。

今天，我循着梦中的召唤，顶着酷暑炎热，穿过赤地大漠，来到了你的脚下。跻身由各种肤色汇集成的瞻仰者人流中，对视山岗上延绵数里的千口洞窟，不知道形容这片土地应该用繁盛还是荒凄。

洞门敞开了，窟里还是一片昏暗掩隐的迷离。踏进来，在手电筒的微光里，目不转睛地凝视，一幅幅恢宏而精湛的壁画，一尊尊自在而大度的彩塑，一张张端庄而微笑的容颜，一袭袭飘逸而华贵的裙裾。美，美到了难以言传的境地，使我真真切切地体验到了心灵被征服的感觉……

为你屹立千年的庄严与美丽。

从乐僔开窟的第一凿，到第一身彩塑第一幅壁画落成起，你就把独属于东方古老文明的恢宏、大度、深沉、凝重、温润、隽永全

52

都嵌进了岁月里。是你，为这片荒山大漠注入了生命；是你，为一个民族挑起了光照千秋的辉煌大旗；还是你，为华夏儿女屹立于世界文明之林注入了足够的底气。触目你千古不变的安详面容，轻抚你伟岸而优雅的身躯，顿时有一种与一代代宗师神交的骄傲，有那种与世界上任何文明都能比肩同在的豪气……

为你承载了一个世纪的屈辱和风雨。

唐代已达到千座的佛窟，如今能开放的只有二十八座。这二十八座呀，哪一座不是遍体鳞伤、满目疮痍——空荡荡的藏经洞里留下了英国人、法国人、葡萄牙人掘宝的脚印；多少处壁画最精美的部位，却是被美国人一片一片揭剥后的伤迹；这组群像少了一尊侍者，那尊菩萨缺了头和手臂；整整一座洞窟曾被俄国人的炊烟充斥……

"敦煌者，吾国学术之伤心史也。"陈寅恪先生曾这样说。

莫高窟啊莫高窟，何言其高？你仅仅是世界列强俎板上的羔羊，即使身处大漠腹地、与世无争，也保不住半点安宁，即使你修炼到宠辱不惊，也禁不住垂下悲怆的泪滴。你哭了，哭自己不幸，哭山河破碎，哭时代黯淡，哭民族衰败。你哭，哭乱世没有文化，哭弱国没有尊严，哭曾经在这样一片国土上，一切有价值的都失去了存在的权利！三山五岳与你同哭，四万万族人与你同泣！

不过，你早以佛祖的睿智留下预言：只要遗留下一片纸，只要残存下一条线，它就会像三危山上的岩石，像经天行地亘古不灭的日月一样，向世界昭示：敦煌在中国，敦煌的文化艺术只属于龙的传人！

为你不竭的生命而今焕发出的崭新魅力。

看一看这从世界各地前来的人群那虔诚恭敬的眼神吧，听一听人们每每触目残缺而唏嘘不已的叹息吧。山上，现代化的防护门已把风雨挡在了窟外；山下，博物馆里专家们正在恢复一尊尊佛祖的威仪。山上山下，古城街巷，一座座研究所，一个个画室，年长的、年轻的、土生土长的、留洋归来的，共和国的艺术家们，甘守寂寞与清贫，正一笔一笔地临摹和创新，他们是用生命来守护属于自己的底气。

敦煌呀，你可以欣慰了。今天，华夏儿女终于懂得了什么是财富，什么是尊严，什么是历史的价值！你看，华光四射的朝阳，又为你镀上一层生生不息的壮丽！

英雄的科尔沁大草原

不到大草原，不知道天之高地之厚；不到大草原，不知道雕之健马之悍。

虽然，今天的草原上，马不再是战马，鹰和雕都不再常见，也很难见到弯弓射箭的巴图鲁，可那种亘古以来的英雄之气至今仍激荡在大草原的天地之间。毕竟，人杰则地灵，有一串闪亮的名字横空昭世：成吉思汗，成吉思汗和他的胞弟哈布图·哈萨尔，哈布图·哈萨尔和他的玄孙女孝庄文皇后，还有僧格林沁、嘎达梅林……他们的故乡在这里，他们世代生长的领地在这里，这里的一草一木似乎都与这串令世人无法忘记的名字血脉相连。我面对的就是这样一片蒙古族文化的发祥地和传承地，一片风起云涌、残阳如血、袒露着一个民族血性的土地——科尔沁大草原。

我是受蒙古友人的邀请，带着自己要追寻的那段英雄史诗的夙愿来到这里，观看一年一度的那达慕盛会的。尽管高楼大厦掩去了成片的蒙古包，西装革履取代了锦绣的长袍，历史尘封，时空不再，但，我毕竟荣幸地置身于这个射雕英雄家族曾经生存的空间。不由得回想起：就是这个族群，自从由猎人变为牧人，便与马开始了旷世不渝的生死相依，他们再没有离开过马背，马背给过他们太多太

55

多的智慧和尊严。

　　在那达慕大会上，文艺演出过后，"赛马、摔跤、射箭"蒙古男儿"三艺"渐次登场，个个勇武，场场精彩，万头攒动，旗幡飘扬，别具风趣，异常热闹。我看着飞蹄扬尘、驰骋如闪电的烈马，和弯腰抖缰站立在马背上、体格强悍、相貌英俊的骑手，无端地猜想：他是否算得上成吉思汗征服地球的那支队伍里某员战将的翻版？无疑，他们都属于成吉思汗的传人。一对身着锦绣长袍的小姑娘款款前来，温文尔雅地向远方来客献上哈达，凝眸她们俊秀里透着英气的脸庞，灵动而闪烁着智慧的目光，这里边是否有博尔济吉特·布木布泰幼年时的影子？策马射箭的群舞，是属于牧马人传统而典型的舞蹈，道具是一张巨大的弓。成吉思汗那支摧枯拉朽的利箭早已射出去，再也找不见踪影了，留下空荡荡的弯弓，谁也不能再次把它撑开，只能留在舞台上，藏进博物馆里，供后人念想。这一切，却难以动摇那个定格的英雄族群在我心中的位置。我们的历史上不乏英雄，我们的新时代需要英雄！

　　自从飞机靠近科尔沁草原，我就被这片"地沃宜耕植，水草便畜牧"的农牧相交的特有景象所吸引。看过开幕式之后，便迫不及待地驱车二百公里北上罕山，去信马由缰地纵横于草原，体验一番作为天地之子的自由感觉，去寻找那个久久盘桓在心中的博大梦境：风吹草低，牛羊成群，鹰击长空，云卷霞舒。永恒的自然景象无意地祭奠着遥远的往事，多了一份深邃和神奇。

　　罕山广阔，它是三河之源；罕山厚重，它是五山之宗。罕山草原真是草的天堂，无边无际而茂盛葱绿，绿得恣意率性，绿得生命跃跃欲出。只可惜，今年的旱情使大草原绿海碧波里出现星星点点的黄色，这块土地过早地吐露秋意。苍翠点金，尤显肃穆恬静，超然中带着一丝丝沉思的神情。我仰望长生天，似乎伸手可及，这不正是成吉思汗曾经仰视而触摸过的吗？他当年是否和今天的我一样无名地自豪，不尽地感动？记得一位学者说过："中国之兵学，至孙子而集理论上之大成，至元太祖成吉思汗，而呈实践上之巨观。"是的，他一生都在营造一项巨大工程，把整个草原建造成自家的庭院。他一个人以超长的胆略，造就了一部草原神话，一个亘古传奇，为一个种族注入了历世不泯的英雄传统。江山一统，自己做主人，世界永远超脱不了他那支利箭的射程。他立足亚洲的伟岸身躯，仅仅向欧洲跨出一只脚，世界版图为之改写，人类进程为之改变，地球上留下一个再也抹不去的脚印。难怪有史家说：拿破仑都不得不拱手认输，不敢去争"世界上最伟大的征服者"那顶桂冠。

我问陪同的蒙古朋友：你可知道成吉思汗的陵墓所在？缄默无言。是啊，天之骄子已经纯粹地回归泥土了，他像影子一样消失，又像影子一样无时无处不在，整个蒙古大草原都是他的陵寝。他让一个震颤地球的轰轰烈烈的时代为之殉葬，他的子子孙孙都是守陵人。草原上多野火、流沙、风暴，这些最容易埋没历史，抹杀印记；而且，和其他地区相比，内蒙古的寺庙也算最少的。这些并不妨碍蒙古族兄弟拥有自己的神、自己的神话。从此，他们把成吉思汗的英灵供奉在内心的殿堂里，心悦诚服地守护着那历时不变的荣耀，世代相传地高举着那支不息的精神火把，踏地有声地向前走着，在每个时代里都留下自己的声音、自己的脚步。

于是，我去拜访达尔罕亲王的王府——孝庄文皇后的出生地。明明知道这是一座矗立在原址上的复制品，一砖一瓦都与孝庄无关，还是想从一草一木中找到布木布泰当年的模样、儿时的举止，哪怕一个真实的符号，一句确实属于她的笑语。仰望偌大府邸，极目之处皆是空寂，这位年仅十三岁的小姑娘跨出这道门槛再没能回来。她走进一个帝国的高墙大院，也就投身于一个朝代的政治和生活潮水激荡的旋涡中心。墙外，新朝初立，内忧外患，战火频仍；墙内，嫔妃成群，你争我夺，陷阱丛生。她以大草原赋予的特有宽大胸怀和沉静之气，无视封号的尊卑、地位的高低，默默地承受着，静静地等待着。

历史弄人，就在她而立之年，一个王朝的万钧重担落在了她六岁的儿子肩上。她义无反顾地把目光投向了她的国家、她的儿孙、她的子民。她用自己的柔弱身躯、女性的坚韧聪慧撑起一个帝国。谁会想到这样一个温文尔雅的外表下面，竟然蕴藏着这么大的勇气和力量。《清史稿》里这样说："世祖、圣祖，皆以冲龄践祚，孝庄皇后当时无建垂帘之议者。殷忧启圣，遂定中原，克底于升平。"是她稳住了一个诞生不久尚风雨飘摇的王朝的阵脚。听听她的儿孙怎么说怎么做的吧。儿子顺治帝说：克勤俭以襄大业，秉慈惠而谐六宫。孙子康熙大帝三十岁的生日是来这座王府过的，赋诗赞颂他的祖母。孝庄晚年时康熙陪她到五台山进香，每到上下坡，康熙都走下龙辇，来为祖母扶舆。她在七十五岁的时候病入膏肓，康熙衣不解带，床前侍奉一月有余，还到天坛为之祈祷，愿损自己的寿命来为祖母增寿！雍正皇帝则颂曰："统两朝之养孝，极三世之尊亲。"一个弱女子，谈笑之间，扶助她的孙皇帝成就名垂千古的明君，鼎定了一个王朝的盛世，这，没有一脉相承的大气概、大胸怀、大韬略能做得到吗？她不是英雄是什么。西昭陵墓碑上那一长串尊号记下了这一切。科尔沁大草原为自己养育了这样杰出的女政治家而自豪，孝庄文皇后为自己的民族再一次注入了足够的底气。

英雄不分男女，只分他（她）做了什么、做得怎样。英雄就是英雄，只要给他（她）历史舞台，他（她）就能唱主角。她与其说是一个人，一个家族，一段历史，莫如说是一个种族传统的延续。

我凝望空荡而缄默的王府，觉得我与王府之间少了一个灵魂，这座王府只留下缺席的宝座——被寂寞的苍穹罩着。我依然在那尊没有生命的孝庄塑像前顶礼膜拜，然后屏息悄步，走进她曾经住过的地方，恐怕惊动了一代英杰的亡灵。

回到家中，才发现由于时间紧张，我没能从容地及时停下脚步，拍摄下这些精彩而特有的画面，留住大草原的丰美和人文历史的厚重。或许，正因为这种缺憾，更加构成对这神奇土地、英雄史诗的刻骨铭心。

走，到帕米尔高原去

帕米尔高原，古称葱岭，地处祖国新疆西南边陲，接壤四国上千里疆界。这个由昆仑山、天山和兴都库什山交会而成的巨大山结，无愧万山之祖的尊称。

它是一幢坐在空中的宏伟石头宫殿，雪峰、冰川则是它头顶上的皇冠。

它承载着一条辉耀千秋的丝绸之路。驼铃声声远去了，遥远的回音至今响在世人心中，那是一个民族接纳八方的气度和融汇多种文明的精神。

它哺育着一个坚韧而高贵的民族——塔吉克，是五十六个民族大家庭中的高鼻梁、金头发（或黑褐）、碧眼睛、白肌肤的欧罗巴人种，他们在世界屋脊上与阳光共舞，与冰川交谈，比翼雄鹰。

还有戈壁滩上的寸草不生，万山的嶙峋峥嵘，以及不容省略又难以言状的人类生存的艰辛……真是大风景与大地貌的会集地，文化传统与现实存在的交会点。

当这些我从书籍画册上得来的认知，与我冥冥中执拗地认为高原在等待着我的心思相重叠的时候，我再也不去想横在眼前的万里之遥、重山之阻，顾不得因公务刚刚从喀什离去的现实，二次从乌鲁木齐越千里返回，走向这古老神奇的高地，去接近一种独特文明的灵性。

仰望冰川

终于从喀什城内被烤羊肉串的烟尘笼罩的人群里挤出来了，终于耳边消隐了那片与"真主伟大"的宣礼呼喊相交织的小毛驴负重前行的"嗒嗒"蹄声，当燥热变成了清爽，路两旁绿色或黄色的平地变成铁色戈壁连着没有尽头的群山时，帕米尔高原就这样扑面而来了。

我贪婪地四处张望，恐怕略过每一个细节。高原不动声色，送给我的却是一幅简单得不能再简单、纯粹得不能再纯粹的景象：除了石头还是石头。大石头在空中就座，碎石头在空谷荒滩上安家，石头在人足马蹄下开花，偶尔在石头遗忘的地方挤出一小片一小片稀疏的草木，草木旁边便有几座用石块和着黄褐色泥巴站立在那里的蓝盖力（正方形的土屋），石头、草木、牲畜、土屋的间隙里，时不时晃荡出一两个或三四个在现代生活与古老村庄之间寻找方位的年轻生命，这就是高原上的村庄、原野，几乎是生命赖以存在的全部。

石头反射的光亮刺痛了双眼。闭上眼睛，去寻找"古道、西风、瘦马，断肠人在天涯"的况味，无奈，乘坐的轿车，面前平直而崭新的国道，还有身边的同事们，使那景象零碎地停滞在了属于它的遥远年代。什么也别再去想，相信旅行者是美丽的，行动起来的旅行者一定会得到远方的奖赏就是了。

然而，为准备这趟旅行所查阅的资料顽固地浮出脑际：六千五百万年前是地球历史上的新生代开端，那时地球上的海陆分布还是另一种模样，中国和印度之间隔着广阔的古地中海，土耳其和波斯是这片海中的岛屿，它们尚未与欧亚大陆连接……新生代开始后，地表上的各个陆块进行着轰轰烈烈的升降、漂移和接合，古地中海消失了，印度板块与亚洲大陆结合了……又过了数千万年，到了距今二百万年的时候，地球上的海陆分布呈现出了今天的样子。众多的陆块经过剧烈的撞击、拼接之后，渐渐归于沉寂，就在这时候，古猿在非洲悄然登场，标志着灵长目时代的开始。然而，在印度和中国之间，地壳却在进行新一轮的演变，空旷的大洋地壳不堪印度板块和欧亚古陆的挤压，向着欧亚古陆俯冲而去，在俯冲带，地壳缩短了，变形了，加厚了，青藏高原就这样均衡地隆升起来了。

我最终没能找到帕米尔高原上座座雪山冰峰的成因，它是否也和珠穆朗玛峰一样，在地球的偶尔事件中，成为地表的至高点呢？但我可以想象得出，包括帕米尔高原在内的块块地壳凶猛撞击的巨响该是怎样的惊天动地，地球伟大磅礴的造山运动远比人类兴衰更迭的历史变迁惊心动魄得多。面对大自然，面对自然界摧枯拉朽的除旧布新，尚年幼的人类渺小得连悲哀都只能化作徒劳。再去看两旁阳光下闪闪发亮的坦荡高原，裸露着粗粝骨骼的群山，似乎感觉到了这个巨大生命令人敬畏的腾跃与表情。

越过盖孜边检站不远处，竟接连出现了两个湖泊，很大，很美，水色深蓝到偏黑，足以见其深度，在常年干旱的高原上实属罕见。抬眼前望，一座座白雪皑皑的冰峰由远而近了，方知道，冰峰是湖水的源头。海拔七千七百一十九米的公格尔峰、公格尔九别峰后面就是著名的慕士塔格峰，它正是我此行的第一目标。于是婉谢了塔什库尔干县接待者热情的安排，就势先去攀登。

慕士塔格峰，海拔七千五百四十六米，它有大大小小十六条冰川，其中最长的羊布拉克冰川长达二十公里，由于它冰川多，面积大，被世界气象组织确定为测量地球冷暖变化的测定点。据说，受温室效应的影响，它的冰际下线在不断向上退缩。其实，早在十九世纪末，瑞典的探险家斯文·赫定先后四次入疆勘察后，就命名它为"冰川之父"。而在塔吉克人的神话里，它是一座神山，它的最高层叫费尔代维西，是一座长满奇花异草的天堂，人间的花草最早是从那里采撷来的。于是，同样信奉伊斯兰教却忽略表面形式、注重内心醒悟的塔吉克人把它奉为神明。每天早晨起床后，都要面向它祈祷："冰川神父，愿你保佑我们！"将晨间的祷告准时送上天庭。由此可见，塔吉克人的信仰追求不是在天堂救赎，而是在人间的重生，他们让不泯的希望来超度自己内心的荒野，陪伴一个个祸福相依的日子。

下公路后，我们借助现代化交通工具，又在没有道路的山坡上驶进十几华里，凭着颠来晃去的感受得知一寸寸向不毛之地的憔悴挪动，最终在主峰脚下的山包前停住。一走下车来，身心立即被四野空旷的宁寂包裹，耳畔只有自己的脚步试探着与静默碰击的声音。眼前的山头充当了冰川的自然屏障，不高，一两百米，有些陡，没有植被，像家乡煤矿上废弃的煤石堆，只是颜色浅淡了些，风蚀刀割的尖石棱一层一层铺到了山顶。如若在平地上，并不算什么，在这海拔四千五百米左右的高原上，它足以阻止意志薄弱的来者靠近冰川。

拒绝攀登，只能留在仰望者的行列。

只有翻越座座高峰，才能在认知名山的同时认知自己，从而获得属于自己内心的万水千山、深壑崇岭。

于是，迈动前行的脚步。还好，没有高原反应。真得感谢青少年时期所付出的繁重体力劳动和超常的生活砥砺。登到山腰后，再也无法轻松，双腿发抖，口喘粗气，浑身冒虚汗，每挪动一步都需要集中全身的力气。同伴上来挽扶，望着近在咫尺又如强弓之末般遥远的冰川，谢绝了。一步一站，三步一歇，只是不能停。虚脱的幻觉里突现出小毛驴负重前行的景象：这个为数不多的直接为人类工作的生灵，竟具有超常的坚毅耐力，背负上与体重差不多的东西，只要没被压垮，只要能迈动四蹄，就用不着主人挥鞭呵斥而不住地前行，从不在乎人们总在它名字前冠以的"小"字。我更没有受什么主人的驱使，受的只有自己心灵的驱动：人啊，有时候就需要自己跟自己较较劲。终于，在太阳开始西斜的时候，我独立地站上了五千米高的山顶。

缓缓地走下山坡，在山包与冰川之间的水滩边上与同事一起就餐，掬一捧清凉的冰水，掰一块香脆的馕，伴着每个人会心的微笑，完成了平生仅有的一顿特殊的午餐。它，将成为我此后生涯里无法忘记的部分，提示着人生长旅的答案。

有的忙着拍照，有的在审视冰川边缘下正在消融的巨大冰洞，有的则俯耳倾听冰与雪在山风中、气温下涌动裂变的天籁交响。我绕过水滩，慢慢地走向冰川，这顶在远处看似很小的高洁桂冠，一旦靠近，在二千六百米高度之下，仍然横观看不到边，仰视看不到顶。

大自然难以被人类穷尽。

又一次仰望，应属收获之后在新坐标上的必然。

我们一行下山后将要分手的时候，大家相互的赠言，竟不约而同地选用了塔吉克人送亲友远行的祈祷语句："愿慕士塔格与你同在!"

大路朝天

　　每一个进疆的人，都无法忽略"丝绸之路"，这一存活了三千年、纵横东西九千公里的亚欧大通道。这一通道最凶险最传奇最值得世人书写的精彩片段，又不能不说是在翻越世界屋脊——葱岭的路段。时至今日，随水陆空交通的兴盛，原本概念上的"丝路"早已废弃，留下的不过是星星点点的古道遗址和几声遥远的回音。然而，这条使东西方通商、对话的大道，是产生于我们民族童年时期的神话，它作为一种文化现象，一种精神态势，承载着拓路者们苦涩而灿烂的梦想，永久地留在世人的记忆里。

　　"丝路"在疆内的南北两条道会合于喀什，经塔什库尔干，越重山叠嶂至中巴交界的红其拉甫口岸，约三百公里。这是它在国境内的最后一段，塔县石头城堡就是国境内最后的一个驿站。当这个雄视历史两千多年，以世界四大石头城闻名的古代揭盘陀国国都，如今的县城，摆在我的面前时，没曾想到它竟然这么小。

　　确实小，小得不能再小了：一两家宾馆，几家饭店，一个农贸市场，加上城中心现代化的文化宫和一所学校，就是县城的全部。站在坐落鹰雕的十字街心，一抬眼即可看到从四面伸出县城的街道顶端，周围连绵的群山，像专为限制城池的伸展而耸立在那里的。这并不影响它屹立千秋的坚韧，孤傲出世的卓然。灿阳下，黄土城，黄土屋，或青或黄的山石，还有塔吉克人平和而热情的笑脸，以及男人们黑绒圆高顶的吐马克帽、女人们刺绣精美的鲜艳饰物，这些闪耀着的亮色成了主调，找不见那种"一片孤城万仞山"的悲凉，倒有一种只要看上一眼便再也不容忽视、不能忘记的磁力。

石头城就是蹲踞在小县城东北角高土丘上的一个不规则的方圆形，外城周长三千六百米，内城仅有一个会场那么大。这么个小小城堡，恐怕是这座城池不容忘记的最辉煌灿烂的存在。它从公元初期建成起，就是西域三十六国的管辖中心，就是通达国境内外的温暖驿站，法显、张骞、玄奘、马可·波罗、斯文·赫定、斯坦因、扬哈斯本……一串串闪耀在历史长空的人物，都曾在这里驻足，都曾在这里演出一幕幕雄壮神奇、惊世骇俗的活剧，也都是从这里带走了必需而珍贵的补给和勇气。城堡和它的主人们就是这样，迎西来者再越死亡之海，去正视臆想中的东方乌托邦那现实的繁盛，送西行人去开凿鸟飞绝的葱岭，直面外边广阔的海空。

不错，我们的先祖们是在边疆修筑了堡垒，而赋予它的使命从来就不是阻断、防守、对抗，而是连接、交流、沟通，他们以自己坚守而无畏的英雄精神和开明而开放的恢宏气度去与天下人对话交融。不管在什么环境中，总会找出一种生存下去的方式，无论在多么封闭的土地上，总能凿开一条走向外界的通途。这恐怕是"丝路"与驿站的全部意义所在。

城堡虽小分量重。

文字的喧哗与沉默都不能代替存在本身。

如今繁华落尽，遗址荒存，残垣乱石间点点白骨，任凭风吹日晒，让今人凭吊怀想。

过去的蜿蜒小道，早已变成了土路、砂石路、宽阔的柏油路。国道结束了千年通商路上的崎岖艰险，也实实在在地缩短了出发地与目的地之间的距离。车子出县城不远便驶上红其拉甫达坂，本来就屡弱的溪流和绿草不见了，路两旁全是空茫茫的大山，上边是皑皑雪峰，下边是狰狞裸岩，汹涌澎湃的灰黄色一直铺展到天际。天很低，低得举手可触，与山岩缠绵，很蓝，蓝得一尘不染。壑很深，很静，静得连一块石头滚落下来，都会传出轰鸣的回声。这片只属于风雨、只属于洪荒的雄奇地貌，使渴望生存与窒息生存之间压缩到了零点。仿佛时光、历史……一切一切都在这里停止了流转。那种空山绝谷的感受充盈心底，如同置身于月球上一般。怪不得《后汉书·西域传》里说："历大小头痛之山、赤土火热之陀，临峥嵘不测之渊，行者骑步相持，绳索相引。"即便到了今天，望它一眼，照样能感觉出要征服它的艰险。不难想象，三千年前，那条影影绰绰挂在大山深涧上的小道该有多么奇绝，开凿它和跨越它同样需要足够的勇气和力量。据玄奘的《大唐西域记》里记载："昔有贾客，其徒万余，橐驼数千，赍货逐利，遭风遇雪，人畜俱丧。"一次就有一万人一千只骆驼的大商队被暴风雪埋葬在这里，同时被掩埋的还有千百年来人们为改善生存状态曾付出的无数艰辛。玄奘自己在取经归途中也遭强盗劫持，驮经的骆驼被赶入水中淹死，他因是僧人而幸免于难。于是，瑞典探险家斯文·赫定断言：这条交通干线是穿越整个世界的最长的路，也是世界上最为神奇最为恐怖最为凶险的路。然而，出土于吐鲁番高昌的粟特文信件上却说："如果没有这条路，没有这些商人，没有他们在世界各地旅行，那么你何时能穿上黑色貂皮？如果中国的商队折断了队旗，那么，一万件珍宝将从何而来？"由此可见，古往今来，这条路上络绎不绝的商队、朝圣者、使节、学者……还有大山之间生生不息的人口和牲畜，都在印证着：路是为脚步和向往而诞生的。脚步下驼铃间，一幅幅绝景，一个个故事，都终将化为一帧帧人类生存的记忆。

山路越走越深，地势越上越高，雪峰越来越近，于是涧里有了溪水，滩上有了绿色。行至半途，有了一块平地、一汪清澈的湖水，不远处有了村庄——三四间土屋，不及旁边隆起的坟墓数目。我们停下来小憩，欣赏这纯净的天地山水，欣赏这泓清水里自己和大山清清楚楚地叠印在一起的倒影，欣赏那几匹闲闲散散地放牧在滩上的马。蓦然发觉，马最美的状态，是在这没有驭手，没有束缚，没有过多的欲望，不经意的散步，不经意的觅食，兴致所至扬蹄疾驰又毫无目的地戛然而止的瞬间。马群旁有个穿红衣服的姑娘站在那里，没有皮鞭，没有话语，没有牧歌，正好与这幅无言的山水画相默契。难道你也懂得最深沉的情感，只能是守望和静默吗？我无从得知。

两个塔吉克人向我们走来，来到眼前，才看清了这些离太阳最近的人，已经失去了原本白皙的肤色，变成了红里透黑的高原汉子。他们拿出一些有花纹的奇石和自己制作的工艺品向我们展销。货真价实，物美价廉。青年人又拿出一支尺许长的骨质雪白短笛——鹰笛，这个以雄鹰为图腾，用身心去编织鹰与冰山神话的民族，把这以雄鹰翅骨做成的短笛视为最心爱的乐器，可惜我无从带走这一民族的珍贵标志。看着那张安详中略带腼腆的脸庞，不知如何安慰那颗期盼的心，从衣袋里掏出仅存的几枚硬币，放入他的手掌，他连忙把笛子递了过来。不，一支笛子就是一只鹰的翅膀，就预示着有一只雄鹰再也不会冲天而起了，这怎能相匹抵？告诉他，是送给他做纪念的，他毫无迟疑地把硬币退了回来。

身在凡尘，眼睛总是望着天堂。

我似乎明白了，他们坚守着的，是人性中最原本最真实最优秀的那一部分。这种坚守和憧憬，如这景象一般纯净、深重、辽阔、苍劲。

我们带着被拨动了的心情继续前行。身后传来《花儿为什么这样红》的乐曲，这支熟悉的曲调，一经被风沙读白了的鹰笛奏出，高亢得直入云端，激越得如雄鹰翱翔，在无边的大山大漠间流荡。

　　西斜的阳光里，现出高高飘扬的五星红旗、漂亮的哨所楼房，还有穿绿军装的战士，红其拉甫口岸到了。海拔四千九百三十三米上的地势愈加险峻，山脊两侧河流分野，雪峰冰川近在咫尺，映衬着我们的国旗和7号界碑威严壮丽。靠近洁白的大理石界碑，心中自然升腾起许多豪气：一步之间，就可以横跨两个国家。同事赶上来给我拍照，激动之下，竟不知两手如何摆放才能显示出此刻的心境，顺势把一只手放在了界碑的顶端，轻轻地抚摸，像是在抚摸两个国家地域的边缘。那边的巴基斯坦大胡子朋友纷纷跑过来打招呼，我们的哨兵也跟过来合影留念。其中，一位小战士拉着我们从不同的方位拍照。原来，红其拉甫中巴界碑之地已作为旅游区对外寻求合作了，这位将要复员的战士要带着照片回南方家乡去招商。塔县官员还说：冰川雪峰蕴含着大量飞行员专用天然矿泉水，海外客商已签下开发合约了。

　　边界，不再只是关卡，不再仅仅昭示着阻隔，而是作为国与国之间的结合部、商贸文化的荟萃地，吸引着世人雀跃往来。

　　昨天与明天，不只是往复的循环、简单的重复。

　　帕米尔高原，原本属于上帝的骄子，它固有的丰富资源和固守的自然纯净，终究会成为人类向往的回归地。"丝路"是高原顶上的一条神奇的金链，这一神话具有永恒的魅力，当接纳和输出的双重功能都在这里发挥得淋漓尽致的时候，人类就会在天地山海之间迈上自由而不朽的通途。

喀什——最后的老城

不到喀什，不算到新疆。不到喀什老城，不算了解喀什。

喀什噶尔（"喀什"是维吾尔语"喀什噶尔"音译的简称），这座具有两千多年历史文化的古城，古西域三十六国之一"疏勒"国国都所在地，更是南疆维吾尔族最集中的聚居区。

居住在这里的原生维吾尔族人，绝大部分都在老城区的高台民居里。所谓高台民居，就是市区中艾提尕尔大清真寺两侧，地势高于周边建筑的吾斯塘博依、恰萨两片老城区。二者隔着宽阔的马路相望，成为现今仅存的最后一处完整而传统的维吾尔人的民居和生活区域。从空中鸟瞰，这两片老房子分不清哪家哪户，而是一片密密麻麻相互连接而又参差错落的小格子，像是存留在大地上的一叠历史密码。生土建筑外观、异质文化符号、传统生活方式，维吾尔民族的一些特有的东西就这样封存在那里，等待后来者的探寻和破译。

据《汉书·西域传》记载：公元前一二八年，张骞发现，喀什（当时称疏勒）是西域三十六国中唯一"有市列"的地方。此后开辟的连接东西方的丝绸之路，南线必经喀什到帕米尔出境。十六世纪后，欧洲人开辟海上航线，渐渐冷落了这条欧亚大陆深处的丝绸之路。如今的恰萨老城建于十七世纪中叶，吾斯塘博依老城晚了一些，建于一八三八年。生土筑墙，泥巴抹顶，伊斯兰文化艺术，蜿蜒崎岖的街巷，是喀什老城民居最突出最重要的特征。有位喀什学者这样描述："土木结构方形平房，用厚厚的土坯砌成，或者直接用生土夯成，房顶用木料加封盖，复以苇席、麦草、草泥没顶……"从古至今，喀什人的这种生土建筑，与庞大宏伟的清真寺、经文学院、热闹的巴扎、特有的婚丧嫁娶仪式、高声的唱卖一起，如同化石一般，以最古老最传统的面貌被传承了下来。这些在外来人看作不敌他们家乡场院屋似的低矮破旧的方块屋子，在老城居民心中却是可御寒能防暑、既坚固又舒适的生活乐土。他们在这里寻找到了故乡的感觉，守着这样的老屋，重复那些传统礼仪的细节，便是他们寻根的一种方式。

二〇〇九年七月初，我再次来到这座城市，公务之余，依然想去看看上次在里边差点转不出来的迷宫式老城。维吾尔族的朋友告诉我：从今年二月起，政府投资三十亿元，启动了将历时五年的老城改造工程，八平方公里的老城区，留下一平方公里进行整体保护，其他部分或拆除或改造加固。这就更加深了我再次造访的念头。乃孜是市政府部门的司机，他家是老城里的老户，爷爷父亲都曾是阿訇，他在喀交会上走不开，便把给我们做向导的差事交给了他的父亲。

走进老城，见老屋已被拆掉不少。正好路过一片拆除中的工地，推土机轰响声里大股灰土腾空而起，笼罩了一片老宅土楼，也遮蔽了围观的维吾尔居民，他们在土雾中睁大眼睛，看着歪歪扭扭的墙壁倒下去，残存的墙壁等待着推土机的下一次冲击。最古老的砖瓦土块被碾为齑粉，满地瓦砾灰土，已看不出曾经存在过什么样的街巷、什么样的房屋。当一块雕琢繁复的伊斯兰风格图案和它依附上百年的生土墙壁一起断裂下来的时候，一位年长的穿长袍留长须的老人以袖掩面，闭上了眼睛，不知道他是为自己从小就认为坚固无比的墙壁，在推土机面前竟然如此的不堪一击而惊讶，还是为将要永远地失去习惯了的故居而惋惜。

继续前行。和三年前相比，不少街巷房屋贴上了土黄色的瓷砖，而被称为"时间停止的地方"的那些小巷，依然弯弯曲曲。以前用辨识地砖是六边形或正方形的方法来分辨是通路还是死巷，如今已不灵验了。正在我们踌躇之时，乃孜的父亲来了，一位温和而寡言的汉子，他熟悉区内所有的小巷，以及两旁房子里的主人。他一边迎着街坊们的招呼送上微笑，一边带我们穿过过街楼的阴影，走向城区深处。

街巷弯曲得没有方向，平静得叫人感觉不到时间的流逝，居民们不紧不慢地静静行走，只有家门口停放的摩托车传递出时代的气息。引人注目的还有家家大门上都钉着各式各样的金属牌：光荣户、五好家庭、平安家庭、文明家庭以及供水、房屋出租许可证，最多的是低保户牌子。查阅官方公布的数字得知，老城区 62616 户 22 万人中，低保户、困难户、低收入住房困难户有 23109 户 10 万人左右。他们多数没有工作，不会汉语，生活靠每月领取政府发放的七百元低保金。

不时有孩子从我们身边走过，总是对着乃孜的父亲把双手重叠在腰间，鞠躬致意。他抚摸着孩子的头，温和地说几句维吾尔语。随行的人告诉我们：乃孜的父亲很有威望，充当着街巷里的民间教化者，他是在开导孩子，要好好上学，要知道真主。不要喝酒，不要抽烟，不要打架。我们冲他伸伸大拇指，他只是微笑着摇摇头，是谦虚也是无奈。他在告诉我们：你们看这些生土老屋没有改变，生活中的变化却在悄然发生，女人们的头巾花样在变化，作用也在变化；孩子们中早就有人抽烟、喝酒，只是躲在角落里背着人罢了……

路过土陶烧制最有名的祖农阿西木的家。土陶制作传到阿西木已是第五代了。站在门口的母子，见到我们非常热情，我们应邀进门，一睹这国家首批非物质文化遗产艺术品的真容。屋里屋外满地的陶制品——盆、碗、瓶、罐、壶等，阿西木的母亲阿米尼罕老太太很是好客，在陶瓶上签上她的名字赠送我们，阿西木则演示了手工拉坯造型、晾坯、涂色绘画的过程。制陶所用的房屋和工具都异常的简陋，熟练的手艺却令人叫绝。

前面的街巷似乎更加拥挤，大概由于人口不断增加，还有维吾尔族传统习俗，子女婚后不再和父母住在一起，起码不应该住在同一间房子里，家里的主人不得不想出各种方法来增加住房面积。家家户户本来就少有庭院，厕所都是建在屋顶上，户外更没有空闲地了。于是，他们创造了一种独特的建筑形式——过街楼，就是在窄窄的小巷上空，造出与两边的二层楼相连、底部悬空的房子。让我们这些外来人别说住，穿过去都要格外小心，其安全性令人担忧。

前边就是乃孜父母的家了，一所百年老宅，一百四十多平方米，除了居住外，这里还经营着民族服装和他们的收藏品，他们的生活比较富裕。小院子三米见方，在这里已算奢侈了。院内回廊连着三面的房子，屋内铺满深红色镂花的羊毛地毯，毯子上放一张矮方桌，桌上摆满了水果、馕、油香等吃食。墙面是用石膏做出的一排排清真寺形状的小格子，里面摆满各式瓷器，透过伊斯兰风格的高高窗棂照进来一缕缕阳光，正好打在瓷器上面，瓷器顿时生辉，格外明亮。

我们围桌坐下，乃孜的妈妈、妻子和刚考上南京大学的妹妹都围了过来，一家人热情地让我们吃喝。乃孜的妹妹是典型的南疆维吾尔族美女：乌黑的头发，漆黑闪亮的眼珠，高耸的鼻梁，长长的睫毛，细高挑的身材，还有文化给予她的教养。据说，九世纪末，回鹘人征服喀什之前，南疆地区曾经生活着羌人、塞人、粟特人等众多民族，当中有的是金发碧眼的雅利安人。回鹘人西迁后，民族大融合，形成了现代维吾尔美女们深目高鼻、黑发高挑个的基本特征，引得远方来客们看西洋景似的欣赏这些颇具神秘感的美女。

不一会儿，一路带来的七月炎热渐渐退去了。原来，他们清晨打开门窗，让凉爽的空气灌进来，日头升高后关窗闭户，阳光晒不透厚厚的生土墙壁，屋里就可清凉一天了。

我们自然而然地谈起老城改造的事。他们说：居住面积五十平方米以下的人家大都乐意改造，按现在的政策，他们可直接在原区域内置换一处同样面积的楼房，新楼房水电暖设施齐全，既卫生又抗震，还不需要再交钱。大家只是希望重建后的房子能够保持维吾尔族的传统风格，解决好保障生活的基本问题。问到他家这座房子的拆迁，快人快语的乃孜妈妈接过话头，说："虽说拆了补偿十万元，如在原地要新房子就没有了院子，生意没法做了。到老城外盖新房子，至少需要七八万元，装修也得三五万，生活和生意的成本都在增加哪。"乃孜的妹妹说："不是有专家提出模仿巴格达或是开罗，保留老城，作为研究西域古城的活化石，在旁边建设新区吗？"跟来的邻居插话说："总得留下点。现在老城的面积已经够小的了。过去巷子那么长，现在呢，走着走着就到了大街边沿或大楼的脚下，闹哄哄的，哪里还有一点安静。再说，留得太小了，旅游的人都不会来了呀。"

乃孜的父亲发言了："你们知道什么，着什么急啊，政府总会有办法解决好的。"

他是虔诚的穆斯林，他有坚定的信仰，感觉到自己应属于高尚而高贵的那一类人；他也由衷地信任共产党和人民政府，真诚的信任，使他又有那种跟得上时代步伐、踏踏实实向前走的自信和自豪。

维吾尔族本身就是一个容易接受新事物的民族，当今，它注定会随着现代化前进的步伐而前进。老城应该作为文物保留下来，但仅仅是文物。正如一位维吾尔族的大学生在散文《喀什，我的眼泪》里写的那样："父亲去世了，我想记住父亲的样子，但实际上是越来越模糊。"

海南茶情

此番到海南来，感到新奇的是，海岛新添一景：楼群舍丛里处处可见茶园、茶馆、茶亭。

尽管《茶经》开篇即是："茶者，南方之嘉木也。"民间也广泛流传着"北人好酒，南人好茶"的说法，那是说，我国的茶起源于云贵高原，其后广布巴蜀、吴越、江浙乃至各地，成为与人们生活息息相关、不可分离的一部分。然而翻遍有关茶事的典籍书刊，鲜有海南茶情的记载。

二十世纪八十年代末，海南划为行政省，成为我国最大的开放特区，一时声名鹊起，人流涌动。九十年代初，我也曾随好奇的人群来到这片绿岛，第一感觉就是热，不只是气候热，而且整个海岛就是个热气腾腾的大工地，机器轰鸣，楼堂林立。步履匆匆的人们渴了，或来一个椰子，即开即饮，方法原始、味道新鲜；或停靠在"挡不住的诱惑"大招牌下，来一听可乐，方便而洋气，唯独少见茶的踪影。想来，海峡相隔、文明骤起，在这块跳跃式发展的新开放区，作为我国传统文化的茶艺仍然春风不度，使得处处是景、步步皆诗的年轻宝岛，少了那种动人心魄的韵味和灵性。

此次所见大不相同了，各式各样的茶楼肆舍点缀在大街小巷，或富丽或简洁或古朴或现代，无不显现出一副雅致清新的形象，门窗上的招贴大都是古代诗词、名人字画，营造着一种浓浓的文化氛围。招牌高挑，茶旗飘扬，任你多忙多累，渴与不渴，进与不进，都忍不住停下脚步，望它一眼，品味一番，从而获得一份温馨和快慰，驱一驱连日奔波久积于心的烦躁与劳顿。特区的创业者们，终于在东西方文化交汇的激流旋涡中，倦于歌舞厅、咖啡馆的喧嚣刺激，回归到祖国传统的茶文化中去，寻求那份恬淡、宁静，那种内聚力。

本人不烟不酒，平生好茶。常常忙里偷闲，静坐陋室，煮一壶取自泰山上的泉水，选几片新鲜的"明前"龙井，放一首古典名曲，看悬壶高冲的沸水入杯，绿芽在云里雾里沉沉浮浮，舒展舞蹈，悠然鲜活得如同枝头再生，始觉出苏东坡"从来佳茗似佳人"的意境。香茶在口，任芬芳承载起身心，走出冷秋，穿过夏雨，回到清明之春，来感受魂魄小憩的安宁。细品慢啜中，把现实的生活品成了诗，啜成了画。以己度人，在自己从事的对外交往工作中，常常选名茶赠送友好的外宾，尤其是欧洲人、日本人。眼下欧洲再次兴起"中国茶"的热潮。欧洲人古典、傲慢，而对中国的绿茶、红茶唯有赞赏，不会说三道四。日本人就有所不同了，不光把茶艺称作"道"——这个中国人看作本质规律而轻易不能用的字，还组团频频来华表演，有些中国人也稀里糊涂地附和"日本茶道传到中国来了"。岂不知，中国才是茶的发源地。自秦汉起，至唐宋盛，流传至今。最早把茶带到日本去的是最澄和空海两位遣唐名僧，推动它大行于日本的是生活同于我国明代中叶的千利休。中国的茶文化精神至大至深，融汇儒、释、道众宗精华，蕴含了"天人合一"的宇宙观。日本人善学习，使茶道以"和、敬、清、寂"为精神，终归只是中国茶文化的一支。茶是我们民族文化的重要部分，以名茶赠好友，茶中有道，茶中含情，送去的是一份高尚和深厚。

海南兴茶艺，好茶人自然想领略，正好会议安排了夜晚到聚茗园品茶的议程。

聚茗园地处市内大道旁边，是座现代化的小楼，除修饰的门头招牌之外，与其他建筑别无两样，走进门来却是另一番景象。进门即大厅，迎门是两个高大而精致的博古架，一架摆设着大如斗小如杏造型各异的茶壶，一架放满了精致器皿里存放的多种名茶，四壁悬挂着历朝历代有关茶的诗书字画。厅内接着一个个茶房，多用荆条竹篱装点。身处其间，全然一种清幽隽永、返璞归真的感觉。

进茶房，早有两位身着旗袍的年轻女茶师在恭候。室内正面墙上挂着一幅文徵明的《陆羽烹茶图》，显然是仿制品，但图中茶圣与友人当炉烹茶、对坐品茗的场面依然栩栩如生。图下摆放的大茶案上，茶叶、茶具一应俱全。大家围着原木茶几，在藤编矮墩上落座，其后，茶师边讲述边演示了。原来，众多的茶具和各道工序，都有一个很文化的名字：烫杯为"沐浴"，洗茶叫"鸳鸯戏水"，布茶称"关公巡城"，暗含巡回圆满之意。布茶布到最后，要一点一抬头地把余津点入各个杯中，称作"韩信点兵"，亦在显示纤毫精华也都均匀分布的大同精神。一套工艺下来，茶被沏成了一种传统，一种艺术，一种文明。

泡茶程序大约十几道，而且地域不同，取用的茶叶不同，具体的工艺也有所不同。我国幅员辽阔，名茶众多，冲泡工艺也就无以计数了。时间有限，今夜，大家共赏的只能有迎宾、会友、回味三套。客人初到，理应先尽"迎宾"茶礼。这套茶艺多在北方，惯用茶中之王龙井，茶要鲜嫩，水要清洌，冲泡务轻，用八十度的开水，还要敞开壶盖，布茶要浅，只倒七分，否则茶满欺客，送茶要举杯过眉，突出一个"敬"意。接下来是"会友"，其实就是潮汕的工夫茶，用的是修炼三世的铁观音，多放茶叶冲沸水，每每淋出一小盅，茶汤极酽。工夫茶讲究的是功夫，务必一遍一遍地泡，一丝一丝地品，寒夜客来茶当酒，清香袅袅自醉人，君子相交一杯茶，客主共饮且同心，曲尽情意、友谊终被酿成一壶酽茶，融融泄泄中体现出一个"和"字。最后到了"回味"。茶师专门介绍待用的苦丁茶：海南特产，主要生于五指山，它钟山川之灵秀，集天地之风露，树高叶大，每次只需放一两片，用沸水再三冲泡，方才发出茶性。味道苦中有甘，涩中带香，刚入口，苦得令人咂舌，继而清爽穿肠而过，顿觉安神宁心。待苦涩渐渐淡去，甘甜慢慢溢来，久久不退。一壶先苦后甘的苦丁茶，每呷一盏，都似在回味一段既艰涩又经泡耐品的人生历程，一壶饮罢，品茶人自有一份彻悟的澄明心境。

正在凝神冥思，缈缈中飘过茶师的呢喃叮咛：不管选什么茶，用哪道艺，可别忘了呀，酒以陈为贵，茶以新为佳。

心，原本是一壶茶，包容百味，因吐纳而常新。

一杯新茶在握，独酌细品古今，面海临风欲醉。不觉中，窗外新月初上，汐退浪平，夜已深沉。清辉下，静寂中，细听海南人走向明天的足音。

山小石头大

听说峄山多奇石。自己居泰山脚下，又随波逐热地藏了回石头，趁出差鲁南之际，急忙忙地绕道造访。

出孟子故里邹城市区东南行二里许，一脉五百米左右的青山拔地而起，迎面扑来。第一眼看到的就是一坡嶙峋突兀、大小错落摆开去的石头。远望一片石头，近观石头一堆，整个地由奇石堆出来一座奇山。怪不得峄山名称来由注为："怪石万迭，山无土壤，积石相连，络绎如丝，故名峄焉。"果然名副其实。

站到山的正南面，穿过崭新的牌坊往上看，峰如垒卵，大小亿万，形态各异，斑斓缤纷，宽阔者里许，高大者数丈，小的也有房屋那么大。山门以里便是作为峄山象征的子孙石，还有夫妻离别形状的夫妻石，变幻多姿的五巧石，神秘莫测的八卦石，至于日石、月石、钟石、鼓石、鱼石、船石、静石、风烟石……形禽似兽，像仙若人，拟物如画者，无以数计。石头虽多，并没有两块是完全相同的。一块石头一个形态一种韵味，一块石头一个景色一首诗，或原始质朴，或坚硬单纯，或奇巧天真，拼合出世间最真最美的天然艺术；每块石头再有一个形象动听的名字，包藏一段属于自己的历史，知情人讲出一个相关联的传说故事，石头一下子具有了生命的灵气，包含起世间万象。峄山之美在奇石，奇石之秀在灵气，峄山虽小，有了这遍地灵秀的石头，就能不卑不亢、坦坦荡荡、独居风姿地傲立于名山峻岭之林。

山由石垒，垒石生洞，有名的就四个三十六洞天，另外还有七龙洞。由东路攀登，入口平坦处，第一个景色就是居七龙洞之首的盘龙洞。洞蜿蜒长几里，上下通达，左右纵横，曲折幽深，高阔处人可跳跃，逼仄处只能爬行。洞底可容百人的开阔处，顶上三块石头卡着一口硕大石钟，高高悬起，石与石之间一隙见天，形象地解说着重与轻、安与险，乍一见，不由得侧身躲闪，继而惊叹不已。洞里有水，地上细流，顶上露滴，高下悬殊之处形成小瀑布，东南劲风从洞口吹来，水起微澜，声吟叮咚，出口时有烟霞升腾。石多洞多缝隙多，水土涵蓄得好，满山草木繁茂。途中的孤桐书院，孤桐在《尚书·禹贡》里就有记载，如今孤桐不在，书院无存，仅留下一片遗迹，一段史话。

再向前，来到主峰五华峰下，只见五块突兀巨石插天抱立，如仙人巨掌，似莲开五瓣，那气势，那神韵，不亚于泰山岩岩。真是大有大的气概，小有小的风骨。过主峰向西朝下走，路右安卧一长方巨石，上刻"邹鲁灵秀"四个大字赫然入目，落款王尔鉴。方知道雍正年间做过皇帝师傅的饱学大儒王尔鉴曾任过邹县县令，至今仍传唱"王尔鉴，做知县，十天案子七天断，留下三天登峄山"的民谣，连做学问务正业的皇封大员也抵不住诱惑，峄山美景极致就可想而知了。其实当地妇孺皆知的，倒是大旱之年王尔鉴巧谏皇上免纳皇粮的传说。他任县令六载，为官清廉，体察民情，办了很多好事，人们还说这位有背景的大员，家境并非豪富。这些早以载入县志，更要紧的是，百姓们以口传之，以心记之，代代不忘。

由此，想起了王尔鉴带皇子四处寻找木鱼石的故事；由此，想起了此行的又一个目的：捡石头。于是，开始寻找可收藏的石头。

仔细寻察才发现，与千奇百怪的大石头正相反，小块石头少而平淡，寻来找去，终无一得。我沮丧地靠在石上，看一伙伙游人对着石头指指点点、评评说说，或争议或赞叹，然后带着欣赏后的满足欢乐而去。怪不得有人说：上古年间，山上是祖先撒下的一把璀璨的珍珠，后来有了贪欲的人拾为己有，再后来由抢夺引起争斗不息，祖先一怒之下，将珠宝统统点化成大石头，从此峄山石只可远观而不可摄取了。传说总是传说，而眼前的现实不正在向我宣示：由大自然的大手笔造下这些磅礴大气的奇石，乃天下之公器，不可为一士一己而私之。

我愕然。抚摸着无所不知的八卦石，梳理缤纷的思绪。说不上为什么，一直对石头有一种特殊的情感。起初，石头予我一份亲切，这大概源于并不遥远的童年，它是乡下孩子手中常见的玩具。酷夏，石子握在手心里，凉沁沁的，留一份清心的陶醉，得一种纯粹的情趣。后来，审视石头总有种神秘的感觉，石头从洪荒走来，阅尽人间沧桑，看透人情世事，能言终不语，让人敬畏，引人遐思。再后来，以收藏石头为欣慰，想当今，只有石头是大自然赐予的，不需要金钱权力交换只需劳其体魄而得到的清品，捡而藏之，可去懒惰拂铜臭，以坚贞的石品律己为人德行，蓄养清正高雅之气，也算人生一大快事。而眼下，面对峄山石坦坦然立于天地之间，公之于世，献美于民，万众共有之，豪庶同赏之的浩然大气，那种见美欲私的心怀不又显出狭小来吗？真是山小石头大，形大心大气度大，峄山有这些天然疏荡、坚韧雄奇的大石头，才具有内在的经久不衰。来此地赏石的人们，在以穿行于石头间的沉重砥砺欲藏欲私的欲望后，终会获得永远属于自己的博大艺术，留住一个豁达纯正的情怀。

天色将晚，游人渐稀，沿前人走过的路走下山来。再回望，满山石头已与山川草木融为一体，怀想着山石天真地秀的本色真味，轻松归去。

丹桂飘香

桂花，是人们珍爱的传统庭园花木。

桂花，实属百花上乘，诸木极品。凡目睹过"千桂竞放，十里飘香"美景的人，都会久久不能忘怀。那姿容、那香气、那魂品，没有亲临其境的人，任怎么也想象不出来的。

我对桂花最初的印象，来自小时候邻里的教书先生。雨天月夜，闲来没事，和小伙伴们聚在先生的小屋里，听他讲古道今，讲来讲去说得最多的是桂花。什么"桂""贵"同音，人们喜欢当庭植桂，寄托了吉祥如意、兴旺显达的愿望；什么秀才金榜题名又称及第"折桂"；壮士凯旋，最隆重的旌表是授以桂枝，戴上"桂冠"；青年男女谈情说爱，折桂相送，表示爱慕日深，永结友好；桂花可赏可食可用，做食物香料，做化妆香精，做药物，花、籽、根入药，性温味辛……俨然一个桂花通。有趣的是，先生描述花美味香，好像面对实景实物，一往情深，爱怜不已，说到动情处，竟语音颤颤，泪光盈盈。我们呢，莫名其妙，只是窃窃发笑。直到后来才知道，先生深爱的亡妻名字就叫桂花。他述物思人，我们少不更事，怎能沟通，何以共鸣？不过，打那时起，桂花的形象深深地印在心里，金秋赏桂成为向往的梦。

在北方，尤其农村，桂花稀罕，极少进入寻常百姓家。碰巧我那个上千户的大村还真有一棵。听说庭院故主是前朝有功名的人，如今早已易主，住着区里的工作人员。我们挡不住先生绘声绘色描述的诱惑，于是伴中秋之月，前去观看，结果仅见到那棵蓬蓬旺旺遮了小半个院子的桂树，一朵花也没看见。我们绕树寻查，惊动了屋里人。随一声低低的甜甜的问话，房门口站出一个文文静静、齐整秀丽的青年女子，微笑着招呼我们进屋。听惯了乡邻高声大气的呵斥，看多了粗犷无度的举动，眼前的情形像一只温柔的手，轻轻抚慰着心田，不由自主地被区文书的新媳妇牵进满是清香的房内。她拉平了我们跑乱了的衣衫，洗去满脸满手的污垢，轻声地问这问那。直到月上中天，我们才恋恋不舍地离去。此后，再猜想桂花的模样，直觉得大概就像这八月里明月下温和的新娘。

直到成年后来到泰山脚下念书，才有缘得见桂花真面目。又是中秋，细雨绵绵，岱庙里新置桂花千株，竞相怒放，我急急去圆赏桂梦。刚到岱庙北门百米外的大路，袭人的花香迎面而来。这是一种什么样的香气？香中带着轻轻的甜意，香得清醇绝尘、浓郁脱俗，香得典雅飘逸、令人心驰神往，是那种任何花香都无法比拟的，值得珍藏进记忆、久久回味的幽香。它熏香了蒙蒙细雨，浸透了赏桂人的身心，也浸透了古今咏桂的诗文佳句。"清香不与群芳并，仙种原从月中来"，"桂子月中落、天香云外飘"，难怪倾倒了那么多文人墨客、志士仁人，到底不负"天香"的盛誉。

院内甬道两旁，一排一排，摆满了双耳大木盆栽植的桂花。冒雨施肥的管理人员介绍：桂分三种，黄白色的为银桂，橙黄色的为金桂，艳红色的为丹桂。丹桂最名贵，也是院里最多的。抬眼一看，只见葱绿狭长的叶子英武茁壮，万波丛中，依稀露出或黄或红的星

84

星点点。那是桂花？颇是怅然。几个穿着入时的青年兴致索然地抱怨而去。我忙近前细看，只见叶子底下玲珑的花朵，几个几十个地簇拥成一堆堆一片片，密密匝匝挤着，贴着粗壮繁茂的枝丫，羞怯怯地展开纤纤花瓣，安宁地承受风雨的吹打。微风掠过，碧波翻卷，扎眼的丹桂以出众的红艳、一尘不染的晶莹，托着细细的亮亮的水珠，悠悠展现出天生丽质，如低眉、如含笑、如轻歌曼舞，与大自然形成和谐的韵律。它平凡而又超凡，轻俏而又端庄，尊贵而不骄纵，是其他花所不能及的内涵深蕴的秀丽，别具情怀的谦和温馨，叫人心里有一种说不出的可亲可爱而不可亵玩的感动。此情此景，使我陷入冥想：桂花的细小身躯，却孕育那么浓烈的奇香，蕴含一个伟大的灵魂。等到聚集全力，毫无保留地做出奉献，就心满意足地安居叶下，收藏起自己的美丽，这心境、这品格，是自然的造化，还是桂花特具的心路历程使然？它和着东岳大帝府邸里特有的神圣、渊默、肃穆，分明地回荡成浓浓的历史文化，承载起东方女性传统的美德。

十五年的时光跑完了一个世纪的里程，时代加快了步伐，生命调快了节奏，赏桂品香只能成为深藏影册的底片，无暇冲印。前几天偶经岱庙，一缕花香飘来，那么淡，那么轻，那么依然如故。我故地寻旧，只在院内花卉园里找到一片桂花幼苗，忙问花工香从何来，花工朗朗地笑道：什么时候了，桂花还甘心闲居深闺，早被购空。或许门外花市上还有。一路寻来，在一园林处花木销售点上找到了怒放的桂花。引人注目的是摆上架子的丹桂盆景，造型奇特，花盆考究，命名极富诗情画意。几位外宾围着一盆"嫦娥奔月"指指点点。销售员是两位十八九岁的女孩子，不知是濡染了桂花的贤淑、文静，还是骨子里潜存下相传的基因，好容貌、好气质，彬彬

85

有礼地用外语与客人对话。谈笑风生，引来声声赞叹，本来落落大方的女孩子反被夸奖得满脸绯红，人面桂花两相映，鼓舞得外宾更加兴奋，"美、美极了！"生硬的汉语表达出由衷的感慨，欣然携盆景，流连地离去。

美，怎会因粗心、浅薄、浮躁的抱怨逝去呢？

真正的实在的美，是历尽沧桑、跨越时空的不泯风景。

丹桂是美的，它美得花清始真，香浓自永，不管走到哪里，都会赢得尊重和喜爱。

又一个热闹去处

——记临涣老茶馆

有道是：和静清寂是茶韵。

茶文化是属于平民的文化，是让人闲适放松的文化。

临涣老茶馆，在皖北一带声名远扬。在我看来，又是一个平民热闹且闲适的好去处。

临涣具有四千多年的历史。临涣人饮茶的习惯从什么时候开始，小镇上的民众自己也说不清楚。据记载：临涣茶馆始于明代，延续至今，也有六百多年的历史了。

我国饮茶自西汉开始，那时茶只是士大夫的日常饮料，汉末走出贵族圈流入市间庭户。唐代佛教兴起，学禅的人不食夜餐不睡眠，只允许饮茶，他们煮茶，民间效仿，遂成风气。宋代以来"客至必设茶"，"人固不可一日无茶"，茶馆、茶楼渐渐成了街市基本的消闲场所。清茶一杯，品味自高，于是，坐茶馆饮清茶成了现世情趣的一种体验方式。闲人们有了消闲的去处，船工脚夫、工匠跑堂的苦人儿，工余时间泡一会儿茶馆，性情得到调节，苦难多磨的人生在这里获得短暂的廉价喘息。商号小老板、赋闲众宿老、破落户子弟，也可以到茶馆打发时间。两千多年下来，茶馆以及饮茶所具有的文化和社会功能，早就超越了止渴生津的本意。

临涣是苏、鲁、豫、皖贸易往来的交通要埠，过去此地水上交通便利，是过往商贾休闲的重要场所。这里有好泉水，古镇南面就是回龙泉，泉水清洌甘甜；这里有自己的名茶"棒棒茶"，它是用距此二百里地的六安的一种叫红茶棒的茶叶制作出来的；这里还有百年盛名的临涣酱培包瓜。清末诗人赞曰："瓜风送香气，蜂蝶乱飞云。食之包瓜后，忘却故乡人。"名茶好水、小吃佳肴、源源不断的客商，一应俱全，茶馆自然应运而生了。

今天，这个不足两千人的小镇上，数得上名字的、有年头的茶馆就有十几家。看看这一间挨一间的老茶馆，都临街道依家舍而设，依稀可辨清代建筑风格。门面简朴陈旧，朴素得让人无拘无束；里边地方不大，陈设简单，却五脏俱全，包罗万象。磨得黝黑发亮的茶几，边口残缺的茶具，泥巴抹起来的烧水炉灶，穿中山装手持长杆大烟袋的茶先生，这一切都让人感觉它是家门口近在咫尺的"芳邻"，那个亲切感、熟悉劲儿，谁见了都想进去坐坐，找个茶友聊聊，堪称是这方人生活方式的缩影、生活中不可或缺的部分。

每天天一放亮，馆舍里还一片漆黑，只有门前高挂的招牌隐约可见大大的"茶"字，村民便陆陆续续聚集过来，不一会儿，个个茶馆爆满。大家习惯坐在自己的老位置上，五毛钱一大把的棒棒茶放进粗粝笨拙的大肚子茶壶里，滚热的开水冲泡上，年老的茶客点上烟，就着大碗茶，这就开始了你一句我一句，家里村外、天南地北，大到大道新闻，小到小道消息，说古论今，高谈阔论的神聊。显然，少了达官贵人的讲究、文人墨客的抒怀，只有平头百姓的恣肆和自在。顿时，小馆子里烟雾缭绕，热闹起来。这群虽苦犹乐、始终不变的、爱生活会生活的市井俗人，用自己独有的生活方式来打发属于自己的时光。任凭外边天翻地覆地变化，他们手持好心态的魔杖，都把它们挥远了、看淡了。或许他们在想：人无常势，水无常形，繁华过后皆云烟；山一程，水一复，走得过去既春秋；没有一样是属于自己的永恒；苦乐凉热只是自己心境的感受罢了。掩饰不住的，唯有他们内心深处挟裹着对传统文化的坚持。

我们一帮外地来客，置身此情此景，也分享着这种让人无拘无束的纯朴和不着急不见外的亲切。颇有感慨：

由荒凉到繁盛，品茶问道话人生。

八方商贾云集时，茶馆是见证；

端大碗的喝得酣畅，拥山珍的没胃口吃它不动。

人间自有天平衡，"棒棒茶"不减当初味醇正。

五毛钱一壶的茶水是不计时辰的，泡茶馆的人本来就淡漠时间。大半天下来，茶水早已无色无味了，他们兴趣不减地品着，或独酌沉思，或举棋对弈，或高谈阔论，或窃窃低语。时而昂奋，时而苦闷，时而眉飞色舞表现能耐，时而长吁短叹发泄性情……反正到头来无损利益，无关痛痒，只是直抒胸臆、一吐浊气，获得暂时的轻松自在，市井百态在这里就这样展露无遗了。人生百味，随着一杯杯清冽寡淡的茶味，揣摩着揣摩着，也就打发去了。

晋中人家

由于参加全国侨务工作会议，得以去雄居晋中的五台山。第一天便被足以与磅礴连绵的群山相媲美的一座座宏大威严的庙宇，还有庙堂里大到数丈小到盈尺的千姿百态又金碧辉煌的无数佛像所倾倒。名副其实的我国佛教圣地。在群山怀抱之中坐落着台怀镇，由小镇延伸出大山走向外界、外界人走进山里的条条大道，大道旁边分布出一个接一个的商店、酒家。人与神就这样相安傍临，共同享用这片无边的清凉。

我们下榻的宾馆，在景区的边缘地带，已是海拔一千三百米的高度。标识三星级，盘龙门坊轩昂，院内楼堂整洁，大厅宽敞，东西两壁挂满以佛文化为题材的绘画，标价从百元到上千不等，只是没有人照应生意，增加了摆设的成分。

因为有人要往回赶路，晚餐提前开始了，饭菜上得很快，很多，但所用原料的种类有限，而且变着花样的面食占了上风，莜面、炒饼、凉粉、猫耳朵，当然少不了刀削面。上来一条鱼，服务小姐腾出餐桌的中心位置郑重地放下，然后报了菜名。我望着小姐认真的动作和桌上盘碟累叠，这种显然不符合星级服务规范的现状，茫然不知所以，倒是后来了解到鱼在晋宴中的重要位置和特殊作用。刚

90

吃进一口鱼，邻桌的同事来敬酒，接着回程的人要起身，又要应酬，又要送行，边咽边陪着往外走，一根刺硬是卡在嗓子里。

天色尚早，我顺便出了宾馆沿着山坡向前逛。夕阳金辉下，低矮植被覆盖的大山，更显出原古的苍茫。山石多是质地软、泛黄色的页岩，进入秋季的野草开始衰黄结籽，正与众僧尼的服色相谐和。待要好好感受眼前景物的独特气韵，无奈刺梗在喉，阵阵隐痛，到了不解决不行的地步。自然想到了醋。抬眼望，山坳深处稀落的住户间，还真的隐约可见一个"醋"字招牌高高挑起。我不假思索地匆匆赶去。

院落不很大，前面是新盖的二层小楼，后边是片石混土垒起的低矮平房，看样子很有些年岁了。院子里摆着一排戴"草帽"的大缸，显然是家前店后的作坊。家里只有奶奶和十来岁的孙女，当门卧着一条狗，见生人前来跃起一阵狂吠。老人家吆喝着拦住，把我让进屋里。我说明来意，老人家顺手从桌上大碗醋里勺出一碟递给我，尝了一小口，颜色倒满浓重，味道寡淡了些。我怕不管用，便问："有正宗的陈年老醋吗？用不了多少。"老人家看着我，迟疑了好一会儿，又扯了些闲话，知道我是远道而来，开全国会议的，才问："要最陈的？最好的？"我点点头。"你倒是找对了门，在这山里只有俺家的醋是老字号。不过，拿原装老醋得收点钱。"我说："大娘，您去拿吧，亏不了您。"老人家颤颤地向后边老屋走去，边走边嘟囔："光那坛子就很值钱哟。"

过了好一会儿，她捧着个满是灰尘的小坛子过来，用衣襟拂去尘土，是个底部黛青上面土黄的肚大脖子长的陶瓷坛子，造型确实古朴，笨拙里现出雅致，改作花瓶会是另一番韵味。老人家解下瓶口的红布，拔出木塞，倒一碟给我，浓黑的汤汁入口，醇厚的醋酸中透出绵长的香甜味，我连连说好。老人家笑了，笑得那么自得、自信，说："在这山旮旯里，俺家是独一份嘞。"话头一扯开就再也断不了啦，"天底下都知道山西的醋好，醋好就因为咱这里种的粮食好，水好，手艺嘛更好嘞。出一缸好醋不知要过多少遍手，特别是破冰这道手续，是别处没有的。十冬腊月，等到醋缸里结了冰，把冰块砸了撇出来，这样的醋放多少年不长白醭，不变味。晋中的人都说，阎锡山的大兵吃了败仗，宁可丢了枪也不扔挂在腰上的醋葫芦哩。"老人家说着自己先笑了起来，笑完了又自语，"醋好了，那苦，人也吃够了，在早，酿醋人的手哪个不是裂龇八瓣的。"看着我仰着头慢慢灌下第三碟，老人家认真地问："味道咋样，劲儿大啵？"我轻轻地点点头。她又说："这坛醋，少说也有五十年了，俺儿回来还不知道愿意不愿意卖哩。""卖"字说得特重，我一下子明白了，原来老人家不是平常的饶舌，而是在委婉地论质讲价。便说："老人家，你放心，说个价吧。这坛醋我都要了，刺一时化不了，回去我再用。""真的，好醋得有个好价钱啵，那我就不客套了。""你老就说个数吧。"老人家眯起眼做算计状，小孙女抬起头瞪着她奶奶。"我说啦。""你直说了吧。""一坛子嘛得五块喽。"咦！听老人家如数家珍般地讲酿醋，又貌似精明地算计一番，还铺垫了那么一大阵，我深以为这个产销世家最会做生意的老祖宗，还不知道要砸我个什么天文数字呢。及我所急，即使被砸一下也心甘情愿，哪知绕了半天圈子只要了五块钱，太少了，仅那只坛子也不止这个数。我眼前闪过各庙堂功德箱里多是一元、两元甚至毛票的情形，俨然不同于南普陀寺司空见惯的百元大钞；老人家心中期盼发财的数字与百年前晋中第一家全国最大的票号、最大的庄园形成的巨大反差，使我坠入五里云雾。"就五元？您老说定了？""得这个数。"看着她极其认真的表情，不忍心击破她的自信。没带零钱，递过去一张十元钞票。老人家接过去，迎着夕阳照了又照，搓了又搓，直到认为是真的了才收起来，转身进里屋找钱去了。我再也忍不住地笑了起来。

小孙女见状偎上来和我说话。我拨掉沾在她发梢上的草芥，捧着她俊秀的小脸问："上学了吗？""上了，学校是原来的大庙，离家挺远的。"我拿出随身带的小纪念品和一支钢笔放在她手里，谨表我对孩子的爱怜，还有对讨了老人家便宜的愧疚之意。孩子问我从哪里来，我告诉她："泰山，你知道吗？那也是一座很有名的大山。"正说着老人家提着一塑料袋蘑菇出来了，边走边说："钱都让她爸锁起来了，真不好意思。山里人没什么值钱的，这是有名的台蘑，自己进山挖的，用这顶了，你看行不？"我还没答话，孩子举着钢笔跑过去："奶奶，你看，姑姑给的，人家从泰山来哩，和我小姑一个地方的。""真的？"老人家顿时闪出惊喜的目光。"那个泰山底下可有个农业学校，是大学嘞，俺闺女在那里念书，可是俺山里最早的大学生，毕业后在那里成家了。"越说越近乎，她女婿和我的一位同事是一个单位的。

老人家说话中，手几次伸进口袋摸了又摸，最后掏出那十块钱，塞到我手里说："都有亲戚了，怎好收你的钱哩。醋再好在俺这里也不是什么稀罕物。"回身又装了一袋蘑菇送给我。两袋台蘑何止十块钱，我把钱塞回去说："大娘，给你的不多呀，你就收着吧。"推来让去，直到我跑出房门，老人家嘴里仍不停地说："你看看，我真是老糊涂了。我要去泰山的时候，怎好意思见你呢。"

夕阳下，老人家伫立门前，以满含亲情的目光送我走出山坳，那掩不住的难为情充溢在纵横的皱纹之间。这亘古不变的山，这辉煌千年的庙，这新旧一体的院落，这质朴执着的人，使我感受浓浓不散的古朴风情。夜色袭来，百般滋味在心头，理不清的思绪再也无法表达。

大草原，小生灵

我追逐着候鸟的足迹，来到呼伦贝尔大草原。

六月一天的黄昏，绿原无际，骤雨初歇。蓦然抬头，一幅天堂似的美景展现在眼前：苍茫暮色中，大片绿草上，洒满流霞丽彩，地连着天，天布满了云，云霞扮作山水，流连奔走，万里澄明而空旷，让人分不清哪儿是天哪儿是地哪儿是云霞哪儿是草原。一大群白羊，在这幅宏大而绚烂的图画中，竟然显得那么渺小，宛如天地无意中落下的一抹白云，倘若偶然出列一只、一对儿，那只是被大草原忽略不计的让人看不清楚的一个小点。它们低头觅食，尽管霞光把它们周身涂成了浅浅的橘黄色，暖暖的，它们谁都没有顾得上抬头看一眼瑰丽无比的云霞流彩，似乎眼前是最后的美餐、最后的吃食。它们在即将回家的最后一刻，尽情地啃着、嚼着……

牧羊人停下摩托车歇息着，默默地看羊儿贪婪咀嚼，让它们自由自在地享受这美餐美景。我端着相机悄悄地加快脚步靠上前去，它们对我的靠近无动于衷。走近了，端详它们平静而单纯的神情，注视它们玉石般灰蓝色的眼睛，真切地感受到纯洁而柔弱生命的可爱；它们咩咩的叫声——那人类不可理解的倾诉，传递出多少美好的情愫。偶尔一只小羊羔好奇地盯着相机，朝我走来，我只想摸一摸它从小长就的那撮胡须。它并不躲闪，明亮而乖巧的眼神似乎在询问我的来路、我的归宿，不由得让人生出无限的怜悯。它们比任何动物都柔顺、都无助、都需要爱护，然而温柔和弱小常常成为被欺辱的理由，它们由此几乎成为所有食肉动物的果腹之物。人类豢养它，保护它，代价却是要它们付出生命。羊是人类在动物界里最密切的朋友，无数的接触，无数的交谈，唯独它这一凄惨的命运，羊无以诉说，人类也始终不去倾听，即使听到也并没有听懂。人在这软弱而美好的生灵面前，应该更多地想想：人一生有多少事情要做，需要克服多少障碍，才能到达完美的彼岸？这遥遥无期的旅程，折磨的不恰恰是人类自己的灵魂？人类一天不能揩掉手上的血迹，一天不和自己原本的类属和谐相处，就一天不会获得最终的幸福。这是人类的全体未曾被告知的一个大限、一个和羊不二的命数。

羊群继续吃着、啃着。大草地、这片开阔的原野，好像最适合它们生长生存，本来就应该属于羊的世界。此时此刻的羊们全身蓄满了雨露霞光，它们把这温暖和热量毫无保留地分赠予人类，人类却对这宝贵的馈赠毫无感谢之情。人们已经习惯了从羸弱的生命那里索取和掠夺，甚至他们在同类中也常常这样去做。比起羊啊鸟啊这些更弱小的生命来说，人类几乎不懂得歉疚和羞愧。他们也曾编制一些道德的规范、文明的准则，却对自己的不道德不文明的作为视而不见，习以为常。他们也会像羊一样吃植物，然而，一有机会便放下植物去吃羊。他们常常奢谈自然界的"食物链"，却从来不研究自己与其他动物植物所构成的"食物链"。在整个宇宙神奇的生命链条中，最可怕的一环却是人类本身。人类不乏优秀的悟者；同样不乏无知的莽汉。他们在把整个星球推向毁灭的边缘，却又沾沾自喜地夸耀和骄傲……

暮色苍茫中，这群生灵被霞光勾勒出一片剪影。它们驮着所剩无几的光明踽踽而行，不愿离去。它们大概也会有在这最后一片肥美草原上关于这一美好时刻的记忆：绚丽的黄昏，湿润的空气，无边的绿草地，还有它们自己此时此刻安闲的心情和步履。从它们灰蓝色的眼睛里，从那种默默的注视下，我似乎可以感受到这潜在的灵性、温柔的本色、善良的心灵。然而，这一刻太稀罕、太珍贵、太匆忙了。度过这一刻，它们无从知道下一刻自己的命运。在这生命进化的历史上，它们的确是一些跨过了漫长世纪的苍老的生命，它们也许懂得太多太多：关于这个星球、关于漫漫时光、关于生命的奥秘。正因为对这个世界知晓得太多了，才这样听天由命。它们从来都没有停止去做的，就是用自己弱小的身躯，每天驮回最后一缕阳光。

草原落日

又一次来到大草原。

循着大型涉禽迁徙的足迹，越两千公里长途，紧赶慢赶，来到林甸草原，已是下午五点时分。换乘拖拉机似的老式吉普，在雨后黑黏土搅拌的坑洼不平的小道上，被颠来扭去地筛了三里许，越过破旧不堪的老军马场，站立在东方白鹤的巢穴之下的时候，已是黄昏。

气喘未定，抬头看，竟想不到落日晚霞营造出一片我未曾见过的瑰丽：一轮又大又圆的落日悬挂天际，收藏起了白日里咄咄逼人的威严、炙人的热烈，漫射出柔情似水的无限光华，给整个天地都涂满丝缎般红、黄、青、蓝、紫交织幻化的云霞，使原本单调的荒原变得绚丽多姿，枯黄的芦苇，污浊的沼泽，都一改常态地熠熠生辉。这轮不可抗拒、无可改变的就要走进黑暗的落日，在一天的最后时刻，用自身发出的光芒，映红了天地，造就了奇异仙境。让我们这些天地间的匆匆过客，忘记了疲惫，忘记了支撑相机拍摄珍禽的目的，呆呆地静听这只飞越古今、华裳羽衣的三足鸟，叙说"后羿射日""夸父追日"之外的故事。全身心融入这盈盈润润、天水一色的霞辉里，梦境般感受那种久违的超然和极易靠近的伟大，体

98

验自然、天地、人生究其根本之道竟然相贯通的神奇。

这就是大草原上的落日，我平生见到的最本真、最温润、最可亲近的太阳。

我们是站在沼泽边沿那条看不清模样的小道上看落日的。小道的坎坷、弯曲、逼仄，如同岁月的起落、晨昏的变换一样，恍惚不定，延伸着延伸着就不见了。身旁大片黑土地上几棵歪脖子扭身子的老树，叫不上名字，沧桑斑驳的树皮记录下了风雨的驻守和岁月的寄托，树头鼓胀的芽苞就是它心力的涌动。背后不远处就是刚刚走过的那个叫作老军马场的地方。破壁残垣中有几户人家，听说是当年养马人的后裔。这个军马场属于张作霖的部下一个吴姓军官的部队。就在老军人将要退役的时候，刚刚入侵的日寇要进犯这片土地，他组织所属余部，果敢而顽强地击败了进犯的强敌，保护了这一带的村庄和村民。在经年战事频仍的近代史上，一个杂牌军的军官，打一两个小小的胜仗，事不会惊天动地，人也算不了什么人物，上不了史册，见不得经传，可这些往事一直在黑土粒中黄碱水里悄悄流传。这一带粗犷率直的北大荒人，对当年"四平拉锯战"激烈的枪炮声不一定听得见、记得住，对这件"小"事却经久不忘。当场院边上放羊的老汉向我讲述这件往事的时候，口吻里还是敬意，浑浊的目光霎时间放射出的是人性的光芒！让我们这些陌生人，在这空旷的原野上真真切切地与当地的历史打了个照面，好像触摸到了日夜穿梭的时光中留下的那些被称作"永恒"的东西。

同伴呼唤我上车归去。任呼唤声由急切化为无效，不走不动，静静地厮守这灿烂静穆又极易逝去的落日余晖。丹顶鹤、东方白鹳以及数不清的水鸟，或许同样被这美景所迷醉，安卧各自巢中，没有一丝声响。我喜欢这情景，不只感动于太阳辉煌之外的另一种安详而从容的美丽，更感动于"夕阳无限好"那一缕抽象的意韵。晴天白日里，当头的烈日，让人想到的多是避其锋芒；那时刻，天地间一片明亮，明亮得让人容易忽略太阳的存在。落日则不同，它藏起了刺眼的锋芒，收敛了居高临下的架势，暖暖的、柔柔的、粉粉的，挂在地平线上方向你微笑。满天彩霞映衬着它，茫茫四野静守着它，这独具的魅力，把天地间变成了不食人间烟火的仙境，看不见的仙子在娓娓讲述令人怀想的童话，一天的嘈杂、焦灼被冲洗干净了，荒野草原被赋予可吟诵、可冥想的诗意，天启的意味又不能不让人心动神思。

我喜欢大草原今天的落日，它暗合了我花甲之年、人生转轨之际的情绪，这般景象与我对人生过程的思索共鸣。无论谁，最后都会走向人生的终点，在这最后的归程中，难道不该再次焕发出内心的光芒，去创新一次可直面可触摸的落日辉煌吗？

如今，天鹅与人零距离

只有天鹅，无愧于"天使"的称谓。

它是上帝送给人间最珍贵最完美的艺术品。它们集高贵典雅的超凡脱俗和纯粹从容的可亲可爱于一身，为大自然平添了诗意，给人类送来相伴相悦的福音。难怪古希腊和意大利的艺术巨匠们不约而同地称天鹅为"天下第一美女的父亲"。

拍摄鸟类如若缺少了天鹅，犹如一顶华贵的皇冠少了顶端的宝石一般。

如今，曾经遥远的天鹅已来到我们身旁，山东荣成的成山卫镇，就有一个我国目前最大的天鹅湖。每年的十一月至来年的三月，都有上万只大天鹅从西北飞到这个天然潟湖来越冬，汇成了人类与自然和谐相处的经典景观，更是广大摄鸟人心仪久矣的梦想之地。

拍珍禽的摄影者们谁不渴望出佳作？然而，时至今日，恐怕一般性的或仅仅唯美式的拍摄难免流于平庸，如若换一换思维，关注一下动物们的情感世界，或者探索一下它们与人类相处的关系，无论从照片的本身还是其蕴含的意义，都会更容易出新，容易唤起人们对生存环境的重视。于是，我选择在一个大雪纷飞的日子里，去近距离地截取它们那些情景交融和拟人化的形态和场景。

晨曦初露，夜的眼皮还没有完全睁开，我们就在湖边拉开了架势，冻僵的手牢牢把着快门，哪管穿透厚厚棉衣的冰雪严寒。

　　静极。

　　静中有动。

　　画面至美。

　　黛青色的山，蓝黑色的水，中间横着深褐色的海草房沙土路。漫天大雪飞舞，雪落地的"沙沙"声清晰在耳。朦胧中依稀可见沙滩上水面里布满的点点白色，从长镜头里看，那是一行行静卧在冰雪上的天鹅，睡梦是那么恬美，浑然不觉漫天的飞雪。队伍最边上那只悄无声息地直立着，警觉地瞭望四周。原来自然界的飞禽走兽也有秩序有纪律呀，它们面对恶劣的气候远比人类沉着得多、勇敢得多。夜色未散尽，光线微弱，提高感光度，聚焦警卫天鹅。其他沉睡的天鹅因海水漂动产生虚化，形成了梦幻般的朦胧效果。冷色的深蓝偏紫的影调，强化了宁静、安详、深邃的意象。

　　晨光渐至，忽然闻听来自九霄云外的长鸣，有两只天鹅迎风沐雪高歌而来，海水中的天鹅呼啦啦地站起来，一鹅领唱百鹅随，朝着归来的伙伴，成双成对地且歌且舞，大有列队欢迎之势，霎时间一片欢腾，无限生动，形成了难得的冰上风雪华尔兹，我深深地为这一真实而奇特的场景所感动，以连拍留住了天鹅们徜徉于冰天雪地的优雅舞姿，留住了精灵之间纯洁的友谊，也留住了自己被洗濯被净化了的心境。

　　欢舞谢幕，安静了不一会儿，只见大片鹅群边缘上有几只天鹅，一对一对地在相互低语，像悄悄地商量着什么，这是它们起飞前的习惯动作。"冲天一飞凌云霄"的美景即在眼前，选择暗色的古船为背景，来反衬洁白的羽毛，拍下了它们在水面上鼓动双翅如饱满的风帆，迎着朝曦，伸直了颀长的脖颈，奋力向上的英姿，谱写下一曲"晨之交响"。正如法国象征主义诗人和散文家斯特芳·马拉美（Stephane Mallarme，1842—1898）所说："她将用颀长的脖子摇撼这白色的苦痛，这不是出自它身困尘埃的烦苦，而是来自它不忍放弃长天。"

天公作美，大雪之后竟是大晴天。午后便有彩霞流云。天鹅们也好像因感受这一奇景而格外兴奋，追逐打闹的，聚在一起七嘴八舌"开小会"的，抱在一起彼此倾诉的，相拥相亲默默厮守的，妈妈用嘴给小天鹅梳理羽毛的，千姿百态，其乐融融。于是，镜头里留下了它们这些可喜可爱的瞬间。

走下堤岸来到天鹅中间，天鹅们并不惊慌。可爱的是，有母女俩似的一大一小两只天鹅，正慢吞吞地向水里走，见我在三脚架上安放相机，回过头来，亮出宝石似的红喙，瞪着点漆般好奇的圆眼睛，欲语还休，一动不动地看着我，看得我羞愧满面不知所措。它们从从容容地走远了，我却白白地放过了一个精彩的场面，还有一个直抵自己心灵深处的波澜。遗憾之余，见不远处，两只天鹅像久别重逢的恋人一般，相对飞奔，紧紧地拥抱在一起，身后溅起了高高的水花。不容迟疑，按下快门，稍稍弥补了一点缺憾。

天气渐晚，霞光呈现橘红色，外出觅食的天鹅三五成群地归来了，出海的渔船也回家来了，停靠在湖外沿远不过几十米的地方。人们轻手轻脚地收帆抛锚，天鹅们自由自在地享受着这个绚丽的黄昏。两者零距离地接近，相安无犯，只有默契，共同维护着这条万物共生共存之链。你看，这一只天鹅面对船队，没有惊慌，依然从容沉静地注视着远方，它不会知道，身边的人们也在为自己人性的回归、尊重大自然的步履而深沉地思索着。当人们给天鹅留下生存空间的时候，正是为自己找回了使灵魂诗意地栖息之地。

天鹅是完美的，增之则太长，减之则太短。它给人类的启示是深刻的，对它们美丽的写照是用不着电脑修饰的，发挥相机的第一功能，做一个忠诚的记录者吧，记下社会发展长河中这个真实而美好的瞬间。

野生鸟类趣事

地球上聚集着九千七百多种野生鸟类，它们长有两足双翅，在物种进化过程中的自然选择里，为适应各种不同的生存环境，形成了不同的生存本能和生态习性。其中，不乏生存的智慧和天然纯粹的情感表达，令人尊重，给人启迪，引人遐思。在鸟类大家庭里，鸟与鸟之间，注定有说不清讲不完的逸闻趣事。十五年前，出于环保志愿的触动，我选择了拍摄野生鸟类作为业余爱好，见闻了许许多多生动有趣的故事。应《小学生学习报》之邀，开设了"听摄鸟者讲鸟故事"栏目。于是，回顾，整理，叙说。在这里择其十则记之。

谁在和我说话

星期天，小明特别高兴，因为，妈妈要带他去杂技场看杂技表演，一大早，他就催着妈妈出了门。

来到杂技场，刚进门就听到一声问候："你好！"小明连忙回答："你好！""欢迎光临。"小明正想答话，抬头看看会场，一个人也没有。奇怪呀，是谁在和我说话？妈妈笑了，指着门旁边横杠上站着的一只黑色大鸟说："喏，是它呀，它叫鹩哥，是有名的鸣禽，会模仿人说话。"

小明依然瞪着大眼睛看妈妈，好像在问：为什么只有它会说话呢？妈妈会意了，又说："这是因为它的发音器官特殊，舌厚尖儿长，加上人为的训练形成的。其实，鹩哥也只会模仿几个简单的词语。"

小明点点头，再看看那只鸟，个头挺大，通身黑色，黄嘴黄脚，脑袋后边披着两片黄黄的肉垂，翅膀尖上有白色斑块，挺精神的，它正歪着头看小明呢。

鸟鼠同穴

在新疆的大草原上，我们瞄准了一只角百灵，正准备拍照。可它突然钻进地面上的一个洞里，我们只好屏气等待。

过了好一会儿，竟然从洞里蹿出来了一只草原老鼠。又过了一会儿，角百灵才不慌不忙地从洞里出来，还没事人似的和老鼠对视着。我们都很吃惊，同行的新疆朋友说："这在我们这里常常见到，有时还能看到'鸟立鼠背'的景象呢！"

草原上没有树木，连灌木丛也很少，鸟要生存，只能借用鼠穴。鼠类为鸟提供了庇护所，鸟自然也要回馈鼠类——当地人说，鸟见到威胁它们安全的人或兽会惊飞，鼠类便借机逃匿。

舍身救子的东方鸻

我踏上刚返青的蒙古大草原，正要寻找拍摄的目标鸟。突然看

106

见脚下的草丛里站起来一只东方鸻，瘸着腿向远处疾走。

我连忙追上去，想拍下这只褐背白腹戴橙色项圈儿的漂亮小鸻。可怎么也追不上，累得满头大汗。瘸腿小鸻，哪来的这么大的力量？而且被追赶不飞只是走，我有些纳闷。同行的蒙古朋友笑着说："它瘸腿是故意装的，要引你离开这儿，附近有它的窝，它怕你靠近了会伤害它的宝宝。"我半信半疑地和朋友一起寻找，果然在不远的一簇草丛中发现鸟巢，几只幼鸟伸长脖子，张着小嘴，等待妈妈喂食。

那只母鸟早已回来了。它不再瘸腿，惊恐地站在窝旁，看着我们扇动翅膀急促地鸣叫，那是哀求的悲鸣，听得让人心碎。我深深地被小鸻伟大的母爱而感动，蹑足离开。

扇尾莺勇斗笑翠鸟

一只大大的笑翠鸟飞来停落树上，它可是吃肉的，有时能吞下比它身体大得多的蛇。它的眼睛只向旁边的矮树上瞅。

这眼神招来扇尾莺的高度警觉，马上飞过来，轮番向它进攻。笑翠鸟突然乍起羽毛，像人狂笑似的叫起来，恐吓小莺。小莺一点也不胆怯，扑上去，直啄它的头。一会儿，笑翠鸟悻悻地飞走了。

原来，矮树上小莺的巢里有它的小宝宝们。为了保护孩子，小莺勇敢无比。四只小宝宝伸长脖子嗷嗷待哺地叫。

莺爸爸和莺妈妈赶走了强敌，赶紧去觅食，一会儿衔来了蚂蚱，一会儿衔来了蚯蚓。四只快出飞的小鸟食量很大，爸妈一刻不停地飞来飞去，很辛苦，羽毛掉了许多。

借巢寄生

我在大庆湿地拍鸟的时候，巧遇东方大苇莺一巢幼鸟里有只杜鹃雏鸟，很是好奇。早就听说懒惰的杜鹃从不孵化和养育幼鸟，习惯借巢下蛋，是个不称职的妈妈，今天碰上两种幼鸟同巢，哪能错过。于是，与鸟类专家朋友结伴，一起钻进芦草丛中鸟巢旁边的伪装棚。

巢里伸出三个小鸟脑袋，嗷嗷待哺。其中一只个头大出一倍多，从它身上的花纹一眼便能认出来，这就是杜鹃雏鸟。只见它渐渐地把一只弱小的雏鸟挤出巢外，淹没水中，接着又去挤另一只……难怪互不搭界的两种鸟，总是上演一幕幕爱恨情仇的悲催故事，这太过残忍了吧。疲惫的苇莺妈妈觅食归来，这只大个头的心安理得地独享美食。

我很是气愤。身旁的鸟类专家却微笑着说："这表明杜鹃的繁殖方式尚未完善，它只好借巢寄生来繁衍后代，只是自然界中的一种生存现象罢了。"

环境的清道夫

在川西帕姆岭脚下的小河边，有一堆死羊的腐肉，真是煞风景。

我们刚想躲开，随着一阵"哇——哇——"嘶哑的鸟叫声，飞来一群乌鸦，落在河滩上。它们大步走近羊肉堆边，喙啄爪刨，不一会儿就吃光了，连迸出去的碎肉末也啄食得干干净净。我连忙拍这种奇特的场景。

一起来的藏族朋友哈哈大笑，说："这在高原上太平常了，那么多死了的动物和天葬的人，都是它们打扫。我们奉它为'大黑天神'的化身，草原的清道夫。"

我不由得吃了一惊，一直被我们汉民认为不吉利的丑家伙，竟然是尽职的环境清洁工。再听听它的叫声，不再那么难听了，一身羽毛在阳光下泛出深蓝色，模样也好看了许多。

金雕育雏

五月的泰山上，金雕正在育雏。我和当地村民躲在大树下的草丛里观察，一直都不见金雕回巢。村民说："金雕的智商很高，它一定躲在什么地方观察我们呢。"

为了不影响大鸟饲雏，我们向后退了一大段距离。大鸟衔着猎物回来了，停在离巢十几米外能看到窝的大石头上，观察了好一会儿，才迅速飞进巢里。三只小鸟有一只上来抢食，大鸟全给了它。喂完之后，大鸟去啄不抢食物的弱小的那一只，直到把它驱赶出巢。

村民说："金雕就是这样，谁强壮、谁抢得欢先喂谁，用优胜劣汰的方法育雏。"

涉险拍鸟

林甸湿地保护区是个世外桃源，每年四月，东方白鹳都在这里筑巢孵化。

东方白鹳在沼泽深处的枯木上筑巢，交通工具无法靠近。早上四点多，我穿着过膝的水靴，踏入沼泽。突然，一只脚不小心陷了进去。我赶紧拄着三脚架，小心而用力地往外拔脚，这时，另一只脚也开始往下陷。情急之下，我把脚从靴子里拔出来，身子一个趔趄歪进污黄的碱水里，水一下子没过了半个身子，一阵恐惧袭上心头。剩下的泥水路，我赤脚蹚着走——半小时才走了五米。

钻进简易的伪装棚，顶着蚊虫的"轰炸"，我架好相机，等着东方白鹳醒来。六点钟，天色渐亮，鸟巢有了动静。繁殖期的两只雌雄东方白鹳正在换班儿，它们双双仰天长鸣，共同呵护着即将到来的新生命。我赶忙摁动快门，自然的美与和谐，尽在眼前，永远地留在镜头里。

海岛寻鸟

扁嘴海雀，身长仅二十五厘米，人们已经有十几年不见它的踪影了。听说有人在大公岛见到它，我便与鸟类专家相约，一起上岛寻鸟。

我们在山坡荒草乱石中寻找。三个小时后，我们终于在海边一个岩石缝里找到一只正在孵化的扁嘴海雀。我们万分惊喜又小心翼翼，后退，架上伪装好的长镜头，躲在大石后悄悄等待。

两个小时过去了，扁嘴海雀懒洋洋地出来了，像小企鹅似的，站在洞口伸伸懒腰，振振翅膀，四处望望，转身就要钻进洞去。我忙不迭地按动连拍快门，在这珍贵的十来秒内，拍下目前国内仅有的几张清晰的扁嘴海雀，惊喜得心头怦怦直跳。能拍到这么珍稀的小鸟，几个小时的寻觅和目不转睛的等待是值得的。

天堂鸟求偶记

清晨，热带雨林深处，飞来两只大鸟，落在同一棵枯树枝上。一会儿，它俩边鸣叫边舞蹈，长长的粉红色尾羽飞腾翻卷，流光溢彩，像燃烧的火焰一般。原来，近处有一只母鸟，两只公鸟跳舞比赛向母鸟求爱呢。

舞了好一阵子，母鸟不理不睬地飞走了，公鸟收拢了尾羽，无趣地立于枝头。啊，太漂亮了，金黄色的头羽，灰绿色的喙，墨绿色的下颌，一身粉红色羽毛，瀑布似的大尾羽，闪闪发光。它就是新几内亚天堂鸟。

你看，天堂鸟跳舞多么努力，多么漂亮！可是，得到一只母鸟的喜欢并不容易。所以，它们繁衍缓慢，已经成为世界濒危物种，需要我们人类格外的珍惜呀！

愿天下祥鹤永驻

——十五载摄鹤环球行

　　第一次见到心仪的丹顶鹤，是 2005 年，缘于一个偶然的机会，来到齐齐哈尔市的丹顶鹤自然保护区而实现的。

　　芦荡草丛中，山包小河旁，成双成对的丹顶鹤或高蹈漫步，或翩翩起舞，或冲天而飞、引吭长鸣。优雅的姿态、潇洒的气质，顿时把我震撼，把我吸引。或许是这些精灵高贵的神情与自己的意趣相默契，或许是这片绿水青山芦荡芳草的生境与自己喜爱接近大自然的心性正暗合，我便不假思索地把拍摄鹤鸟，确定为自己此后业余爱好摄影的主题。

　　早就知道，鹤是著名的文化鸟，象征"富贵、长寿"的吉祥鸟，从古至今都受到世人的尊崇和喜爱。凡是有鹤分布的国家和地区，均见于史书记载和民间流传，在我国尤为深远。"仙鹤""百羽之宗"就是我国人们对丹顶鹤的美誉。《诗经·小雅·鹤鸣》里，已有了"鹤鸣于九皋，声闻于天"的文字记载。鹤也是一种最古老的鸟类，它见证了人类的诞生，陪伴人类从童年一路走来。自从上古时期部落里出现鹤文化图腾以来，它就与人类的精神生活产生了密切联系，留下了许许多多被人格化的传奇故事。在历史文化长河中形成了独树一帜的鹤文化，成为鸟文化的脊梁、支柱和精髓，它滋润着人们的精神和灵魂，支撑着一个个民族鸟文化的传承和发展。我深深地为选择这样一种"文化明星"鸟、普众心中的吉祥鸟，作为摄影创作题材而欣喜，而跃跃欲试！

然而，当我开启上下求索的寻鹤之旅时，竟然是"众里寻它千百度"、始终难觅鹤踪影的结果，实在出乎我的预期。这才知道，我选择的尚属摄影中最苦最累最难的差事。鹤本来就是一种尊贵的鸟，心性高蹈，远离红尘，习惯在荒漠沼泽、峻岭水泊中栖息，对人类高度警觉。如今，环境的变化，人类过度的活动，使野生鹤类的栖息地日趋狭小，它们不得不与人类渐行渐远，行踪隐匿。这些，注定了拍摄鹤类的高难度；注定了拍鹤人将孤旅天涯，踏遍山川荒野、风餐露宿、寂寞难耐的守候。这种艰辛、煎熬是局外人难以想象的。

我不由得反观自己笃定拍鹤的初衷。不就是觉得生逢伟大的时代应该做点有益的事情吗？不就想循着鹤类生境变化的轨迹找回人类负责任的自我吗？进而留下一个巨变的时代里一群不甘碌碌的人们曾经走过的路程印痕。人生怎能没有梦想、没有痴迷、没有忘我？古人说过：人无癖不可与交。想做成点事儿，变梦想为现实，往往就在忘我的痴迷之中，在异常的艰辛与付出之中。

于是，我依然锁定既定的目标，着力前行。此后的节假日，都是身背近三十公斤的器械和行李，出入飞机场、高铁站，或带车疾驰，驻足野外废弃的小屋或简陋的伪装棚。没有谁能看得出这是个做过五次手术且年近花甲之人。就这样，走遍了东北三省，往返于盐城湿地，北上蒙古大草原，南下云贵高原，不知不觉中度过了苦乐参半的十个寒暑。这期间，在东北鹤类繁殖基地，欣赏了丹顶鹤美轮美奂的求偶对舞；在莫莫格湿地，巧遇上千只迁徙途经的白鹤；

在克什克腾草原上，观瞻了大群蓑衣鹤翘首挺胸、准备飞越喜马拉雅山的壮举。既美不胜收，又苦不堪数。经历过身陷沼泽、高原反应、欲夺生命的险地，感受了守候几天不见踪影的失望和沮丧，当然，更多的是获得了与鹤共舞的享受、拍照美鹤靓影的欣喜。记录下中国有分布的八种鹤影，同时收获了仰望鹤飞冲天、长鸣震野那种催人奋进的心境。此时此刻，所有的困苦和沮丧转身成了故事，一个又一个收获的时光绘成了生命里最美的风景。我喜爱上了这艰难卓绝又拼尽全力的每一天，且乐此不疲。

我国有赤颈鹤分布的记录，影友也送来在西双版纳似乎见过它身影的消息，我立刻奔向那片热带雨林，遍寻景洪旁边的原始森林、澜沧江上下、磨憨边境内外，又是一个踏破铁鞋无觅处。莫非它们真的羽化而登仙了？我怅然无奈，只有望林海而兴叹：远方，除了遥远，一无所有（海子《远方》）。

正在此时，我届龄退休，可谓天赐长假，总可以专下心来尽情发挥了。做就做好，不辱使命的性格，又一次向自己的体能和意志进行"极限挑战"，把国内拍鹤的行动拓展为环球长旅。先到南亚次大陆，如期拍下了赤颈鹤，跟踪来到澳洲，再次会晤赤颈鹤，自然把澳洲鹤收入囊中。走过非洲，喜收那里活化石般的特有鹤种。马不停蹄，来到美国新墨西哥州的阿帕契国家公园，和那里的上万只沙丘鹤朝夕相伴。朝阳晚霞勾勒出它们美丽的倩影，近距离地欣赏它们可爱的亲昵、相悖的打斗，喜不自胜。不曾想又一次积劳成疾，两大基础性疾病骤然罹患，病魔无情地折断了我飞翔的翅膀，地球上装不下的脚步就此戛然而止。我不得不含泪与神鸟仙侣告别，黯然无语，茫然无措……

缠绵病榻三年之后，为配戴动态胰岛素泵只得赴美就医。当得知几百只美洲鹤在新墨西哥湾越冬的消息，我再也按捺不住兴奋的心情。美洲鹤在二十世纪四十年代几乎绝迹，经过美国人八十年异乎寻常的培育和保护，如今号称北美大陆上共有两千只。我每每唯恐梦断于斯的濒危珍禽终于有了可靠消息，说什么也不能放弃。碰巧国内因特殊活动催促回国，我不得不婉谢医生的劝告，提前出院，从波士顿乘机越万里长途到得克萨斯州的新墨西哥湾，第二天黎明乘船进入海湾深处。

我最后一次循着大自然深处的召唤做客鹤的家园。当第一眼看到绿草丛里美洲鹤一家三口悠闲散步的场景，喜极而泣，紧紧抱着长镜头，恐怕它们飞了再也找不见了似的。千万里的追寻，只为按下快门这一刻的满足和快乐。又有一家三口由远而近，来到面前的小河里，站下来老朋友似的与我对视，它看着我，我看着它，没有快门声，唯有一群乍暖还寒的微风，扯扯我的衣襟，拂拂它的羽毛，许久许久。鹤还是那么美丽，那么潇洒，只是拍鹤人垂垂老矣，壮心安再？怎不令人倏然黯伤。鹤那一双双纯净清澈的眼睛里闪出亲和的问候，慰藉了我的心灵；皎洁的羽色又一次擦亮了我仰望长空的眼睛，拨动我渴望拍全世界之鹤的圆梦情思。它们迎着朝霞理羽、觅食、舞蹈、高飞、长鸣，尽情地展现只属于它们的美丽，我尽情地享受矢志不渝的"忘我"快乐。

眼前这一张张世界美鹤影像，记下了十五年来走过的五洲四海，那一场场义无反顾的追寻和如梦如幻的相伴，再现了大自然慷慨馈予的诗情画意，书写着地变绿水变清的艰难过程，也满载着一个个鹤们安居家园、人们回归自然的动人故事。实实在在地觉出：人类善待鹤类就是再造自己美好的家园。良多感触，不尽感慨，只愿天下祥鹤永驻！

古居民风千年根

摄影集往往是由摄影者专题探究进行创作的成果，或者是作者长期积累的精品集成。我这本关于北京西郊和山东一些古村落的摄影集，却是由偶然的发现和深深的触动而促成的。

春节前后，我偶然来到泰山脚下新泰市的大寺村——一个平凡而简单的小山村。走近村里一堵堵青青白白的石砌墙、一座座茅草覆顶的旧门楼，看到狗儿、猫儿、行人，安闲地在胡同里青石板上踱步，只觉得这些好像从陶渊明的诗句里跑出来的影像一般。家家户户的大门上贴着鲜艳的对联、门神和五彩的门笺；孩子们放鞭炮、捉迷藏；八十三岁的张老太和重孙子推起碾子，洒下一串欢笑声……纯朴的乡村容貌，安宁的气氛，浓浓的年味，醇醇的亲情，陶醉了来访者的身心。当我们给一位老汉拍照时，他却带领我们去给八十多岁从没有照过相的父亲拍照。我们被眼前这幅原汁原味的生存画卷，在不经意中展露出来的弥足珍贵的本真、和善、天然、美丽而吸引，而触动。触动了我青少年时期生活在农村的乡村情结；触动了我每每面对半土不洋的泛欧化建筑，而对民族建筑及其民俗文化在过去、现在、未来，怎样发挥其人文价值和历史作用的叩问；触动了我关于东西方文化的同异以及能否并存、交汇、相生相辉客

116

观性的深深思索。

于是，在工作学习之余，我开始关注身边的乡村。比如山东泰安东平县境内的千年重镇、状元府第——州城。再如济南的章丘市老县委办公院遗址的朱家峪，还有闻名全国的"牟氏庄园""魏氏庄园"。进京办公差之余，我沿着永定河走访了门头沟区的爨底下、灵水、苇滋水、李家庄、燕家台、田庄、桑峪、黄土台等，这些据说为了戍边屯垦从山西拨民来此定居而形成的明清古村落。于是，我发现了一片新天地——古老民居是保存民族文化传统和特质的客观载体，是世道民心不容更易的真实影像，而文化传统则是一个民族生存和发展的"根"。于是，我便乐此不疲地去开掘这座精神富矿；于是想到了用相对于文字来说，人们更乐于接受的简便、真实而形象的方式——摄影，来记录、来展现、来为民族薪火添柴加油；于是，便有了这本摄影集。

凡是有人居住的地方就有民居建筑，它陪伴人类度过漫长岁月，是人们生活赖以依托的物质环境。每个地方的建筑，都融合了当地的自然、环境、政治、经济、人文诸因素，由此而形成了自己不同于别处的特点、风格，承载起当地特有的历史传统和文化习俗。当我走近散落在北方乡野里的一个个古镇老村，见到的是一个个大小不一的围城，嗅到的是看似经年不变的乡村风情那种醇正沉郁的芳香。一个个简洁厚重、率直朴拙的高大门楼，一座座石垒的或土夯的宅院，虽然因久远已经破败，却仍然倔强地立在那里，默默地与无情的时光抗争，它们绝不属于空灵、飘逸、精巧、妩媚的江南水乡一类；京鲁的民居没有宫廷、寺院的那种华贵、堂皇和宏大，但也不同于西部的帐、北部的包、黄土高坡上的窑洞那样的就地取材、随便随意。从一石一砖的摆布，到角角落落的雕刻，无不透露出当

117

时的主人和工匠颇费的一番心思，竭尽其能地展现出来的才智和心志。

　　东平县就是一片充满苍茫大气的古老土地。这是一个经历了大繁华大衰落的地方，历史上它曾为国为府为路为州，作为京杭大运河的码头重镇，唐宋元明时期是何等的繁盛。而黄河的屡屡决口，交通要道的更移不再，使它元气大伤。这是一个历朝历代英贤辈出的地方，钟离春，刘桢，父子状元梁颢、梁固，祖孙丞相梁运、梁子美、梁涛，罗贯中，还有当今共和国的委员长万里，一连串闪光的名字将这方山河映照得闪闪发亮。这是一个充满故事和传奇的地方，八百里水泊的水面遗存和一百单八将的故事都在这里。然而，千百年来的世事变故，等到我们来访的时候，上述的辉煌已经变成了仅留存在人们怀想中的风景。我们仔细地寻找，还是从时代的拐角处，残乱的遗痕中，找到了明代府衙门前威武的拴马桩，修复的状元坊，高大的丞相碑，散落在角角落落里数不清的精美石雕砖刻，还有与村庄相连的永远不变的东平湖万顷碧波，和水上舟楫如织、鸥鹭成群的无限风景。再回想我们走过的北京西郊诸村诸景，竟发现山东和北京西郊的民居建筑，无论从样式上风格上还是内容上都有惊人的相似之处，它们都以"历史的源远流长、形象的高古厚重、内容的广阔深邃、姿态的从容大气"的特征而自成一个体系，用只属于自己的建筑语言来阐释、来认知华夏文明的博大精深。于是，也就可以自立于中华民族的民居建筑之林，也就可观可赏可品可思了。

　　建筑大师辛克丁曾说过："建筑是会说话的。"民居建筑作为人类历史文化的一种载体，一种人类发挥创造力和想象力的方式，既呈现了所在的景观环境和特定的历史现象，也承载了人们精神的追求和理想的寄托，还反映了特定时期人们的行为方式与审美观念，以及设计师和建造者的思想与情感。

北方的民居里，最普遍最常见的是"福""禄""寿"和以此演变成图案的"（蝙）蝠""（梅花）鹿""鹤"或"松"，还有"梅兰竹菊"等图样，大门下方的门枕石上，房屋前面的迎门石上，屋脊房檐的瓦当上，梁柱门窗的图案上，随处可见。打头的"福"字更是无处不在，千姿百态，千变万化。爨底下村仅一个"爨"字，就有许多故事传说，其中一个说法是一个烧火做饭的"灶"字象形，直白地表达了民众"以食为天"，希望不要断炊缺粮的心愿。村中间那座高门台四合院的影壁墙上是个"康熙福"：上边一间房，下边一片田，左边站一个巴子发型的女人，这就是福，这就是中国百姓古往今来向往的福分。院子里堂屋的起脊正中那个大大的砖雕"福"，"文革"中为逃避被毁坏的劫难，主人用泥巴把它封了起来，二十余年的暗无天日换来了今天来访者蜂拥拍照的光景。风景即心境，庭院房舍建筑最能映现民心，也最能安顿民心。

不同地域的文明产生不同的宗教信仰，不同宗教信仰又强化了地域文明的差别，而宗教建筑往往代表着一个民族建筑技艺的最大特色和最高成就，宗教的张力又深刻地影响着地域文化和习俗的养成。

灵水举人村，顾名思义，村里出过举人，文脉千年不断，仅在明清科举制度中，村民考取功名的就有二十二名举人、两名进士、十多名国子监的监生。深厚的历史积淀赋予它儒雅的气质，典型的乡村"士大夫"风范，都写在它斑驳的砖瓦上，还有那些苍翠千年的松、柏、银杏树的枝枝叶叶上。提及村落的灵气、福气，村民们却说是来自村里众多的寺庙。也难怪，仅二百户的小山村，历史上竟建有十七座寺庙。儒、释、道和各种民间信仰共处一地的现象，在我国乡村并不罕见，难得的是，在这样一个四面环山的小村庄里竟然如此之多。可见，灵水村人对构建文化环境的重视，和对宗教信仰的虔诚与包容。至于这些寺庙的建筑水准，由于残败严重而不得以见全貌了，只能让灵泉禅寺和火龙王庙仅存的山门，连同大殿柁架上那一小片彩色人物壁画，来见证当年建筑的精美和沧桑岁月的无情。

人塑造了民居，民居反过来又塑造了人。民居上的一石一木一字一图，都烙印着民族符号的人文意象，凝固着同时代人日常生活的情景，也镌刻下了一方人特有的个性，成为历史的印证、文化的指引、心灵的寄托。历史和传统是一个民族、一个国家得以延续的血脉、进步的基石，蕴藏着照亮未来的精神之火、智慧之光。"没有记忆就没有思维。"如今加快了的历史进程，往往把带有旧时代人文温度的风情甩进时代的拐角处，使得许多要抒发要寄托的怀念情怀，一下子找不到寄托之处。于是，那些看似要退出历史舞台的老宅院旧场所，也就需要凭借不同于过去的名义和功能，重新走进人们的生活里。把古居民俗拍摄下来，就是想忠实地留住这些老风景、旧时光，准确而深刻地反映它们的历史价值和文化内涵，使后来者感受那种怀想和传承的温度与诗意。

风景人生

旭日初升

半圆贴在天上，半圆埋在海里，不住地抖动，是临盆阵痛的痉挛，还是辉煌诞生的激动？

泰山极顶

这里就是极顶？不，你看，上面昂首站立的攀登者。天街在他脚下，神灵在他脚下，无字碑因为他（们）在，只能永远无言。

探 海 石

不惧风雨寒暑，历经雷劈电击，登高临险，卓然天外，才获得第一个长久地领略日出大海壮丽美景的资格。

碧霞元君

一个淑弱女子，也敢占山为王？小小绣鞋竟被机智点化成制胜法宝。原来你懂得：辉煌的权力可以呼风唤雨。当稳坐金殿，把权势化作甘霖普降，你留给世人的形象，仍然只有慈爱、美丽。

仙 人 桥

三块石头随随便便一搭，也算是桥？有了凌驾深渊之上出奇的险、勇敢跨越超凡的胆，于是桥为仙，人为仙，足以使无以计数的坦途平淡到熟视无睹。

对 松 山

人们说：两山陡然对立，一边松舞涛鸣，一边流彩回音，没有相对相映，哪有这段奇景？

人们又说：再说本由一山分成，现实是长久对峙，若没有天翻地覆，永远不会结合在一起，中间那一线高入云端的天梯，一台一台又一台，莫不是在计数两颗心的距离？

斩 云 剑

就是一块普普通通的石头，一旦升腾起凌云的壮志，单薄的身躯再不会倒下，傲立着，承载观瞻，还有思索。

乘 缆 车

跨上这支离弦的箭，只为缩短希望与目的地之间的距离。

迎 客 松

草木挤瘦了沟壑，你悄然选择了悬崖，笑迎风刀霜剑，饱蘸雨露的镂刻，终于成为一方文化，引来无数宾客的倾慕。当你向世界张开好客的手臂，于是无翼而飞，凝成四海墙上、眼里、心中永不凋谢的风景。

卧 龙 槐

即使雷电强迫你倒下，也始终高昂着头；即使风雨剥蚀得你斑痕累累，也改变不了欲腾欲飞的气势。于是成了世世观瞻、代代传说的神圣而实在的龙。

何 首 乌

始终把整个身心紧紧贴在地上，于是，再狂的风雨也无法摧折似乎孱弱的藤蔓，再贫瘠的山岭土坡，也会竭尽养分，育出登堂入典、为药称宝的果实。

山中秋叶

被霜打得通红，紧抱住嵌进石缝里的枝干，迎着凉风疾疾飞舞，那是一面珍惜、眷恋生活的旗帜。

纷纷落下，安然地躺进沟壑，融入泥土，因为知道，来春满山青葱里有自己生命的延续。

傲 徕 峰

骄傲算得英雄本色？你傲得不放弃任何显示自己的机会，注定孤立于群山之外，让人们审视得一览无余，得到的，必然是惊叹后的惋惜。

残缺的李斯碑

铸造需要多少过程，击碎只在刹那，纵是天工神力也不能把那种破碎弥合如初。

汉 柏

谁会想到，这片充溢盛世辉煌的繁茂，只剩下一把嶙峋的槁骨，连帝王为留存千古而亲绘的刻碑上，读到的仅是风雨剥蚀的模糊。枯枝上，终于压挤出丝丝沉重的新绿，好继续传唱古今变迁的喜剧、悲剧。

神前香火

善男信女膜拜你这通向安乐境界的引路灯；我看着，你只不过在为那些空虚的人焚掉一段多余的时光。

舍身崖与南海滩

舍身崖的石头太硬，一踏上去，留不住脚地往下滑。
天涯海角的沙滩太软，耗尽了力气，也没有踩出脚印。

火 烧 云

为什么抛却温良可人的本性强作英雄？为瞬间耀眼的辉煌，连自己的身心都拿来燃烧。殊不知，留给观众的，仅有"明天晒死人"的惊惧。

气 球

一吹气，便飘摇直上；把世界打扮得五颜六色，改不了自身轻飘飘的本性；轻轻一碰，顷刻化为乌有。

水 泥

顽石固守原本的坚硬，千年遗落荒山郊野；终于在粉身碎骨中获得新生，步入文明。

珍　珠

把切肤的创伤，深深埋在心里，用血和泪浸泡百年千年，于是，成为珍宝。

垂　钓

消遣似的轻轻一甩线，布下的却是残忍的杀戮。只因贪吃一口，便招来杀身之祸。鱼儿的垂死挣扎，是垂钓者眼中最美的风景。

黑　狗　叶

本是普普通通其貌不扬的常见灌木，只因为冲破了已就的定势，挺起了乔木的身躯，终于摘取了"江北第一树"的桂冠。

天都峰的锁

携手协力，登峰造极，到底把爱锁在了天上，可无法锁住流浪的心，在人们赞慕这一杰作的时候，自己再也品不出爱的滋味。

望　夫　石

是绝情绝望的现实将生命变成了石头，还是无奈于遍布荒芜的境地，为了留住永久的记忆，不得不把自己石化？

江浙红豆树

看来，男人动一回真情，也会流一场泪，要不，怎能在温带大陆浇活来自热带雨林的树。

注定，女人动一回真情，就要流一次血，不然，浸泡出来的信物不会这么鲜红。

雷鸣闪电

天地吻合，阴阳撞击，猝然爆发出震耳的轰鸣、耀眼的光，其后必然是出奇的寂静、出奇的黑暗。时光无限，只取一瞬，动静明暗，相随相生，尽括宇宙万象。

大 年 夜

原来，大年夜是典型的矛盾统一体：凝聚了自然界所有的黑暗和寒冷，播撒着人类全部的光明和温馨。不信，你看看一个个紧闭的门窗，一盏盏门前闪耀的烛火，每一盏都是人们在感受生命走向圆满时变圆的心给岁尾送上的句号，也是当春勃发的希冀中那个跃跃欲试的感叹号里最有分量的点。黑夜寒风，正是在这一点面前开始退缩的。

香港的街道

　　街道是城市的象征，城市的品位和形象则由一条或几条有历史有文化有特色的街道确立起来；不同的街道有不同的格调，每座城市总是选择与自己的形象和文化相匹配的街道为标志，如纽约的华尔街、巴黎的香榭丽舍大道、东京的银座、北京的王府井，在香港的九龙，有弥敦道，也有男人街、女人街。

——题记

弥敦道街头

　　我于香港仅仅是个匆匆过客，香港于我却是个久久向往的情结。

　　澳洲访问归来，转机香港，停留一天，下榻于尖沙咀的海景酒店。于是不舍昼夜，徒步直奔弥敦道。

　　好一条繁华而拥挤的大街，两旁林立的高楼大厦，把街道挤成了狭窄的深谷，大商场、小店铺、银行、舞会，各式招牌上的霓虹灯齐放，把夜幕装扮成一个令人炫目的五彩世界。车水马龙，汇集成各种肤色的人流。我融入其中，立即变成了无根无底无思维的浮萍，脚不沾地一任熙来攘去。真嫉妒澳洲人挥霍空间的侈靡，再也想象不出百年前这一带偏远荒凉的景象。当年，弥敦道总督以超出常人的远见，力排众议，在荒凉的土地上修起了这条大街，大街果然带来了尖沙咀区域的繁盛，成为百年发展历程的见证，可他是否也料到了，与之伴生的还有，今天拥塞到种一棵树都找不到位置的尴尬？

再向前走，渐渐宽阔一些，见到了树木，见到了星空。原来，街到尽头，独具一格的香港文化中心展现在眼前了。

文化中心由太空馆、演艺场馆、艺术馆三部分组成。三座宏伟的建筑各具特色，太空馆外形呈米色半球形，演艺场馆设计得非常现代化，艺术馆则是香港第一座纯粹作为博物馆的密封式建筑。它们错落有致地摆放在大理石铺就的华丽广场上，呈现出浓浓的文化意韵，共同营造着港岛这个融合多元文化的独特形象，一洗商都——文化沙漠在我意念中的留痕，使郁积焦躁的心智还原于平静。

文化中心的里侧是酒店区：喜来登、新世界中心、香格里拉、美丽华、海景假日、丽晶、马哥孛罗、香港大酒店，多不胜数。撼动我心魄的是气派非凡的半岛酒店，它建得最早，于一九二八年建成，至今仍是世界十大酒店之一，也是香港新十景之一，名副其实的香港标志性建筑。人们到这里来，再不只是为了吃喝填肚子，站一站，沐浴清凉的海风；看一看，店门前奔涌的喷泉；走进去，听听音乐，喝杯茶聊聊天，都是在感受一种厚重的文化，抖落一些商都熏染的金钱气味，补充一份闲舒和从容。

文化中心外侧便是著名的维多利亚港湾，这个连接太平洋与印度洋的世界级天然良港，这个承接第一位港督、又送走最后一位港督的历史驿站，今夜，航船远去，水波不兴，复归平缓而宁静。这边的堂皇大厦，对岸香港本岛上的万家灯火，连同一钩弯月都映进海水里，幽深，秀美，一百年，容颜不改。

一百年，人类历史上弹指间的一瞬，香港同胞的一百年却经历了世上少有的东西两种文化的撞击、对抗、交融、吸收、改造、整合的曲折历程，承受了中华民族最深重的屈辱。西方侵入不仅在于经济上的掠夺，更在于文化上的强加，以西方的思想观念、教育方式施之于斯民。百年的强制"西化"，并不能改变香港同胞的中国心，就因为他们具有中国文化千万年来凝结成的坚忍不拔的精神，具有中国文化坚定自己、吸纳外来文化精华的博大和包容，最终形成的只能是民族文化和香港特点基础上的中外文化杂交体，那种有根基、有枝叶、有输出也有输入、更通达更富有生机的文化，这是回归后的香港，骤经鸡瘟、风暴、金融危机三大灾难而不衰，坚定地走向未来的旗帜和资本。

在弥敦道街头站立，凝视水中的月亮，弯月如钩，勾着我的回顾、我的思索、我的期盼，在浓郁的文化氛围里，我感触香港的灵魂。

女人街　男人街

女人街就是旺角的通菜街，二十世纪七十年代被辟为"小贩专用区"，因为经营的商品绝大部分是妇女用品、衣物，市民习惯叫它"女人街"，本名反而不响了。此后有了男人街，也是因为主要经营男士常用物品而得名，在尖沙咀的庙街。二者有所不同的是，女人街好像浸染了女人的习性：即使再简陋也要整整齐齐、干干净净，四百米长的街道上常设的铺面还算规整、洁净，留住了街市的派头。男人街则多了些随意、邋遢、嘈杂，一天一摆的临时铺头，小吃、百货、文化品，不分区域地穿杂在一起。连街头古庙旁唯一的老树，也疙瘩嶙峋、枝残叶黄，如同隔夜的旧梦。档次显得低了些。

两个夜市，中外皆知。

入夜，街灯亮了，像横街的标语，招引着满世界的人，黑头发黑眼睛黄皮肤，讲越语、讲朝鲜语的来了；黄头发蓝眼睛白皮肤，讲英语、讲法语的来了；黑头发白眼球黑皮肤，讲的辨不清是哪国语言的来了……好像全世界的人都来这里与小商小贩对话，不能不说是这个自由港特有的奇景。

灯火照耀着琳琅满目的商品，照耀着火火爆爆的买卖，照耀着熙熙攘攘的赶市人。铺面里各式各样的商品以新、奇、玲珑剔透，更以日常不可缺、价格很便宜，撩拨着人们的心。"大甩卖""大减价"，任意挑，可讲价，拉近了卖者与买者之间的联系，维系着四处讨价还价的声浪不息。到头来，吃亏的倒是那些最会讨价还价的，只因为老于世故的贪心，忘记了"买的不如卖的精"的俗语。

人如潮涌。

仔细看，买东西的不如不买的多。哦，刚刚摆脱高频率、快节奏、激烈竞争的人们，是来这里感受做一回上帝的自尊，寻求那种随意的闲适，收藏起满街没有隔阂、没有等级、极易沟通的平常心、人情味，为生活滋润一分诗意。

VCD播放着最新的流行歌，摊前驻足的多是青年学生或打工仔。相面占卜的摊前，倒排满了金发碧眼的西洋人。摊开手掌向先生请教前程，先生相出来的是充斥掌心的货币。

到女人街去转转。

一条精美的铂金项链拉住了我的腿脚。出国时，朋友相托买条这种款式的项链，白天，在周氏不二价老店里选中一条，问及价格，与口袋里实有的现金不成比例，只好放弃。而这一条，同样的款式，同样精美，价格便宜了一半。但仍与自己带着的钱有点差距。试着杀价。一直满面笑容的老板轻轻摇摇头，说："香港进口的货物都免税，本来价格就低，在这里经营，更要靠批发进价，薄利多销，可杀的价有限。"我讲了我们远行澳洲回来，所剩的钱不多了，是朋友托付的事，总想办好。她略略思忖，说："听你口音，是内地来的，那好吧，给个进价。"我还在掂来复去，疑惑不决。她看出我的心意，又说："你以为有假吗？尽管放心。这种项链大店铺里多是24K金的，这一条是18K金的，而且在环扣细小处减了分量。所以，看似相同的东西，却便宜了许多，不少顾客并不知道这些。"她边说边递上厂家的说明书、保证书，并且放在精密的仪器下，一边称重量一边教我分辨。我惊叹港商的精明细致，感慨小市场同样懂得诚信最能打动顾客的道理。掏出剩余的所有货币，买个欢天喜地，为此次万里之行画上个心满意足的句号。

不眠的女人街、男人街，香港另一种姿态，另一种绝色景象。

商贩夜市与超级市场都"火"起来，这里才被称作商贸之都、购物天堂的。

难忘四月台湾行

台湾是我们心中的宝岛，这里确有一片美不胜收的风光。它的美不只在日月潭、阿里山，以及地形开阔、土地肥沃、工农业发达的西岸市区，还有自然而雄奇的东海岸，特别是太鲁阁，它只是以前由于交通不便而藏在深闺人不识罢了。这一次，我们带着站在鹅銮鼻灯塔下，被台湾海峡、巴士海峡、太平洋交汇的浪涛所激发的万端感慨，沿畅通的东岸省道一路北上，饱览了一面崇山峻岭，一面海阔天空，迥异于西岸风光的无数景色，终于实现了环岛游的梦想。

东海岸南段地势较为平坦，山不高海很阔，开发还不充分，行百里不见住户行人，荒芜、空旷、静寂，愈显出山海天地契合的意象。赏景人的心情也是悠悠的、缓缓的，平和而坦然，与拍岸的涛声合拍，与逶迤的山峦呼应。一直到了知本，城镇村落才多了一些。

知本，好诗意的名字，在这有名的温泉区里，原木搭构的座座小房依偎在绿透了的山怀抱里，质朴的卑南族人带着他们嘹亮的歌声和热烈的头发舞悠然自在地生活着。与宾馆商场主人聊得惬意，随意地问一句：知本，知本，台湾人可知自己的根本否？主人只笑不答。

泡过温泉再北上，便是山梁伸进海里被浪花咬成一片怪石的小野柳。再往北，越北回归线标志塔，过离岛三仙台、东部海岸国家风景区，离台东最古老最繁华的花莲市就不远了。沿途上的军用飞机场、民用飞机场里，起飞的飞机不断，为这片自然的风光增添了现代气息。一过花莲，道路一下子出奇地曲折险峻，最曲最险的一段就在太鲁阁。

太鲁阁不是阁，是中央山脉的一座险峻峥嵘的大山。山上的大理石世界闻名，石纹肌理分明、绚丽精美，每一条纹路就是一次惊心动魄的板块运动。山脉至今仍在不断上升，发源于海拔二三千米猛降到海平面的立雾溪，绵延二十多公里，水大流急，在一升一降中将山体切割成壁立千仞、直上直下的深峡陡涧，形成了太鲁阁公园山高谷深的独特风光。花苏（花莲至苏澳）公路就挂在太鲁阁临海的那一面几乎垂直的陡崖半腰上，沿着立雾溪而行，远远望去，似乎是绝壁上凿出来的一条槽，让过路人未经过先胆寒。我们乘坐的是大巴车，在这样弯曲狭窄的山道上爬行得异常艰难，司机不得不用报话机与对面来的车子提先联络，好在有为数不多的宽阔处停让错车。我们坐在车子里，每逢拐弯处，面前看到的均是绝境，不由得阵阵紧张。隧道很多，有的是封闭的，有的是三面岩石，向海的一面被窗棂式的水泥柱子挡着，外面就是直插海底的绝壁，海水下面就是著名的深达四五千米的台湾海沟。行到奇绝地，哪有心情去欣赏"清水断崖"的奇景！终于来到一个不大的平台，司机可算休息一下，我们也趁机眺望一眼太平洋。水天一色的浩渺洋面上，连一个岛屿、一块礁石都不见，辽远无涯，愈显得脚下的岛似一叶孤舟，飘摇得不知归处了。

陪同的小妹一路少语，这时，她才说起修建这条道路的历史：

早在日本占领时期曾几次动工修建，都因工程太艰巨、危险太大而终未建成。直到二十世纪六十年代，台湾当局调集一批退伍军人，冒着生命危险用绳子绑着身体，从山顶吊到半山腰，在崖壁上打眼放炮，硬生生地凿出一条通道。

难怪，花莲建有这么大的一个"荣军院"。

眼前闪现出在市区行进时经小妹指点我们看到的那个红瓦白墙的大院，榕树下大理石门楣上写着"中华民国行政院国民退役官兵辅导委员会 花莲荣誉国民之家"。正巧，门旁路牙子上坐着一位身躯干瘦而伛偻的荣军，穿一身蓝条裤褂，怀抱拐杖，面无表情，眼无光彩地漠视着前方。小妹说，原来这里住了好几千人，都是一九四九年过来的大陆兵，全都孤身一人。他们很少出门，偶尔与老乡或战友结伴，到以大陆地名命名的菜馆，点一两个家乡菜，听听大陆乐曲，叙叙旧事，释放释放载不动的乡愁。他们之间最爱讲的还是来台湾前的"恋人"或妻子，明知道无望还是不断地说，那是他们活到今天的精神寄托，许多人就这样在绝望中死去。如今，只剩下几百人了。

"他们怎不成个家呀？"

"老说马上打回去，等啊，等不到也成不了家。他们自己都说是在等死呢。谁也不去理他们。"

"怎么是这样呢？台湾今天的富裕发展，难道没有当年六十万老兵的牺牲和奉献吗？"

"呀！你们这样说呀！我爸爸也是大陆来的老兵，妈妈是当地人。我爸爸老说自己幸运，可还是一直在想老家。"

小妹的声音低沉了，像自言自语。我们不愿引起她的伤感，换了话题。

135

"这条公路也在十大建设之列吗?"我们问。

"哎呀,你们也知道十大建设啊!"

"怎会不知道,一路访问有不少人提起它呀,可见蒋公此举还是得民心的。"

"哎呀,你们也称'蒋公'!"小妹非常惊讶,"现在,台湾已经没有多少人这样称呼了。"

"是就是是,非就是非,对历史事件、历史人物评价要客观公正嘛。台湾要民主,讲人性,对为民众做过好事的人尊称一声都不可以吗?"

"原来是这样!"她又低声地问,"大陆真的要对台湾动武吗?"

"大陆从来都把和平统一放在第一位。小妹妹,你知道,当今世界上还有哪个国家比中国更不想战乱,更需要稳定发展的?"

"原来是这样。"

"小妹妹,我们毕竟是两代人,你到底不了解大陆的真实情况,这是因为你没有接受到这样的宣传教育。你更不会理解:我们初到之时,从十大杰出青年基金会名誉董事长王先生手中,接过特意为我们准备的礼品——台湾著名画家席德进的名作《和平鸽》时,两方双手紧握不放的那份会意、那份激动。是的,壁绝通途在,感伤还有梦,这就是那个不容改变的、难圆终要圆的和平之梦。"

一大洋两海岸的狂风巨浪,永不停息地冲撞着岸边的礁石,磨蚀着对峙的锋芒,述说着历史的变迁、荣辱得失的沧桑。而海水下面山石相依,绵绵不绝地将两岸贯通。

第三辑

岁月镂痕

走过大雨

好大的雨！

今年雨水特别多，从春到夏，从夏到秋，天像破了底再也补不好的锅，下下停停，停停下下，大一场小一场的没完没了。

值此家父去世十周年，携小女返故里扫墓。早晨走的时候，毛毛细雨，一路相随，经过一个艳阳的中午，这不，刚压着返城的边沿，老天一下子变了脸，浓云堆积，天地昏黄。豆大的雨点洒过几个，接着便是漫天而来，倾盆而下，敲打着车窗"噼啪"作响，雨水顺车身"唰唰"涌下，裹着狂风，合着车轮，击起满地流水喷泉般地四处飞溅。

我坐在冒雨蠕动的车子里，呼吸着缝隙里透进来的丝丝腥湿的气息，凝望窗外，磅礴的风雨，尽情泼洒着大自然的浩气。天苍苍茫茫，地苍苍茫茫，树木稼禾，高楼低房，都只是一个模糊的轮廓。不远处的泰山，剩下一个暗暗的剪影，叫人直觉得，连它埋藏久深的那部人人皆知而又人人永难知尽的神圣庄严的史书，和着一代代封建帝王在辉煌外表和潜在危机的矛盾中苦苦挣扎的史实传说，被这风雨冲刷殆尽。眼前混沌一团、万物一面的情形，是否就是人类起初的景象呢？

人一来到世上，总要经历无数的风雨，总免不了留下这样那样的创伤。经受的风雨多了，倒想着在心里筑造层层防护的帷帐，把孱弱的心包裹起来，竭力不去触及，日子久了，自己竟觉得从没有过什么创伤。今天，这肆虐的大雨，逼人的大雨，一点一滴，不可遏制地敲击我的灵魂，打湿印在心头，刚刚走过的那屋那山那路，久埋心底的伤痕，豁然撕裂，热血迸发奔涌。

二十八年前的初秋，一向乐观的父亲终于被政治责难，家庭不幸压得无法承受，深夜冒雨走出家门。那年，我十二岁。不知道究竟要发生什么，惶恐万分，迎着瓢泼大雨追出去。电闪雷鸣，雨声，风声，吹打得到处怪响，水顺着全身往下淌，这些我全不觉得，只盯着前面隐隐约约的背影，深一脚浅一脚，艰难跋涉，一路悄悄跟随，直至他来到自己看护的桃行下，待了好一会子，趄进了园边那间低矮的小屋。就在他划着火柴的刹那，发现了立在门口的我。父亲愣了，一把拉过我，粗糙的大手捧起我的脸。我分明地感觉到，他的手在剧烈地颤抖，脸在剧烈地抽搐。我牢牢抓住他的双臂。静默了好久好久，父亲才说："傻孩子，我只是想清静清静，"又说，"你也是打小刚强，往后还得学着向命运让让步……"

这，这可不是以前我的父亲要说的话。还是我上二年级的时候，下了雨，学校到家的路是一条长长的大沟，一会儿就积满深深的水。不少家长送来雨具，我想，我是父亲疼爱的全村出名的独女，他一定会来的。等啊，盼啊，目光在扫视过每一位前来的家长之后失去光彩，放学的钟声敲碎了满心的期待，看着同学披戴起形形色色的破旧的雨具，雀跃上路，我好羡慕，好委屈哟，憋足了气，冒雨一溜小跑回到家。正要发作，只见父亲微笑着端过一碗热姜汤，戏谑地说："小树淋了雨长得快，小孩儿也是淋了雨长得快哟。"一句话说得我破涕为笑。此后，在人生的道路上，我再没有依赖过伞，也从没有因为没有伞而停止过风雨中的跋涉。如今，父亲这样说，是身心疲惫到难以承受的退却呢，还是命运屡屡诘难的无奈？

自打那个风雨交加的暗夜，父亲偏瘫后再没治愈，他拖着病体劳作，坚持让我读完高中。一九七七年，我考上了大学，刚刚跨入校门第三天，父亲旧病复发全瘫了。我骑自行车越百里长途，赶到他病床前。父亲已经昏迷，脸黑黄惨淡，扭曲得走了形。几天后，才清醒过来，浑浊的目光看着我，吃力含混地说："我早觉出病越来越重，没告诉你，怕影响你……要好好念书……"不啻一记响雷击顶，我只觉得感激、悲愤、痛苦像如注的大雨，霎时聚成怒涛，在胸间横冲直撞，嗓子堵得慌，脸涨得通红，终于爆发出无可抑制的俱生未有的失声大哭。泪水放纵地流，久积心中的苦痛尽情地倾洒。在场的一屋人无不落泪。

"妈妈，你流泪了。"哦，女儿依偎在身旁，正举手为我拂拭眼角。我握起那双稚嫩的手，凄楚而自嘲地笑了：不，这是大自然赐予我滋润浮躁灵魂的雨露。当年的怨愤早已随飞逝的时光消融，奋发的岁月教我懂得：在生命这个历程里，晴阴风雨，晨昏生死，失败与成功，幸福与苦痛，都是相生相成的，都是生命长河里不可或缺的一朵浪花。人生在世为一搏，搏的是一种信念、力量、智慧的实现，并非都是成功，正如并非每颗种子都能发芽、成材、结果一样。成功固然幸福，幸福自然快乐，苦痛又何尝不美丽？何尝不是一个人难得的财富，向命运挑战的驱动力？怎好拿一时的波折去抱怨整个人生的沉重。不是吗，每场大雨过后，有衰亡枯朽被冲走，更有无数新的生命在诞生，新的生机在展露。说来也巧，后来建的村纪念堂就在那林那路前面。再后来父亲去世后骨灰安放在那里。

141

那年，严重的春旱，使一些山坡地麦子颗粒不收，进入夏季阴雨连绵，山沟坡地一色油黑的秋庄稼。乡亲们说：咱庄稼人有这玉米地瓜够吃一年的就行啊。指着果园又说：新栽的优质品种，明年第一年挂果，赶上这好雨水，一准好收成。那极易承受、极易满足、极富希冀的神色，达观向上的情绪深深刻印在我的心里。

一阵凉风扑面而来，是女儿打开车窗接那将停的雨，蛮有情趣地舔着喝，望着我痴痴地笑。我不由得也去接，捧到唇边，一滴一滴，细细品味涩中微甜的清淳，似在品味一段一段起伏斑斓的人生历程。窗外草木仍在风雨中摇来摇去，时弯时斜，唯有或远或近、或聚或散的松柏，一如往常挺拔、舒展，稳稳地、不动声色地立着，显示出阅尽沧桑、包容万象、任物变而我不改本性的大家气度。十年前，在纪念堂前栽下的那棵柏树也该是这个样子吧。时隔数年，这次回去，山上山下一片崭新，小屋旧址上矗立起中外合资的果汁饮料厂。到处是欢歌，到处是笑脸。更巧的是纪念堂看管人正是当年父亲常常接济的弱残人，他及不期而遇的乡人直念叨父亲生前诸多的好处，以活着的人对亡灵的宽容和怀念，谱奏成一首再好不过的安魂曲，不曾想坎坷一生的家父身后受到如此的"超度"。道家讲命，佛家说缘，唯物主义者求规律，皆为寻找那内在的不可随意改变的必然。大千世界，纷繁尘事，就由它，这只无形的大手按自然发展的原本进行安排。诸如上述，是巧合呢还是必然？

雨停了，明与暗经过短暂的交替，血红的晚霞刺破残云，顿时灿然四射，天地山川都融在血红之中，流淌的水，停积的水都抖擞着一缕一片的艳红。大雨冲刷掉地上的污垢，处处清新洁净。无边的原野，雨水所到，绿色所及，被灌溉得一派葱茏。微风吹过来了，浅浅的新月挂起来了，城里的霓虹灯亮了，小女儿捧着最后的雨滴，望着漫天彻地的美景惊奇地笑了起来。霞月映辉，声色交融，红绿幻化，明灭交替，形成一个奇特的锦缎般的暮霭，展现出一种不可磨灭、无法触及的辉煌壮丽。真想不到，大雨凄风之后，竟有这般可遇而不可求的美好景象。

雨来雨去，草衰草长，往复不尽。

经历了如此的大雨，再不会感觉雨点的敲打，留住的只会是甘霖的滋润。

花木无语

草木花卉是大地的生命，是人类相随相生、相约相知的伴侣。我素爱养花弄草大概出于天性。记得还在孩童时期，就把山坡上挖来的、邻居家要来的，养在盆盆碗碗里，硬是使风打尘埋到凋敝的农舍小院有了一片清新，一片生机。自己呢，在挑水施肥的劳碌中自享一份快意。

学校毕业后分配到城市，此后又调入机关工作，整天忙得昏天黑地，既没了闲情又没有闲空，养花弄草自然有缘无分了，只能是存留在心灵深处的一种渴望，一种寄托，一种情结。春来，望一眼窗外的芽绿花发；秋去，瞅一阵地上的落叶枯枝，脑海里过滤一遍葱茏原野的清新、纯静，大自然四季的井然有序。

相知莫如夫妻，一天，丈夫抱回两盆新品种的四季迎春，这花颇好养活，花开得最早，花期最长，着实招惹我喜欢。手脚不停地修剪、造型、选换花盆，配上盆架，几经侍弄，当庭安置，绿莹莹一掬碧波，花纤纤满室幽香，每片叶子，每个花瓣都流动着鲜活的生命，平添了几许优雅，几许生动。此后，十年里搬了八回家，走到哪带到哪。社会上养花潮热了冷，冷了又热，传统花卉与新兴耐阴观叶植物轮番较量，我始终没增没减也没换。每次出远门，总嘱咐一句："别忘了，替我浇浇花。"长旅远涉回来，迎着一片灿黄，轻抚油绿柔韧的枝条，缕缕恬淡的清淳野趣顺着臂膀漫过心头，冲洗去纷纷攘攘的倦怠，滋润出回归的踏实，清闲的宁静。

不觉到了一九九○年，一位学生来访。几年不见，纯真的孩子变成了干练的大人，且在一家企业中层任职。师生相见自有一番亲切、叙旧、激励。临走时磨蹭半天，吞吞吐吐地说出想要盆迎春。有容乃师，面不触人，且喜所爱相通，也就默然相送了。两年后我工作调动，去同事们家里辞行，想不到在一位经济部门负责人家里见到酷似的一盆，不敢信以为真，眼睛发直地盯着看，引起主人的注意，说："哦，您那学生小赵不错哩，刚研究过提任副厂长……"心里咯噔一下子，轻盈的花木、清静的心境被兜头泼上一盆水，湿漉漉的沉重，一股说不明白的怪味在胸中翻腾。混眼看枝叶上满布的水珠，不知道是渗出的汗，还是楚楚的泪，只有速速起身告辞。

只剩下一盆了，管护更勤，长势更猛，像有意调整心理上曾经的失衡。来到新环境，新单位，结识了许多新同事、新朋友，倒也过得平平静静、融融泄泄。有一位自己佩服的、困境中帮助过我的老同学、新同事，高就新职，乔迁新居。别人纷纷祝贺，我理所应当地由衷表示"报之琼瑶"。无奈一向恪守"君子之交淡如水"的格言，想来想去，费了好一番心思，终觉得唯有送上贮满我心智情感的迎春，使老同学在新居的第一个春节里，相伴温馨的花香，才算尽了心尽了意。

决策早已付诸实践。等到大年初一，我匆匆去看望老同学还有"迎春"老朋友。一推门，喧嚣的声浪裹着缭绕的烟雾扑面而来，又一次感受同学好人缘的同时，清晰意识到他新居岗位的举足轻重。迈进宽阔的客厅，眼前简直是个植物园，从四面八方汇集来的杂牌军颇成阵势。同学忙应酬，我是老熟人用不着。静坐旁观，竟发现了花木在这里的特殊用场：既是客人无话找话言不由衷的赞赏对象，又是寒暄到尴尬话题转移的载体。眼前的一切那么陌生，那么好笑，然而面对清纯活泼生机勃勃的花木陷入狭小空间的俗躁浊气中这一矛盾撞击，怎么也笑不出来。默默地在绿浪花丛中去找我的那一盆，到底在高大堂皇的玉兰和大叶绿萝下找到了花谢枝枯单薄到寒酸的迎春。讪笑凝固在嘴角比哭还难受，顺势吟出"明日黄花蝶也愁"的句子，委婉地向主人表达索回的意思，同学如故的好涵养、好慷慨，温和地表示歉意："你看我邋遢的，还是你养着好。"

迎春抱回来放到原处，负疚的心一时平静不下来，贴近花盆痴痴地问：

"怨我吗？"

"笑我吗？"

花木终不语。

比照着精美的盆景画册，把枯枝败叶连同落满的尘埃统统删除去，在短粗的主干上，留下等距展向周围的八条绿枝，活托出苍劲疏朗的神秀风韵。浇水、施肥，只盼它积蓄力量，等到下一个季节——热烈繁茂的夏、深沉丰硕的秋……再度开出永不相违的更多更亮的花，来弥合一个至静至纯的心境，营造依然清新的美丽。

一蓑烟雨

故乡，生命起源的地方，灵魂停靠的归宿；流逝的岁月，将其具象冲刷成一片朦胧的烟雨，而曾滋润心灵的那景那情，注定陪伴终生。

——题记

月下老井

这一片儿，四邻八舍吃水就靠路旁那口井。

井很老，很深，水泉得很慢，台阶垒得很高。打水成了男人的专利。

在我家属我。从十二岁。

每天打水有两次高潮，一在上工前的清晨，一在下工后的傍晚。到那时候，井上总有水桶排成长队。

傍晚，我放下书包就去打水。两只特制的小水桶在井边一放，总有叔叔大爷把水倒过来，很过意不去。于是改在夜里，最好有月光。

真静，站在井边，能听到水往上泉的声音，潺潺地，一种幽然

147

的轻鸣。井是在把心深处的血挤出来补充被汲干的泉呢。慢慢地把桶续下去，金属与石轻轻地摩擦撞击，声音如同丝竹合奏的音乐，叩响我心灵的泉鸣，霎时，有一种清凉滋润的感觉扩遍全身。

月光下看井口石上深深的沟纹，道道清晰，条条均匀。坚硬的石被软软的绳索磨损。深痕留住了长长的岁月，却磨老了多少人生。都说光阴如白驹过隙，人类总是步履匆匆，而每一段每一时每一代每一人，走过了，身后就会留下印迹，像这井石上的痕。

抬眼看，从井边延伸出去的街巷，干燥尘封的黄土路都被挑水人洒下的水湿润了。一滴水落下去，地上洇出一朵小小的花，一溜水渍拉开来，路上就有一条长长的线，点点线线织成一张庞大的网，以老井为轴心撒向四面八方。

吃着老井里的水长大，往后走到哪里，都忘不了这口井，不能脱离这个轴心。

井是大地看世界的眼，故乡的老井是我照看自己的镜。

河水流去

酷热，酿就连续几天的滂沱大雨。

好容易挤空回家看看，任你再忙、再急，大雨封门，也行不得。

放晴了，天还是清丝丝的潮，地到处是水光光的湿，把整个人都泡得烦烦的、沉沉的。

门前屋后大街小巷响起一片的流水声，汇成溪，载着我向村南小河里淌去。

曾经四季长流的河，近年来流时不如干时多。此时，漫山遍地的水从四面八方涌来了，在变窄了的河槽里暴涨、咆哮，激动地奔腾。

这哪是流进童年里的那条河啊，那水是清亮亮的，圆月被它搓洗成凝玉，满天的星星在这里起舞。缓急有致的流水，润绿了两岸的花草，润旺了千里沃野的生机，漂白了河底的卵石，也润活了我的童心。捡块石头甩出去，甩哑了一滩的蛙声，打碎了一河的银，却甩出了一串天真的铃一般的欢笑声。

如今，水流得这么急，一波接一波，片刻都不肯停驻，急得连流向哪里、干什么都来不及问，来不及思。

急急汇来急急流去的水，很浑，裹挟着枯死的杂草，每一波每一浪都是黄突突的。是想用激流创造自己波澜壮阔的伟大来留住永恒吗？结果河水失去了自己本来的面目，也使我不再能照见真实的自己。

河水依然打着漩儿，一浪高过一浪地奔流去，顾不得听，两岸岩石带着千年冲刷的纹路在吟诵：逝者如斯夫！水流急急，逝去的正是水自身，奔流得越快，消失得越快。

每个人心中不是都有一股泉吗？生活中浮躁烦乱多了，也会塞蔽它原本清澈悦耳的鸣声。相反，少些梦幻，舍弃自我，才能以真诚踏实的人生留住自然自在的永恒。

小河啊，无论你存在还是消失，都将留给我终生的记忆。

秋夜听雨

秋风起了，叶子落了，细细的雨来了，洒在广袤的原野上，点点滴滴、点点滴滴。它不同于欣然而至的轻松的春雨，更迥于急旋律式的夏雨，弥漫的秋雨，在轻轻地叹息，在窃窃地私语。倾听着，

倾听着，别有一番滋味在心头。

其实，雨自身是没有感觉的，无论是潇潇，还是滂沱，都只是有些茫然。但今宵，在故乡的原野上，秋雨的足音清晰可辨，窗外浓浓的夜色中，微风飒飒，细雨沙沙，迷迷茫茫，冷冷凄凄，似乎在深沉地寻找着逝去的往昔，仔细地过滤出珍贵的记忆。呀，怎的，是寒冷、沉重——哦，这不也是春消息的前奏！

听着，想着，我感觉到了这雨的亲切，茫茫的雨水中，展现出一条漫长的人生路。在这路上急急行走了多时，朝朝暮暮期待了多时，热切梦幻了多时，却不曾想，正是梦断时的这场秋雨，竟然让我得到了许多慰藉，看到了细雨过后的霞光，认准了要走下去的路。

哦，激情不能泯灭，诗意无处不在，今夜聆听故里秋雨的沉吟，热流温暖了我的心。

陈酒苦涩

常常记起青少年时期，看街坊邻人，一天劳作归来，掸去满身的风尘，月光里瓜架下，家人相聚，几样小菜，一壶水酒，慢慢地喝，天南海北地扯，直到疲倦焦躁消散殆尽，带了微微的醉意，披一身悄无声息的凉月，席地而睡，笑津津地去圆一个殷实平安的好梦，便情不自禁地被这种自在的清纯恬淡惬意所陶醉，凭空生出对酒的几分神往，几成谢意：惨惨淡淡的单调生活，普普通通的家常饭菜，只要一上酒，自然透出一分郑重，一分丰裕，一分斯文，一分意蕴。怪不得李时珍说："酒，天之美禄也，和血行气，壮神御寒，消愁遣兴。"酒，历来被奉为重大节庆、重要事情、交往应酬中不可少的礼仪媒介之佳品，更是民众日常生活里不好缺的补品、调剂品。我们的祖先，四五千年前发明酿化发酵相结合的复式发酵法，酿制出如此的玉液琼浆，不能不说是化学史上的创举，饮食加工业的进步。

感受是真真切切的，凭空而生也是实实在在的：自己从孩童到成年，从没沾过酒，从来不知道酒的滋味。一来祖辈没有喝酒的人，时下家境又困窘；二来自觉接受了齐鲁礼仪故土贤淑女子一般都不喝酒，这样一个不成文不可变的传统观念。顺其自然成自然，正好落个轻轻松松清清醒醒地去欣赏好男儿低斟浅酌的风雅、豪饮健谈的英武，笑眼嬉看嗜酒贪杯者无所不有的喝相、千奇百怪的醉态。局外旁观，照旧收获美酒给生活增添的几许生动，诸般情趣。正当光阴之舟正常平静地行进时，自己竟有了三次刻骨铭心的喝酒经历。品茗者偏喜新茶，善饮者独爱陈酒。陈酒酿造存放的时间长，越长越陈，越陈味越正、香越醇，劲儿越足，价值也就越贵重。自己本非善饮人，而三次饮酒偏偏均属陈酒之列。喝时无味，事后倒慢慢品出了各异的味道，掂出了小小一杯酒可阅尽世态人情，寥寥几次饮酒能窥见浩瀚酒文化古今演变的复杂和沉重。

我高中毕业回村时，正赶上贫下中农当家做主，基层干部掌大权的时期。个人不遗余力地努力三年，经群众评议，公社让我参加第一批工作队，名额经过村当家人的手，顷刻变成了他同宗的"优秀"青年。我只有继续接受再教育。第二年，县工作队逐级把名额下给了我。就在村当家人到处反映贫下中农不答应的那个夜晚，一个深秋小雨淅沥的凉夜，一块劳作了几年的打井队队长把我叫到了他家里。饭菜早摆好，同事们都到齐，我被推搡着安上主客的座位。宴至大半，队长起身从墙上小山橱里取下一瓶盒装特曲，说，这是去年为我专门买的，没想到搁了一年。都说这一走怕是再也回不来了。今晚给你送行，破破例，跟大伙碰个杯吧。整日里鬼闹的同事们一下子沉寂下来，只有斟酒声在凝固的空气里哗哗地响，平时抢着下井抢着喝酒的几个顽主谁也不沾唇，齐刷刷地举起杯，目光灼灼地盯着我。如注的泪水顺颊而下，滴落在手上、桌上、杯子里。颤抖着一一碰去，连吞三杯，是苦是咸是酸是辣，怎么回的家，全然不知道，只记住了那个彩色盒子，还有双双期待的眼。

人走上了社会，酒名也不翼而飞，乡亲们本来的好意终被添枝加叶的讹传涂抹得面目全非。交往聚会的酒场多了，麻烦尴尬跟着来了，甚至落个家乡人忌讳的不实在。还好，绝大多数人一旦略知原委，便知情达意地一笑了之。

真的被乡亲们说中了，我从工作队考入了大学。天南地北的同学们走到一起，各有各的习俗，各有各的爱好，唯有借酒表情达意是共同的。转眼到了毕业，这伙被特殊时代滞留、历经了人世变故的"老学生"，格外珍重真挚的友情。几个要好的同学相邀来到小酒馆，迎面是店主人热情的招呼：马上换新品种，就剩窖存的最后一点了，特醇，来一瓶。那装饰的花盒子一下子勾起了想买的愿望。穷学生穷办法，我发动，一人一元凑份子买了一瓶。班头故作严肃，板起脸下命令：一人一茶碗，谁多喝没有，谁不喝不行。说着，端起属于我的那一份，逐个逐个地匀，一个一个地接。顺手满上碗白开水。一种被理解被尊重被关爱的情谊，远远超过了六十度特曲的浓烈，一下子浸醉了整个身心。照样碰杯叮当响，照样畅饮甘美醇，照样脉脉离别情。一茶碗喝到夜沉沉，到底没留住不散的筵席。

工作后第一次发工资，自己也说不清为了什么，风急火燎地来到那家小酒店，买下最后一瓶高度特曲。十几年来，各种名牌，数不清的新品种，蜂拥而至的"洋"酒轮番大聚会，我始终像珍藏史书孤本、呵护单传独子一样收藏着那一瓶，心中存念着两次聚饮的珍重，全然不觉当代人已把酒利用到了淋漓尽致，无所不能，酒文化在过速膨胀的嬗变中折射出人生百态。

当年相聚的一位老同学，成为相当一级的干部，大家自然为之高兴，有意无意地引为骄傲。前些时候，他路经此地，邀集同学们在大酒店小聚。我不假思索地带上了久存的特曲欣然前往。多年不见，每人都无法拒绝地留下了岁月镂刻的印迹，老同学眼角上同样爬上了鱼尾纹，也胖了许多，只是精神还是那么好，在西装革履、轿车从人的簇拥映衬下更显伟岸、光彩照人。久别重逢，叙旧的话自然不少，碰杯的酒当然要喝，一片亲切融洽中，不乏老同学的得体练达，特别是轻抚特曲，颇具苍凉意味的慨叹，勾起了一致的忆念心境，使气氛不知不觉地由热烈转入深沉。大家认认真真喝着每一杯，像细细品味着每一段经历。很快有了一片空酒瓶，我也完成了一瓶矿泉水。夜阑酒酣，老同学依然神采飞扬，指挥有序，"难得一聚，再加几个特色菜，有名酒拿上来"。服务人员一片忙碌，硕大的餐桌上小山般的盆盆罐罐上又垒了一层，林立的玻璃瓶中增添了扁圆不等的新种类。相形下特曲霎时变成丑小鸭。"配好餐具，要好氛围。"又是秘书一阵穿梭，黄的、白的金属器皿及蜡烛、圣诞树相拥而至。同学们再也不说话，默默凝视眼前奇景般的珍山酒海，任凭电视屏幕上穿长袍大分头的小伙子，闭着眼、摇晃着头，上气不接下气地诉说：脚下世界早已改变……

又是连连碰杯，轮番轰炸，又崛起一个紧张的高潮。不能不佩服老同学那么多该喝的因由，用不完的劝饮方式，还有他"一日须饮三百杯"的豪量。大家再也难胜酒力，欲要逃席，他则愈加气粗语壮：谁也不许走，就用这特曲压轴了，大团结，一人一大杯。边说边把自己的递给了秘书。我自然而然地向邻近各杯倒去。一只红红的大手猛然横挡中间。我惊愕，我迷惑，殷切切投去求助的目光，与之相撞的颐指气使不容置疑的冷峻神气，分分明明地告诉我：所拥有的身份地位足以不被别人强迫喝酒，也能够迫使别人喝下去。

想不到百姓创始、用以美化生活润色生命的清醇佳品，竟成了违拗初衷承载权势欲望的道具，化学反应延续几千年，此时此地，怎么就只剩下了畸形裂变。我仰面一饮而尽，任苦涩撕扯心肺，神经麻木的天旋地转中，机械地重复了杜甫老夫子悲凉千古的感慨：君不见管鲍贫时交，此道今人弃如土。抓起最后的那只空瓶子，乘醉归去。

嵌进记忆的盒子丢了，拥有的仅仅是一只朴拙的瓶子。蓄上清水，密封起来，当橱高置，烦闷时看它几眼，心里一片宁静。只愿留下的这掬清纯，存得住，不变味。

村 剧 团

二十世纪六十年代末七十年代初，我的故乡鲁西南一带，文化生活极其贫乏，唯一的娱乐是在场院里放一两场电影，那也得一年半载才有这么一次，只在大村队。俺村名叫屯头，是乡镇驻地，全县最大的自然村，全国先进单位，特例一年两次，一般在春节后和仲秋前。这足以让四外八乡羡慕的，于是，小庄小户的"师者们"戏称我村为"屯头县"。平白无故地给起绰号，村民生气，为此还发生过口角，想不到这一闹绰号更响了，叫得四外八乡的大姑娘小伙子都往我村跑。于是，我村的小伙儿不愁找媳妇，姑娘出嫁不出村，集体副业有了外村的劳动力。后来，本村人自己也叫起来了，引以自豪。此属题外话。

六十年代是县电影队来放映，到了七十年代各公社成立了电影队，次数增加了一些。每次放电影的消息一传开，四外八乡的大人孩子扛板凳的，提马扎的，太阳一竿子高就跑来占地方，条条大路，片片田野，处处洋溢着欢声笑语。放映前村支书或大队长得讲讲话，安排生产，说说村风什么的。大人耐心静听，孩子哇哇乱叫。其实除了村干部借机说事之外，最实质的是两三个村同时放映，得跑片，天黑路窄，骑自行车传片，需要时间。要是这个村先放映，讲话就

156

放在第一盘放完、第二盘不到的空间，那就更热闹了，影评热烈，七嘴八舌，孩子连蹿带蹦到幕后去找影片上的真人，要是战斗片，还要拾炮子（子弹壳）呢。有的时候，外村人消息不准，跑来了没这回事，擦着黑往回走，走一路埋怨一路，回到家好几天都高兴不起来。

生活枯燥，吵架斗殴常见，村支部决定成立个毛泽东思想文艺宣传队。我村地处鲁西南，大家爱听豫剧，于是凑合了几个平时爱热闹的学演豫剧。宣传队春夏秋三季打岩心深井，冬季排练。都没学过唱戏，谁也弄不出个子丑寅卯来，只有掌鼓板的在县剧团待过一段，还能打出个点来。他品行好，人缘广，会管理，一致推举出任了队长。

村民心急，春节后就叫开演。戏台是一个土台子，三面围着高粱秸。演出《红灯记》，大家在小喇叭里听过，没见过真人，台下人头攒动。一阵锣鼓，主角一溜小跑一个亮相打了个趔趄，全场哄堂大笑。一张口跑了调，又一阵笑声，演到李玉和喊"铁梅，拿酒来"，半天没人接腔，忘词了，于是，台下人接上："没了，快拿地瓜干换去。"没见笑声。越往后台下越安静。当时刚有电，经常停。于是，台上两边各挂一个大盆灌满豆油，旧鞋底子做灯捻子，应断电之急，台下看台上见个人影，台上看台下一片漆黑。队长认为观众静心听戏，鼓板越打越起劲。他觉得身后的篱笆墙向身上挤，就说："别挤了。"推一推再打。又挤，急了，停下来喊："再挤，我亮不开架势了。"扒拉开篱笆墙一看，原来是锣鼓惊扰了附近的一只老母猪带着一窝小猪崽，跳出圈来拱篱笆，台下早已空无一人。

第二天，队长向支书诉说，支书在村部大喇叭里讲话：没戏大伙儿想戏，唱戏了又不听，自家人学着唱，大伙儿得捧场，都去，唱的唱完，听的听全。晚上演出，听众真的来了不少，锣鼓喧天开了场。戏过大半，忘词的、跑调的、上乱了场的、走错了步的不计其数，开始笑声不断，后来笑声越来越少，队长很担心，从后台伸长脖子往下看，只看到离自己近的那盏灯底下一小片，老戏迷憨爷和二傻子端坐不动，总算放心了。

第三天，憨爷找到排练场地，说："昨晚儿听戏丢了烟袋，来找。"演员们说："憨爷，你听戏丢的烟袋，怎么跑这里找？"憨爷大声说："昨晚听完戏的就我和二傻子，我问他他说没见，不就是你们捡去了。"演员们又笑又羞，让憨爷小声点，别嚷嚷。憨爷声音更大了，仔细一瞧，憨爷已经耳背了。成了笑柄。传到支书耳朵里，他说咱村自古出英贤，文有进士武有将军，不信一千三百多户的个大庄儿，选不出几个演员材料。于是，请县剧团的人来帮助挑选，重新组建，队长主办。

考选班子到位，村民报名的不少，很快，各个角色、乐队成员都有了人选，就是男女主角虚位以待。其实人选是现成的：男主角是县一中的高才生，在学校演节目就领唱领舞，一九六六年高中毕业，恰逢"文革"开始，无学可考，无书可读，只好蹲家里。他家祖传"扎彩"手艺，父亲做点花圈、纸马等丧葬用品小生意，方便乡邻，"文革"一开始就被破了"四旧"，割了"资本主义尾巴"。此后，推荐上大学，城里招工，凡好事皆没他的份儿，老老实实地务农，哪敢报名掺和这事。再说女主角，天生丽质，瓜子脸，丹凤眼，不高不矮，不胖不瘦，什么衣服穿在她身上都好看。谁都不知道她是怎么学会的唱戏，怎么就唱得那么好。此前，县剧团来选演员，第一个入围的就是她，就是政审过不了关：她母亲信教，家庭成分在"坏"一类，虽然摘了帽，影响还存在，不能吸收。正谈着

158

的男朋友，男方家庭怕影响自己孩子的前程，坚决不同意，只得散伙。柔嫩的心灵怎经得住这般打击，从此，闭门不出，自然不知道或不愿意参与类似的事了。画龙不点睛难成画，设宴没大件不成席，队长犯了难。县剧团的人回去后，队长犹豫再三，去找支书，说出自己的人选。书记思忖良久，一拍桌子站起来，说："试试吧，演好了算他们将功补过。"两人心里都明白那些陈谷子烂芝麻不关两个年轻人的事，可是阶级斗争的弦谁敢松？队长一听明白了，回头去做他俩的工作。

那一年新成立的宣传队改为半年打井，半年排练。

一转眼到了一九七二年。功夫不负用功人，两三年的工夫，我们村的戏唱得四外八乡出了名。村民引以为豪，年轻人以进宣传队为荣。戏呢，主要演样板戏，还有豫剧《朝阳沟》《红嫂》什么的，再就是自编自演的独幕剧、小节目。那年我高中毕业，因为小有秀才之名，会点乐器，队长吸收我伴奏兼创作。别说，我创作的《一把剪刀》独幕剧，获得县级创作一等奖，此是后话。春节过后，拉开场子唱大戏，四外八乡齐聚，场场爆满，喜气洋洋。村支书叼着个大烟斗，围着场子踱方步，一脸严肃，满心高兴，方圆百里的领头羊又一次找到了感觉。《红嫂》是我们的压轴戏，开场锣鼓过后，男主角幕后一声清唱：孟良崮打突击——清亮高亢，响彻九霄，台下鸦雀无声。上台来一串搓步加跟跄，再慢板拖出：一场激战……一阵寂静之后，猛地迸发一阵掌声。女主角用慢二八板唱道："沂山高，沂水长，我为亲人熬鸡汤，添一把沂蒙柴炉火更旺，舀一瓢沂河水情深意长。"一曲三波，婉转柔润，台下一片啧啧咂舌之声。男主角乳名三木，学名一森，人们合二为一：三木一森，倒像他的艺名。女主角的名字恰巧与京剧大师梅兰芳重合，自然人称"小兰芳"了。

每年县里组织各公社宣传队到县城里会演，俺村首当其冲，演出强压县剧团，拔头筹，他们酸溜溜地叫我们"屯头县剧团"，后悔当年忒小心，没敢招收"小兰芳"，他们的女主角年过半百，老戏作废，新戏学不了，折了顶梁柱。大家暗自高兴，心里美滋滋的，顺势把"宣传队"改称为"剧团"。等到下一年再会演，每当我村演到最出彩、台下掌声一片的时候，"啪"的一声断了电，油盆鞋底子没处找，也没法用，掌声在黑暗中变成了唱倒彩。明明知道是县剧团捣的鬼，也没办法。评选时各队代表还是把票投给俺村。此事倒提升了俺们剧团的声誉。

每逢春节后，四邻八乡都来请，初五之前在本村唱，往后可到外村友谊演出，一直演到二月二。报酬是演出一场管一顿晚饭，炝锅面条、馒头炖菜什么的。在那个物资匮乏的年月，这报酬颇具吸引力。半下午，道具装上板车，自行车驮人，唱着闹着，一路笑声，走出去十几里、几十里。有一次出村去演出，剧中的坟头是蹲一个人，盖块褐色布，为的是少带道具。常演这角色的周大叔病了，得找个临时替角，看见老武生的孙子正骑在墙头上玩儿，他人不大个儿不小，体胖肚子大，乳名大妮。队长说让他上台演戏，他怵了头，再告诉他上台如何如何不见人，稀里马哈就能吃馒头，大妮两眼放光，蹿下来跑进队伍里。晚上，演到那一场，他趴了足够半小时，憋得够呛，演员刚转身下场，幕布没拉，他掀开布冲到台前大喊："稀里马哈吃馒头。"惹得哄堂大笑。拉幕布的紧拉紧盖，才算无伤大局。

来请的人多了，不知不觉地有了架子，邻村的大队长老孟，是我村大队长的舅舅，前来点戏《智取威虎山》，大呼小叫毫不客气。

琴师老王绰号"二诸葛"，见多识广，多谋善断，听了颇不受用，抢先替队长回了话："回去搭好戏台，先派几个跟头匠去试试台子再说。"第二天老王带四个武把式前去，他们几个跟头，一个鹞子翻身，飞脚踢碎了他们特意新买的四盏汽灯，撂下话："台子小，重搭，明天再试！"走人。老孟人粗心不傻，怎么回事心里明白，一盘算，买这四盏灯，花了全村一年集体收入的小半，再毁四盏灯……不请吧，村民盼了一年。于是提瓶瓜干酒来找我们支书喝，支书满口答应。知道了踢灯之事后，把队长好一顿批评，下令："不许吃人家的晚饭，算惩罚也是补偿。"那晚演得还真卖力，叫了好。孟队长坚持做烩锅面，和我们共进晚餐。天寒人不冷，其乐融融，和好如初。老百姓的矛盾与和解原来都这么简单。

到了一九七六年，我国有了电视机，黑白的，我们村托在北京工作的干部买了一台，十二寸，拴上麻绳，四个人抬着，九个生产小队轮流看。此后，"小兰芳"再次被县剧团招收，只可惜她已为人妻为人母，过了学戏演戏的最佳年龄。三年后，县剧团解散，她被安排在一个县直部门。一九七七年恢复高考，我考入大学。一森观察形势，看准确实不再政审了，一九七八年考入山东大学，毕业后在党政机关工作，后来当上领导干部。琴师兼着幕布绘画，日久见功夫，被县电影公司招收画幻灯片。八十年代，改革开放大旗招展，责任田承包，我的团友们像从笼子里放飞的鸟儿，各展其能。有在责任田里搞大棚，种经济作物、栽果木树的，精工细作忙不完的活计，有的到县城里做生意，外出打工的更多，女的都出嫁了。文艺生活渐渐丰富，村剧团完成了自己的历史使命，彻底散了伙。

斗转星移，转眼到了不惑之年，人老怀旧，我托队长早早地下通知，在他家开的饭店里和大家一聚。大多数人生活改善，面貌一新，特别是下一代受到了良好的教育，出了不少大学生。年长的板胡老路缺席了，记得当年属他家困难，这次特意带些钱来给他，聊作贴补。一问，由于他几个孩子均无文化，无营生，无收入，困难依旧，自己喝闷酒过量，不治去世。"小兰芳"由于多种因素结婚晚，丈夫在本村生活，两地不方便，要求下调到市直在我们镇的分支机构。在家吃住，除每月领有限的工资外，其他与村民一般无二。忆当年，她的眼神、笑靥、举止都存留我的心底，而眼前早无踪迹。我提议，大家也央求她再唱段《朝阳沟》，她面带难色，推辞说：二十多年没唱一句，早忘了词，倒了嗓，张不开口了。大家不免杂陈五味，面面相觑，不再勉强。当年那个水灵灵、甜润润的"小兰芳"再也不见踪影了。

祭　灶

今天二月十一日，即农历腊月二十三，俗称"小年"。友人送来几个"糖瓜"，儿时旧物，倍觉亲切。忙打开来看，一个个大如甜瓜，圆似足球，里边是熬软吹圆而凝固的麦芽糖，外边粘一层密实实白花花的芝麻。用刀砍开食之，香甜酥脆，就是有些粘牙。听说已被列入了非物质文化遗产。

"腊月二十三，祭灶糖瓜粘，上天言好事，下界保平安。"这一天按传统习俗是"祭灶"的日子，也就是恭送灶王上天，向玉皇大帝汇报所在之家一年里的所作所为。灶王爷，据说是炎帝，他于火而死为灶，从商周起为专司饮食之神，晋以后又被列为督察人间善恶的司命之神，大则善恶是非，小则用粮俭奢，均在督察之列，玉皇大帝据此汇报来奖惩报应世人。想人类自伏羲氏取天火创熟食脱离茹毛饮血以来，灶火须臾不可离，家家有灶，天天饮食，谁能不"祭灶"？祭灶拜神该是诸多祭祠活动中最具实际意义的了。选择"糖瓜"一类为祭品，一是让灶王的嘴巴甜些，上天多说好话；二是粘住嘴巴，不好的事情，缄口不言罢了。

记得小时候，乡绅大户出身的奶奶是极重视"祭灶"的。这一天一大早，七八十岁的老人家先穿上旧衣服，带领我们打扫庭堂院落至每一个角落，平日黑锅燎灶、炊具食物杂陈的灶台变得干干净净、整整齐齐，做的平常饭食都似乎变得香甜可口了。时至傍晚，我们都换上过年的新衣裳，来到灶台前，把父亲从集市上新请来的木刻灶王画像换下墙上那张旧的，画中央一个头顶一轮满月，长方脸、短胡须、威穆的面目占去版面的大半，想必他就是灶王了。画像下方横陈一块木板，香炉蜡台置其上，麦芽糖（我们那一带用长条形的）等四样供品放在灶台上。奶奶拉着我跪在大大的蒲团上，父母连忙跪在她身后。奶奶口中念叨一些"谢灶王爷保佑，上天多言好事，若有不小心浪费食物之类的错事，来年一定改过，万望开恩莫报，请灶王求老天爷赐福全家"之类的话，叩首罢烧过纸钱，礼毕，撤下供果。这时，我最高兴，拿了麦芽糖跑出去，在干干净净的大街上和小伙伴们分享。

农家过日子，缺什么别缺了粮，断什么别断了顿，在农民眼里，浪费粮食是不可原谅的事情。一九六二年大饥荒把人饿了个半死，让人们更懂得了粮食是保命的东西。我的奶奶有教养且有良好的生活习惯，她有一只专用的细瓷斗彩饭碗，白底红花绿缠枝。父亲说那是奶奶的爷爷留给她的，成化年间的瓷器，是个宝物。奶奶告诉我，她用粗瓷碗咽不下饭去。可是在她的碗里、餐桌上就是吃糠咽菜也没见过拉撒一丁点吃食。她常常回忆儿时娘家储粮囤一溜十几个的富庶情形，对我说些"丰年不忘歉年""省囤尖儿不省囤底"的话。奶奶从不会骂人，一旦看见浪费食物的事，她会毫不客气地指着当事人的鼻子骂："败家子""王八羔子"。一年中好不容易才包顿饺子吃，没有玩具的我总缠着母亲要揪块面玩玩，奶奶忙说："灶王爷看着呢，米面不是玩的，瞎浈了粮食会遭报应的。"拉着我到外边找块干净地方，挖些黄土和成泥，给我捏小狗小猫，捏的小鸟插一段麦秸秆，晾干后吹出好听的声音。我吹出的声音大不如奶奶吹得好听，可是还是很骄傲，因为别的小伙伴没有这玩意儿，他们哪里赶得上我，有这样一位兰心蕙质懂事理的奶奶。

到了一九六五年，岁月带走了我八十四岁的奶奶，运动中遗失了那只碗，时代送葬了"祭灶"，灶王这位司法官下岗了。再后来，生活渐渐富裕起来，越来越多看到的却是粮食肆无忌惮的浪费。据二○一四年官方公布的数字：每年浪费掉的粮食是两亿亩土地的产量。且不说加工运输环节每年要浪费掉七百亿斤，单就餐桌上每年要浪费掉三千五百万吨，够两亿人吃一年的。如今，娇惯的孩子，不论多精美的食物，稍不如意，随手便扔，看护他的大人们异口同声地哄着说"没事，没事"，再听不到"灶王爷看着，会遭报应"一类的警语了。国人不知不觉中淡化了"节俭"意识，不再心疼买粮食花掉的大量外汇，不再记忆饥饿带给人脸青肠断的痛苦，不再正视比丧失土地数量红线更可怕的竭尽地力的黑线。

报应看不见，不等于不存在，老子早就说过：天道好还。可惜现代人不再理会、不再省察，一味放纵自己做一些掘土断根的蠢事。遗弃一个历史悠久的"祭灶"仪式，实际上是在淡出自己曾引以自豪、赖以生息的民俗和文化传统。

渴望千年

禹王庙在修复中。

这在文物古迹本来不算多、历经风雨几乎丧失殆尽的一个县内，实在是添了处值得一看的景观。想想眼下经济发展中，资金紧缺得像爬上珠穆朗玛峰的人口中的氧气，而此地竟一呼百应自愿捐款数十万、义务投劳修复残破到面目不能辨的古董，不能不算一个小小的谜。

大禹治水，万古流芳，妇孺皆知，他是人们供奉在心中会治水能镇水、祛灾佑福的神。禹王圣迹遍九州，大多与水相依，这座禹王庙自然在汶水之边了。

去宁阳出差，夕阳下归途中，从宁肥交界处，汶河大桥南端拐弯东北行进，沿堤下小路，越走越高，翻过泥沙新堆成的小土山，向南直下，过几十米荒草掩映的弯曲小径，庙宇就在眼前。说是庙宇，其实院墙还没一堵，只三样景物坦然有序地摆在那里：十一棵不能合抱的高大古柏，笼罩着红墙褐瓦崭新的正殿，殿前神道旁矗立着两通石碑。树身上，碑座上半人高曾被沙土掩埋的印痕，处处堆放的残砖断瓦，一齐告诉着披尘光复的劳动量。院落清出了边缘，算不得宽大，正挖着的院墙地槽毅然截断了四周枯草黄叶漫浸过来的荒芜。这方毗邻村寨置身田园质朴亲切的神祇，被背后滔滔河水长长大堤映衬出了幽深、肃穆、不可缺的重要。

县里陪伴前来的同事，路上介绍了庙的来历，它始建于明代成化年间。当时的县官见旱涝成为殃及民计民生的重要祸患，便把浚洪治旱作为施政的首要行动。于是在一个小小的县内，兴起了浩大经年的疏浚工程；开千里长渠，引汶水济运河。消除了水溢决堤的灾害，丰富了运河载重的流量，沿渠灌溉万顷良田。据说，他因此被越级提升至国家最高水利长官。确凿否，无从考证，唯有郑重地注视着民众从此修置下的这树这碑这殿。

柏，七棵蔚然，四棵枯死，参天屹立，更显出古老苍茫的意蕴。柏是庙的精神，整座庙宇轩昂不凡、庄重资深的气度都写在柏枝柏叶上。它可是五千年前龙门禹祠神柏的子孙？我想起了祖先大禹，一旦接受治水安民大任，察地势，探水道，听民声，终于明白"洪水是赶不走的，只能引，只能疏，只能导"。于是，他十三年如一日，跋涉于险滩恶水，整治九州江河。黄河激流里，牵准绳，持规矩，步步测量，立木为标，荷笠执锸，劈山开龙门，引水下泻，极度劳累中，依着一棵柏树睡去了。那柏被后人称为神柏，因柏而建庙，留下纪念大禹功绩的圣地。这里显然是因庙而植柏的。同样，有了这柏，庙堂可以新了旧，旧了新，苍翠千古依然，不动声色地立在那里，看云听涛察风情。

相对而立的碑很高大，很有气势。只是碑文密密匝匝，加上风尘积垢，模糊得不好辨认。几个人交替着读，到底也不能读畅顺。用不着一字一句地去解读了，坚硬石面上分明地流泻出来"顺天承运"清明政治本来的要义：疏浚情理，消灾平患，滋养造福。怪不得它历经了那么多的朝代更换、变故浩劫，迄今通体完好，岿立不

167

动。碑是国政民心，碑是历史之魂、时代之踪。它默默无言又胜过千言万语，以"遗世独立，与天为徒"的浩然风仪，擎托出一方晴空。

"也是来看庙的？看看吧，当年气派着呢。"看护工地的老人笑吟吟地走过来，一一述说往昔的堂皇和鼎盛。恐怕我们不相信，指着殿前平台正中说："每逢夏秋雨季，安在这里的大香炉日夜香火不断。水火无情，一河两岸的人家谁不求个风调雨顺、温饱平安？"接着又神秘地俯首低语，"禹王灵圣大呀，往年大小冰雹，俺县没躲过一场，独独今年四邻三县都遭了雹子，这里没一点。还多收了。怪不？"围上来的人都笑了。看看绽开的一朵菊花里注满了虔诚，言之旦旦，信之凿凿，传递出企盼殷殷，我们有言难对，只有报以似乎认真的微笑。老人家像受到鼓舞，话头越扯越长："人老了，干不动活儿了，等修好了就来看庙，陪陪禹王伴伴客，一份心意。看你们都像是当干部的，等神像塑好了开光时，我替你们上炷高香，沾沾禹王的灵圣，好好做回官。"老人满脸真挚与坦荡，我们陡然汗颜，淹没了笑容。

不朽便是神。

人敬仰不朽，于是，造神、信神、顶礼膜拜敬神。

假若有一天平凡如泥土草芥的百姓不存在了，再伟大的神还会感觉到伟大吗？再堂皇的庙能堂皇多久？即使永存又有什么意义？

人与神、平凡与伟大的默契就这样沟通了。

盘桓于大殿前，抬头正迎着额匾上篆刻的四个油绿大字：风调雨顺。像顺了风的船，一下子把思绪载回几年前进京的往事中。为题写县志书名，来到祖籍汶阳镇的书法家欧阳中石先生家里，书橱上明明贴着"会客不超过十分钟"的条子，与老先生谈古谈今叙乡情，问及大汶河的治理，说到两岸巨变，高兴中早过了两个小时。当提出县志办一位与他同龄同籍同样爱好书法的老同志向他求字时，老先生陷入良久的沉思。不知是在怀念润千里沃野、添童年乐趣的水声，还是难忘浊浪排空、咆哮拍岸的涛鸣。随先生的目光看墙上硕大的扇面，上书："南风之薰兮，可以解吾民之愠兮；南风之时兮，可以阜吾民之财兮。"（《南风歌》）停顿片刻，起身挥毫，用力写下了"风调雨顺"。等墨迹晾干，衬上宣纸托上硬纸折叠好，才送我们出门。

回到县里，将字交给那位老同志，他同样是展抚良久，动情地说："小时候，最怕听夜里的钟声，一撞钟，准是要发大水。'开了石梁口，冲着三县走。'家破人亡，惨哪。江河边上经过大水大浪的人，能盼得个风调雨顺，还有什么奢求？"真想象不出养育了人类文明、繁荣了大汶口文化、富足过两岸黎民的母亲河，一旦在淤塞逼仄的河道里发起怒来，竟有这般吓人的脸孔。她可理解，子民的要求是最基本的、最实际的，也是最高的、最终的，尚存不测风云就不易达到的。后来，听人说，他给同事们一连写了几幅字，皆是"风调雨顺"。看眼前复制不失古朴苍劲的匾题，想人们殿外设坛祭供，是祭神，还是供自己始终的心愿？

同事们一边讲，去年投资百万，扩建大坝，重修长渠，灌六十万亩良田的经过，讲利用汶河利用古迹搞开发的打算，一边引我们上了大堤。大汶河在眼前，大坝长渠在脚下。河面开阔，大坝雄立，水流平缓。从东向西，款款而来，到大坝跟前，一部分顺流而下，一部分沿闸拐进渠道。潺潺的，一直响到视野的远端，宛如一条血脉潜入大地滋润肌肤。两旁村庄里，码成垛的玉米棒子依稀可见。我想走近水边，去听一听微波喃喃的诉说，再看看这茫茫白水、森

169

森波纹以及长不见头、深不见底、曾涨涨落落的渊泽，猛有一种可以浮之可以溺之令人敬畏的神秘力量使我却步。徘徊着低下头去，自己的真容连同澄清的天宇一齐映在水里。波流不竭，水面永远是镜面。身后一双双眼睛，或清澈、或浑浊、或欢欣、或忧郁、或渴望、或满足，不都是一面面永远打不破的镜子吗？我们倘能离开河水的镜子，却永远走不出、忘不得那无数双眼睛。

暮霭里，崭新的大殿更显严峻，一砖一瓦都寄托了千年的渴望。圣明的祖先，拓荒功绩永在，你不仅给黎民以美好生活的希望，还留下一种永恒的精神，留下一个"因势利导"的成语，使治水治世者千年深思。

眼睛，永远望着明天

　　习性，久习成性，而一种良好的习性要养成、要始终如一地坚持并不那么容易，如若扩展上升为一个民族的风尚而使之蔚然，那确实很需要些崇高、远大且坚忍。反之，要损害或放弃，则是轻而易举的事情。

　　就说读书吧。我这个年龄的人，大都有幸"十年寒窗"，加上各种进修短训，名副其实地读了半辈子书，算得上个小知识分子，自觉着与书结下不解之缘。每次外出，公务之余便是逛书店、找书摊，选书买书，回家来掸去忙碌一天的风尘，闭门静读习作。夜长灯明，书香盈室，真是个物我两忘、任灵魂畅游于精神家园的极致境地，书上的心中的知识，交汇成滋润心灵的清泉，熔铸成生活的甘甜、为人的自尊，时间提醒着"此生无悔"的幸福感，顿悟了世界的清澈、生命的珍重。如此一来，影响了家人，连上中学的小女儿也"舞文弄墨"起来，老师一鼓励，竟不知天高地厚地去投稿，还真有那么一两块豆腐干摆上了《中学生》之类的刊物。捧着自己的作品，硬拉我当听众，开始还不好意思，读着读着，由低渐高，直到忘情。看着带着稚气的脸上那份自得自信，叫人有种说不出的激动。

　　生活总是多彩多变得让人难以把握。正年届不惑，却越来越多

171

地听到友人对我书呆子生活的劝诫和注意身体的关怀。看看眼下，墙外市场经济初级状态一浪高过一浪的喧嚣声，室内巨大变革中那些手足无措的人闲侃神聊甩扑克的消遣声，着实湮没了读书声。加上琐事缠身、体力略显不支的内因，试着慢慢放下手头的书卷，踱出书斋，裹挟到锻炼的行列、活动的圈子里去。回家来琢磨琢磨营养、操作操作烹饪，修修边幅，美化美化环境，好不轻松惬意。漫不经心中，撒了手的时光像浮在流水上的落叶，不留印迹地滑逝而去，疏远的书本再也懒得去翻弄了。

前个时期，丈夫自海南归来，打开薄薄的手提箱，整整齐齐地码着两摞新书，一摞是他要用的经济类，一摞是外语教学与研究出版社新版的九十年代英语系列丛书。外出购书，早成家庭惯例。我无动于衷，倒是女儿抢过书去高兴地跳着脚转圈。丈夫神秘地拉住她："别忙，先翻翻书看。"女儿把书一本一本翻了个遍，抖了又抖，也没发现什么。还一个询问的眼神。

"没看出来？有个人把这些书整整复印了一遍。"

原来，邻新开的复印店店主是一位当地山区的小青年，正自修英语，一心要买英汉辞典。刚投资办店，开业又不景气，一时不能如愿。见到这套英汉对照的书，借了去，在做工之余，用废残纸复印了装订成册。返回前去取书，目睹砖头般五大摞和那张困窘而坚毅的脸，跑出去，赶在上车前买回一本辞典塞给他。这个七尺汉子颤抖的手攥紧了书，笑着流下了眼泪。

全家人谁都不再说话，眼睛望着眼睛，艰难地接受在那个传说中流光溢彩、歌男舞女、黄金遍地的童话世界里存在的真实，想象着蜂拥而至的外地淘金人蹚起的浮尘里那目光穿越尘雾投向远方的当地新一代，思索着他们固根守本、奋发苦读对这贬官流放穷僻之地的历史和主宰神奇发展的明天意味着什么。或许他们依然记得，是民族文化巨子苏轼开当地教化先河之后，才有了岛上第一名进士，才使这一方黎民"洗心"化愚，以相当的文明程度跻身于伟大民族的大家庭。而苏轼这位在封建仕途上屡屡惨败，自称"补天遗"的"道旁石"（苏轼《儋耳山》）照样世世代代受人敬仰。一千三百余页，三十元钱，无法困遏住一颗不忘过去属于未来的心，只是启示人们懂得：有一只无形的大手，在驱动一个民族、一个地区、一个人，无可避免地去经历贫贫富富、强强弱弱、主主从从、同化异化，那起伏变幻的曲线进程。

有意思的是，时光走过三十年，度过了三个不同的时期，在三种截然不同的背景条件和现实情况下，竟发生了几乎相同的事情。

我从书橱最底层抽出一个尘封的小包裹，层层展开，里边是一小一大一厚一薄两个本子。小的厚的是老版式的新华字典，暗淡褪色的大红布包皮，四角成了圆形。它是一九六三年我上小学时，全家省下半年的油盐钱，给我这娇得全村出名的独女买下的，也是全班唯一的。当孩子们仰着天真无邪阳光灿烂的小脸，齐声高诵"地大物博，文明悠久"的课文时，父辈们正躬背弯腰，土里刨、牙缝里挤、捧出谷粟换取他们最基本的学习用具，用仅有的力量来拒绝直觉感到的"无知—贫穷、贫穷—无知"的恶性循环，呵护清脆美妙的读书声源源流淌，淌进他们干枯疲惫的身心里。几十个人争用一本，紧张得很，我的同桌学习委员，则用了一冬所有的寒夜，"手自笔录"，硬硬抄出了一本。可惜，这本特别的字典传用到我们毕业已支离破碎，再后来，就不知下落了。如果保留到今天、明天，放进历史博物馆，不同样是很有价值的文物吗？

另一本是我上高中时手抄的《宋诗一百首》。那时候，经过

"文化大革命"荡涤了"四旧"的所有图书馆里，除规定的几种政治书籍外已空无他物。我们只有叫作工业、农业基础知识的课本。不知谁从哪里弄来本薄薄的小三十二开本的《宋诗一百首》，暗地里争相传阅起来，传到我手里已少了好几页，于是，六月天抹着汗水听着蚊虫飞鸣声赶紧抄录。

历史真会开玩笑，它让一个曾以强力拉动了社会前进的文明古国的子孙们，在发达的二十世纪中叶备受物质文化贫乏的交替困窘而茫然不知造成的原因。三个不同时期发生的三件近同的事情，足以折射出近代发展史一个侧面的缩影。当我们挺过了五千年的聪明而高贵的头颅，顷刻间被另一个民族强暴地按下去，当浸透着祖祖辈辈心血的财富，束手无策地被另一种皮肤的人们掠夺去，当在现代文明竞技场上我们不时处于步后尘的尴尬境地时，一个泱泱大国、万众之族究竟缺少了什么，还用到别处去寻找吗？是文化，是亲手创造的足以坚定自己同化别人的文化，是由文化孕育的不可摧不可侮的精神、智慧、力量，还有物质财富。

文化才是一个民族的灵魂。

文化才是一个人获得尊严的渊源。

人类一代一代执着追求的并不是一时的衣食享乐，而是一种精神的不断升华，思想的不断丰富，最佳生活形式最佳生命状态的不断完善。这一切都只能以文化为酵母。

失去的才是最珍贵的。有些东西失去了可以弥补，有些东西失去了再也无法补偿。郁达夫就曾感叹过："外强纵横，中原浩劫中最难恢复的，第一莫如文物图书……"我们有幸，如今许多古籍名著再版，大量新书面市。遗憾的是，尽管书店里货物充盈，现代家庭里藏书成了一道不可缺的风景，而多少人，不乏学者，再也找不回赤诚向学、沉心静读的心境，在时代演进史上留下了一个小小的却无可弥补的断痕。女儿还按着书睁大眼睛看我们。我知道，不是书在，她会以为我们在给她编故事。难怪，连我这曾经追求过坚持过的，在好起来的生活环境里，也渐渐淡忘了身后滞重的足迹，动摇了在付出沉重代价之后认准的目标，何况没有经历只有纯真的她，怎会轻易相信而理解呢？我抱起崭新的英语读本，走回书斋，翻弄着，许久许久……

又要出发远行，为一项目的合作，赴越南胡志明市去考察。由于历史的地缘的和目前各自发展状况等原因，感到亲切而轻松。出友谊关过河内直达湄公河畔，沿途看尽了待兴的各业和水牛犁耙小农生产式的耕作。下榻河岸边的外轮公司宾馆，虽不豪华而颇现代，服务人员有礼有序的接待，令我们刮目相看。大厅里摆着许多本国特有的漆制品、牛角雕刻品，吸引我们围上去。尽管标牌和售货员一色标准的英语，无奈连国语普通话都说不好的一伙，怎么也逾越不了语言障碍。还是公司副总、五十多岁的阮金蓉女士上前翻译才解了围。阮女士二十世纪六十年代曾在我国青岛供过职，异乡遇故人，又有商贸项目洽谈，分外亲切。一齐到房间交谈，方知道她七十年代回国，丈夫早逝，一个人带着两个孩子过活，家里家外，很是艰辛。时过晚八点，她起身告辞，要去中国经贸和华语自修班学习。我十分惊讶。阮女士微笑着说："今后各国交流那么广，变化那么快，连相邻贵国的状况都搞不明白，我只有失业哟。"又说，"这里许多职员都在上不同的自修班呀。"未正式进入情况，无意地过了如此一招，实在无法让人轻松。这个温文尔雅飘然而去的女人，带走了我们刚踏上这方国土时的所有担忧，留下了颇具内涵的美丽和不尽的思索。

考察结束，归程选择了长长的太平洋海岸线，每天都忘情于那轮被澄碧的海水搓洗得崭新崭新艳红艳红的朝阳。身后，是装满文稿书籍的箱子，沉甸甸的；面前，是越过洋面尽情眺望的目光，辽远、凝重。

永驻的笑容

　　一九九八年三月十二日，是乡土文学的旗手刘绍棠先生逝世一周年的日子。

　　春节前赴京办事，我专程去看望先生的夫人曾彩美大姐。她依旧瘦削清癯、从容而寡言，默默地将我带进改作纪念厅的书房。环视墙上挂的、书封面上印的一张张先生的遗照，无一不是笑容，或大笑或微笑或含笑，使沉寂的斗室潜长着一缕乐观、一种生气。曾大姐一本本介绍给我看，一件件讲着有关先生的往事，举止言谈皆平静而和缓，却难掩她刻骨铭心的怀念。她取过一本《我是刘绍棠》的自传和一本名为《村妇》的小说，题签送我。轻抚《村妇》封面，似对我又像自语地说："他很早就有写这样一部多卷体长篇小说的念头，原取名《村姑》。到了一九八七年他才把它作为自己从事文学创作四十年的纪念性作品，改名《村妇》，要写四部，一九九五年写完了第一部，直到他去世后的六月，出版社才赶印出来。仅有这一部了，他也未能见到。"我记起先生曾提及此事，这是一部写北运河农村四代妇女的婚姻悲剧，以反封建为主题，表现二十世纪初期到八十年代伦理道德、风俗人情和社会风貌的长篇巨著。早年岁月多蹇，欲写不能；近年先生要追回失去的时光，要写要做的又太多

177

太多，终致巨著一波三折，有始无终，也染满书中主人公命运的悲剧色彩。而先生谈起来就达观、诙谐得多了，"中风偏瘫以来，身体大大不如从前，我偏要破车揽大载，又将十分有限的精力分散使用。《村妇》第一部竟从一九九二年正月初一到一九九五年八月十五才写出来，正是我不务正业的铁证。我的村姑长成村妇喽，还没让人家露面呢，哈……"

我从第一次见到先生起，印在脑里的便是这坦荡爽朗的笑声。那是在一九九五年于人民大会堂召开的《人民文学》创刊四十五周年庆典大会上。那天，许多文坛泰斗，诸如刘白羽、邓友梅等都来了。而当先生坐着妻子推着的轮椅进入会场、乐呵呵地跟熟人打招呼时，不少关注的目光投了过去。会后，年轻人纷纷请名作家签名，先生桌前也围了许多人。他左手不能动，只好由曾大姐接过来，铺展到他面前，用一只手极艰难又极认真地一一签写，没有推辞，没有倦意，直到签完送来的最后一本，才吃力地仰在椅背上，望着年轻人微笑。

此时此境，陡然使我涌生了崇敬而酸楚的心情，悄悄地收起了久握的本子。先生招呼我坐在他身旁同桌就餐。当先生知道我是在机关工作的业余作者时很高兴，说："好，好，年轻人就要多读书学习。我是非常赞成干部'四化'的，建设一个文明进步的国家，领导者没有学识怎行呢？古代一些有作为的官吏都是很有学问的。我们的老一辈，许多人既是革命家，又是大学问家。"接着，他讲了毛主席视察南阳时，以诸葛亮的身世、典故考问当地干部、考察群众生活的故事。又讲了周总理在外交场所凭渊博的学识机智地化干戈为玉帛的故事，讲得满桌人开怀大笑，字字句句都饱含对老一辈革命家的敬仰之情。突然，一位学生模样的小青年发问："听说先生当年是被中央点名'划右'的,对此你怎么看?"一桌人不约而同地向问话者投去责备的目光。没料想先生哈哈一笑,不假思索地脱口而出:"还是那句话,父母打孩子也有打错的时候呀!"

一桌国宴水准的饭菜再没品出滋味,留住的只有先生的赤诚、博学和坦然的笑声。

如今,它依然回荡在我的心间。

一九九六年秋季,我踏进先生的书房,他从书籍信函高垒的书桌后站起来,拉我到沙发上落座叙谈。谈话中我方知先生有两次纵声大笑竟是面对自己垂危的生命。一次是一九八八年他偏瘫后丧失了行走和生活的自理能力,他从昏迷中醒来,得知右手和右脑无大损伤便纵声大笑:"坍我半壁江山,留下有用的右侧,天不灭刘。健康人干多少,我也要干多少。"另一次是一九九六年病情复发,带着九公斤的肝腹水不情愿地住进医院,几经检查排除了癌症,他再次大笑:"改判死缓,老天手下留情。开弓没有回头箭,我还要写出第十三、十四、十五部长篇小说来。"这位病残老人,除北京市人大常委、中国作协副主席的职务外,还挂着许多社会活动组织的头衔,还为九家报刊专栏做撰稿人,此外才是他的创作,短、中、长兼营,仅长篇小说从一九八四年起,一年一部,到一九九五年已写完了十二部。他最感欣慰的是"刘绍棠乡土文学研究会"已成立,"刘绍棠文库"也在他家乡落成。望着兴致勃勃的他,我眼前浮现了超载奋进的牛、兼程飞驰的马,尽管步履匆匆,却因踏在故园的土地上,总是那么自然,那么坚实,一任昂首阔步。

"你不知道,我活了六十周年只有十五岁呀。"见我不解又说,"要在我身上找出特别之处,只有一点就是我的生日——一九六三年阳历二月二十九日。阳历闰二月四年才一回,我六十岁只有十五个生日。还有呢，我从一九四九年开始发表作品到一九五七年‘划右’，从三中全会到一九八八年病倒，能全身心投入创作也就十五年左右。时光不给我方便，只好下手去夺、去抢。”言罢朗声大笑。我也随着笑了，笑出了满眼泪花。笑声过后室内一片宁静。

把这片刻的宁静留给乖蹇的历史、摇曳的时光，让它止步于这坚毅坦荡达观的人生面前，低下头来思考吧。

如今，先生已去，走在他胜似春光的收获季节，步履太匆匆。他笑着回归终生热恋的土地，带走了事业未竟的遗憾，带走了深埋心底的沉重，而给人间留下的却是直面人生永远不变的笑容。

行得春风下秋雨

"行得春风下秋雨"，是我上小学初开书法课时，父亲给我写的第一张临帖。圆润的字体，写在毛边黄裱纸上，格外俊逸、耐审。看似家常俗语，实为引经据典，显露出父亲读过私塾的文化底蕴。

父亲的为人处世，在我的记忆中就是这样做的。

先父于一九一二年九月出生在一个有教养的富裕农户。我的爷爷英年重病而早逝，为治病变卖光了家产，父亲未及成年就沦为赤贫，逃荒要饭也曾成为他少年时的必修课。他高大英俊，仪表堂堂，一身粗布衣衫，总是整整齐齐、干干净净。性格豁达、乐观、和顺。知书达理，说话办事自然有了分寸，善解人意，乐善好施，在村里很有人缘，很有口碑，就是在四外八乡都是有知名度的。有一次，我和小伙伴们捉迷藏，不慎走失到几里地外的邻村，在村头随便遇着个人，提起父亲的名字，那人一副如雷贯耳的样子，立即把我送回家中，便是明证。

他于二十世纪三十年代投身革命，担任一个村民支前组织的会长。和平时期，他先是供销合作社的职员，后来回村任村干部，任职时间较长的是调解委员。

在他的众多工作里，留给村民印象深刻的有两个方面：一是在集市大牲畜买卖中做中介调和人。我村是乡镇驻地，五天一个大集，在方圆几十里内最大。逢集这天，早早地就有卖家或买家来请我父亲前去。卖家说：您到场东西好出手。买家说：您调和的价格公道。至于父亲怎么调和的我无从得知，只知道父亲回家，总是带给我些糖果或小玩具，那是他们的谢礼，谁都知道父亲唯有一个娇贵闺女。

最让乡邻爱戴而念念不忘的是其二：调解邻里之间或家庭里的纠纷。都说他人到事息，没有解决不了的问题，然而，只有我们一家人知道其中的就里。

在那个物质贫乏的年代里，封闭落后的农村，邻里或家庭矛盾往往是由物质短缺或分配不均引起的。一口吃食，一块布料，以至针头线脑，分配不均或来路不明，都可能成为吵闹的导火索。如若谁家庄稼地里"失盗"，或者老母鸡丢失，那可是一家人称盐打油的"银行"，失主准能骂街三天三夜，骂到口干舌燥也没有罢休的意思。陈年往昔、旯旮旯旯的脏话、毒誓无所不有，指桑骂槐、旁敲侧击无技不用。一旦有哪个听不下去了出来劝劝，难免说词不对付而擦枪走火；有心惊接茬的，准有一场巷战爆发，闹得整个村里十天半月都鸡犬不宁。点点滴滴、琐琐碎碎都在证明："贫穷是万恶之源。""仓廪实而后知礼节"乃千古至理。每遇这种状况，父亲总是出里进外，两头劝说，绝大多数都能被父亲说得息事宁人。一旦遇着不依不饶的"滚刀肉""鬼难缠"，父亲一声长叹，默然回家，把爷爷生前留给奶奶准备做寿材的木板抽出一块，拿到集市上卖了，袖上两块钱悄悄地塞给"怨主"，这才算烟消雾散，邻里或家人重归于好，村里才得几日安宁。

盛夏的一天深夜，我的邻居家传来号啕大哭。户主父母早丧，孤身一人，一贫如洗，四十多岁才在父亲和众乡亲的帮衬下讨到一个要饭的寡妇，带来两个孩子，日子更加拮据。今天又是什么情况？父亲披衣前去。只见女主人仰面躺在炕上，口吐白沫，旁边一只盛绿豆汤的碗，骨瘦如柴的男主人和孩子趴在炕沿上哭。父亲看了看病人紫青的脸色，试了试鼻息问："白天干的什么活？""在棉花地里打药。""大概中毒了，怎么不去医院？"男主人抹着泪说："去了没钱也看不起呀。"父亲二话没说，背起病人朝村东头的镇医院而去。家里的木板就是那一次被卖掉了最后一块。

父亲是有名的大孝子，之所以能这样做是奶奶默许的。老人家常说："顾身后哪里比得上救生前。念佛不如念人急。"也有好心的亲朋好友劝父亲："你日子过得并不宽裕，卖了家财卖树木，咋不留个后路？"父亲总是说："走一步说一步。庄稼人过日子，谁家能免得了遇点难遭点灾的，拉一把就过来了。"真是有其母必有其子。家风源流，伦理道德，就这样在长辈日常言行的潜移默化中代代传承。父亲对乡邻的仁德善行，桩桩件件，看似些许小事，却体现出人类应具有的基本美德，关乎着社会的和谐平稳，关系人类异乎他类生物的文明分野，也像春风雨露一般滋润了我幼小的心灵。古人说"礼失求诸野"，是多么的有道理。

美好的时光总是短暂的，不幸和磨难总是与人生如影随形。在二十世纪六十年代中期，母亲由于劳累过度和营养缺乏，四十岁便到了更年期，患上严重的抑郁症。几年后，父亲被一贫如洗的家境加上母亲的重病压垮碾碎而患脑血栓偏瘫了。他拖着病体劳作，坚持让我读完高中。

父亲的病情再次复发在一九七七年秋季，正是我紧张复习准备迎接高考的时候。他老人家为了不影响我，硬生生地忍着，不言声

183

不就医。他没存养我只为自己防老的半点私心，他清楚这是学习出众的我或许摆脱困境的唯一机会。直到我升入大学的第三天，父亲病情爆发全瘫了，乡亲们卖粮食凑钱把他送进县医院，做了左腿高位截肢手术。当我赶到病床前，得知这段发病的原委，不啻一记响雷击顶，感激、愧疚、悲痛，久积心中的泪水，像决堤的江水、如注的大雨，无可抑制地奔泻而下，汇成俱生未有的失声大哭。在场的一屋人无不落泪。此后，我的工作安排乃至终身大事，如何赡养父母始终占据决定性的位置，由此虚得一个"孝女"美名。岂不知"寸草难报三春晖"，我所能做的那一点点与父母竭尽全力养育我的泼天大恩哪里能够相比。至今，时逾六十八个春秋，每到夏秋之季、月满之时，曾经依偎在父亲身边品茶听故事的情景常常溢满心头……

父亲一生没有子女，我是在一岁时处于生死边缘上被他老人家收养的，他待我胜过己出。我终生难忘童年时的那些夏秋月夜。热气余威未消，我家的四合院里，平坦的地面已被劳累一天的母亲打扫得干干净净，井水轻洒，一片清凉。石榴树上草编笼子里母亲刚捉回来的蝈蝈偶尔一两声短鸣，墙头上的丝瓜花豆荚花散发出阵阵清香。皎洁的月亮高挂，洒下一地光芒。梧桐树下，铺一张大大的芦席，放上茶香四溢的茶壶茶碗。芦席边上放一把太师椅，那是奶奶的专座，因为她老人家腰腿不好，不便矮坐。母亲收拾完这一切，退出去收拾永远做不完的家务，我的又一个幸福的夜晚便开始了。父亲"二宝神"的连续剧，有数不清的版本说不尽的情节，上天入地，变化无穷，能救苦救难，能治病疗伤。奶奶明知是父亲编排的，从不说破，慈祥地微笑着看我们爷俩嬉戏，好像怕吹弹破了这团和和美美的煦暖之气。"父子熙熙，相宁以嬉。"这农家天伦之乐的至美景象谁不会珍爱呢？最使我高兴的是想要的东西"二宝神"都能变出来，铅笔盒、橡皮擦、蝈蝈葫芦、红枣、核桃，应有尽有，比当下的《熊出没》有意思多了。成年后自然知道，那是父亲事先准备好的。"哀哀父母，生我劬劳。"（《诗经·蓼莪》）精致而深沉的父爱，就这样一点一滴地铺就我一个快乐满满幸福汤汤的童年。高大的梧桐树洒下的阴凉，庇护了我一生。

一九八三年十一月六日，就是我要接父亲返城的那一天凌晨，他心肌梗塞遽发而溘然长逝于故宅老屋，享年七十二岁。噩耗传来，我顿时陷入巨大的懊悔和悲痛之中，悔不该答应他带病只身返乡探望思念的乡邻，悔自己未能如愿尽到侍奉老人颐养天年的孝心；痛只痛他吃得千般苦却未及一丝甜，猝逝于好日子的开头。我悲哭数日，块垒难消，久久不能平复，才下眉头，却上心头……

如今，先父已离开我三十七年了，渐行渐远，而他的音容笑貌、厚德善举历久弥深。父亲一生都在躬行"行春风"之事，由于他离去太匆匆，没能等到大气候的好时候，故而在他生命的秋天里，雨露寥落，而乡邻们自发送葬的长长队伍和声声赞叹，谱成了一首再好不过的安魂曲。而且还有水滴余泽湿润我的心灵，让我乘和风借时代之力，得以多助，看了太多的世界，自由地选择生活，自由的心灵没受奴役。有这些个因果，也算慰藉了先父爱人爱子的在天之灵。

2019 年 11 月 6 日

盲人小刘的这个年三十

入冬，寒流后头还是寒流。

到了滴水成冰的时候，接着的倒是一个热闹而热烈的春节。

泰山脚下，这座不大不小，算不上热闹也不算冷清的城市，一下子掉进一片忙忙碌碌、喜气洋洋的海洋里了。

办完年货之余，猛地想起，曾经给我做过理疗的年轻盲人——附属医院的临时工小刘，有一段时间没见着了。前年，他父亲在暴雨中到自家鱼塘里排水被淹死了，那可是折了他家的顶梁柱。如今，孤儿寡母，这个年他可怎么过啊？放心不下，于是，带上些年货，邀一两位朋友，到城边的粥店村他家里去看看。

认识小刘是五六年前的事。市政大楼新落成，机关门诊部要招标，附属医院中标开了业。颈椎脊椎增生是机关干部的职业病，我也不例外。听说门诊部来了个"小盲人"理疗得不错，在一个下午就去排队等候。轮到我了也到了下班的时间，得知他父亲骑摩托车来接他，我不愿耽误人家，想走。不料，他先开了口："来吧，反正我晚回去一会儿没事的，你们都是忙人。"抬头看看这个通情达理的小师傅，二十岁出头，戴副大墨镜，圆乎乎胖墩墩的，还是个稚气未脱的孩子。

186

从此，我在他这里理疗了一段，人熟了也就拉起了家常。这才知道，他并不是先天视障。从一九八〇年出生到十三岁，耳聪目明、俊气可爱，是父母的掌上明珠，村里人戏称他"小地主"。刚升入初二那年，因好奇鼓捣雷管，炸坏了双眼、双手和左肋，经及时抢救，接活了双手，医好了肋伤，双眼却失明了。他父亲为了给他治眼，卖掉了承包的树林和鱼塘，花光了所有的钱财，天南海北，四处求医，恨不得用自己的生命去换回儿子的双眼。奔波了两年有余，到底没见起色。全家人不得不接受这个残酷的现实，残酷得让每一个知道的人都揪心；小刘不得不吞下这枚苦果，苦涩得终生抱憾，从此改写了命运。他在备尝悔恨、绝望、磨难、艰辛之后，意识到了重如泰山的父母之恩，感觉到了作为一个人的责任。这两年他觉得像是长大了二十年，终于，鼓起了生活下去的勇气和信心，走进了市盲校的大门，接受了中职程度的盲文和按摩推拿职业教育。

　　一九九八年毕业了，刚刚十八岁。他决心用自己的双手养活自己，报孝双亲，于是瞒着父母，只身摸到南京，求职在一家医院做理疗。一个盲人，身无分文，怎么闯过的那千里迢迢的长途和无以计数的马路？又怎么敲开的医院陌生的大门？每每问及这些，小刘总是眼含热泪，咬紧嘴唇，默不作声。

　　有付出就会有收获。四年的勤奋努力，练出了一套好手法，还带回一个女朋友——来自南方山区在同一医院做清洁工的明眼人小林（化名）。刚回到村里，小刘要办理疗所，得到各级残联和多方面的支持。再后来，他曾就医的附属医院找他做了临时工。这才有了我们的认识。

　　有一次，小林陪着来了，我问她喜欢小刘什么。她说："他待人好，有学问，有本事。"我又问："家里人同意吗？"小林垂下眼睑，

187

使劲摇了摇头。感觉小刘熟练得当的理疗，看着眼前这一幕，我感慨地说小刘："你呀，这么好学上进，怎么就这么不幸！"不料，他却爽朗地回答："我还算幸运的，在盲校同学里，大都是天生的视障，这个世界什么样他们从来没见过。我还有十三年哪，什么都看见过了。"

好一个阳光、乐观、向上的孩子，我受到了极大的震动。

人啊，为什么，一些本来就珍贵的东西，总是在失去之后才懂得它的昂贵价值；为什么坚忍不拔往往与挫折、苦难相连。

门诊部撤回去了。腰腿一疼还是去医院找小刘，因为心里一直惦记着他。小刘要举办婚礼了，这可是大喜事，我邀上盲校的校长一起去给他助威加油，更想以此稳稳女孩的心，来成全一个已经残缺依然坚韧的生命，成全一个让他可以停靠的温暖家庭。村里人和亲朋好友来了不少，都怀着同一种心情。想不到，一年后，竟是他父亲淹死的又一噩耗，这下子小刘承受不了了，他只觉得祸不单行的根源起于自身，深深的负疚感又一次遮蔽了他发自心灵的光明。

上天啊，阳光无限，怎么就总是照射不到大树底下的小草？命运啊，你的眷顾本来无处不在，怎么就不能多一点给弱势之群？

一晃三年过去了，这个已经残缺的家庭是否安好，这回到他家里去看看。

出城西行，驱车五分钟就到了，就是村边上，铁路下，那座已显破旧的二层小楼。

小刘和妈妈正在包饺子，突然见到我们，一时手足无措。环视简陋、昏暗而零乱的屋内，没有一点过年的喜庆气氛。不见小林，就问。小刘淡淡地说："回娘家了。"眼睛直勾勾地对着窗外。他妈妈悄悄地告诉我们："离了。"

"啊?"

"离婚了。"

气氛一下子僵在那里。

我朋友为了缓和一下气氛就说:"今天是年三十,给你娘俩照张相吧。"其后又说,"来来来,把带来的春联贴上,灯笼挂起来。"大家一起动手忙活。

正在这时,小刘小学的同学、现在在中医大学读书的小孙和妈妈来他家看看。小刘知道来者有颈椎增生病,主动提出按摩,对方说:"过年了,歇歇吧。"小刘却说:"有病哪还看年节?"我朋友试探着问问小刘给村民理疗怎么收费,小刘听见了说:"我还能给乡亲们做些什么,提什么收费。"又指着小孙说,"以后,我要学中医,请他当我的老师。"说着就摆开架势。做了几下,又想起穿上白色隔离衣。他一招一式地认真做着,仿佛忘却了发生在身边的这一切,找回了自己曾经失落的那一些,找到了自己存在的理由。

刚刚做完,大褂子还没来得及脱下,村里来人说,李大爷崴了脚,小刘能不能去。小刘二话没说就要动身。自他父亲去世后,上班都是小杨骑车接送他,今天可怎么办?小刘乐呵呵地说:"我养的大黄狗和导盲犬差不了多少。"他走到大黄狗跟前,特意跟爱犬握握手,乐呵呵地说:"咱不能让爷爷痛着过年吧,你和我一起出诊去。"在场的人都被感动得热泪盈眶。

小刘去了,走在乡间狭窄而崎岖的小路上。还好,毕竟道路前头还是道路。

夕阳下,春光里,一张善良乐观的脸庞,一个屡遭磨难、始终不向命运低头的坚毅身影,一群带着泪花微笑着的人们。

师道，天道

苏东坡大学士成为政界文坛上千古人杰，彪炳青史，是他身后的事，也是他所在的北宋王朝灭亡之后的事。他一生坎坷，逝世后还被作为"害政之臣"名列奸党，而且是刻在皇宫前的奸党碑上。自然，"文忠"的谥号更是到了南宋王朝建立二十年之后才追封的。

不管怎么说，苏学士是个大人物，是位旷古绝伦、才华盖世的大师。他经历的是大起大落、大悲大壮、荣辱跌宕、波澜壮阔的一生。从北宋中兴到灭亡，他经历了五个皇帝，历任八州知府，在任之处均有独特建树，杭州留下了"苏堤"，还有众人为他造起的功德生祠，正因为这座生祠使他名显招妒，进了大狱；四次出入朝廷，入朝入得堂而皇之，或金榜高中，或功绩卓著，曾月余理尽多年积案，连连升迁，直到内翰大学士兼侍读学士，即内丞相兼皇帝的老师。被贬也贬得彻底，曾三天接到三道降贬诏令，出帝京到定州到英州，还没走到英州，途中接到诏令"惠阳安置"，直到地处荒蛮的海南。为"琼州别驾"且不说，还要"昌化军安置"（在海南儋州），又是一个"不得签书公事"，被剥夺了政治权利，从天堂被打入了地狱。他曾以"莫须有"的诗案罪名从湖州太守任上被逮捕，像鸡犬似的被一帮小人捆绑着、嘲弄着，押解进京，学士骤然遭到

190

的是非人所受的打击和侮辱，百姓相送的是惊天动地、延绵数里的哀哭。几次被投入大狱，几次欲自尽而不能，强拖着沉重的步履踏遍了神州。这位大人物正是在常人难以承受的人生大起落、大磨难中，得以自省，得以自我提升，渐渐看透了事态变故，看轻了浮云般的官职名声，而回归于清纯、冷静、淡泊和本真。

许多人说：学士的悲剧源自他才气太大，名声太显，连他的弟弟苏辙都说过"东坡何罪，独以名太高耳"。不错，他诗文书画俱佳，尤以诗词文章见长，其文汪洋恣肆，其词广阔雄浑，开一派豪放先风，名列"大家"之中。就是在他带着官场和文坛泼给他的浑身脏水，别无选择地来到荒凉的小镇黄州时，直面陡峭赤壁、遥望一去不返的滚滚长江，他，只能是他，一旦把自己所领悟的深厚历史意蕴和自身独具的人格力量注入自然景象之中，脱口而出的便是震动九州、影响世界文坛的千古绝唱《念奴娇·赤壁怀古》和前、后《赤壁赋》。一词一文便把一个荒凉而普通的小镇带进了一个足以摇动世人心旌的崭新的美学层次，同时，也宣泄出作者不同凡响的学识和大气。才高名显"为小人嫉妒排挤"，这本在我国世俗行为定式的藩篱之中，而才学疏浅、品质低劣的文化官僚当了急先锋。文学史上有名的"乌台诗狱"案，就是这样一伙文化官僚罗织他对朝廷不满不敬的罪名。让人无法理喻的是，堂堂的大宋皇帝，根本没搞清他是不是真的有罪，究竟罪在哪里，就把自己的命官下了大狱。

史册有论：学士的不幸，因为他"忠规谠论"。是的，学士太忠、太正、太直、太尊重自己的人格，从不屈服邪恶，从不阿附权贵，从不会见风使舵地轻易改变自己已形成的政见，也从不会掩饰自己、保护自己，而是一味地堂堂正正地做官，一以贯之地做人。他至死都不明白，小人是不讲人格的，他们的机变仅仅因时、因势、因利、因自己所需而已，况且常常以小人之心度君子之腹，无时不在猜妒别人，谋算别人。由此学士至死也未能摆脱这些小人的侵扰。《宋史》写道："或谓轼稍自韬戢，虽不获柄用，亦当免祸。虽然，假令轼以是而易其所为，尚得为轼哉？"

令人更费解的是，一人之下、万人之上的内丞相，单单小人们能轻易撼动吗？原来，学士对他的朝廷太忠诚，做皇上的老师做得太认真，认真到连皇上的眼色都不会看，谨以为师之道、为臣之节，一心一意地传道授业，匡正帝德，直到他向皇帝进呈修身的六字真言"慈、俭、勤、慎、诚、明"时，十七岁的小皇帝仅有的德行、容量、理解力都到了极限。"朕都听累了，退朝。"一句话，一挥手，降下一场倾盆暴雨，把个忠臣良师浇个彻骨寒、透心凉，也把"立明君、挽残局"的最后希望浇成了绝望的冷灰。从此，一个本来就积贫积弱、动摇飘摇的王朝，在这样一个不纳忠言、背叛师训的无道昏君的一挥手中，无可救药地颓败殆尽。从"把酒谢天"到"把酒问青天"，最终不得不"把酒坐看珠跳盆"，一代功臣才子的心路历程不正是大宋王朝兴衰没落的轨道吗？

学士教皇帝五年，皇帝还老师个"十年流放"，几欲置于死地。大学士毕竟是大学士，他自有人生价值的标准，自有把握生命质量的能力，屡遭贬逐并没有消极避世。当他来到天涯海角的蛮荒海岛上，便以对朝政彻底失望后的解脱，劫后余生的通达，历经炼狱后大彻大悟的自信和从容，苦中取乐，在一举手一投足中，传播中原文明，为荒岛营造开启未来的光辉。酷吏仍在追逼，欲使他无栖身之地，他就在百姓帮助搭起的草棚中，开学堂、收学生，培养出海岛上第一个举人。他要离开海岛内迁了，最后要办的是"海岛东坡书院"正式挂牌。当年，学士北归，海岛百姓苦苦挽留，一路相送。

如今，海岛上到处可见学士遗迹，"东坡肉""东坡履""东坡冠"
"东坡墨"、浮粟泉、洗心轩、载酒堂……小小的海岛上，林立的楼
群中，苏公祠、东坡书院赫然而立，"自有端明苏学士，海南人物读
书多"的碑刻熠熠生辉。海岛没有忘记点燃一方文明之光的先驱，
苏东坡是海岛黎民世代尊崇的大师。他的英名穿越岁月，成为人品
人格的永恒。

师道，天道，同出一道，岂容无道？

大江东去，浪淘尽的只是一个腐朽的王朝，一段错乱的历史。

时光变奏曲

晨　　韵

时至孟夏，夜短到了不能再短，昼长到了不能再长。

昨晚夜读随笔，为安妥一段文字，迟迟不肯就寝。此刻醒来似睡非睡、待醒不醒的甘甜，把身心整个地浸酥了泡软了，怎么也懒得动。蒙眬中听见一阵阵清亮婉转的啼鸣，起身看表，刚过四点半，而窗外，远山近树，楼下邻近的校院操场上，毛茸茸铺涨开的青色已清晰可见。景色虽好，无奈倦意未消，只好辜负了晨钟般的哨鸣，沉沉地躺回去，重温睡懒觉的旧梦。

"梆梆——梆梆——梆"，卖豆腐的梆子声音直插脑际，不容排斥。礼拜天怎么也来这么早？是早了，梆子敲过一阵，没有任何要买去买的回应。梆子依然不紧不慢不间断地敲，传递出一份悠悠的等待、一份实在的自信，使这单调而悠长的声音，在晨曦里合着鸣啼的节拍，凝为昨夜那篇文字的标点。它一下子勾起儿时盛夏在村头土地庙前，俟祈雨仪式之后，小伙伴们嬉笑分食供果豆腐等物，而黝黑的脊背挺直了或弯下去，总免不了要以汗与泪去湿润龟裂大地的那些往事，想起了叩拜祈祷的木鱼声声，顿生肃静。绵绵人生长河里有多少东西，穷其一生不懈怠地去寻求，到头来变成一串不绝的呼喊，在握的仅有装点生存意义的希冀。阳台上已有讨买的回音，走动的踢踏声打响楼梯处处。我忽然想起几度与朋友失约，终于定下今早一起去登山，赶紧穿起崭新的运动衫，认真地系牢球鞋带，再扮一回起锚升帆的小舟，投入新选的日课——晨练中去。

夏日早晨的泰山脚下，原来是如此清新而怡人的光景。舍不得离去的浓春支撑着枝头疏离的花，东南风恣意地把山野涂抹成一汪溶溶碧碧的绿海，山上山下宛如一幅透明的水彩，沿路兜售樱桃、草莓的乡间老伯老妪慌慌忙忙缀上去艳红的宝石。盘道上，两旁的空场里到处都有锻炼的人，老年人、中青年人、学生、儿童，大都着宽松无彩的便服或运动衫。熟人相见自然一番亲热的交谈或戏谑的笑闹，即使不曾相识的，随意地招招手、点点头，交换一个会心的微笑，传递一种淡淡相知的真诚。走到一起的人们，以对自然热爱、生命珍重的同一心情而平等沟通，全然没有生活正剧舞台上，由角色使然正襟端坐的肃整和隔膜。

不少人沿盘道而上。老年人步履细慢，走走停停，以饱经风雨的沉着实践着本来意义上的"闲逛"；中青年人则一步三级，脚底生风，散步也像在跟谁竞争，勃发出如日中天的心劲；有意思的是孩子们，正蹦着跳着，见一新奇去处，或爬上山，或涉过河，很快不见了影踪。过万仙楼到革命烈士纪念碑前，不大的平台上，人人都在"手舞足蹈"，做得认真，投入到忘我，舞出了一片人之初、真性情的风景。我的目光被两位鬓发苍白的老人所吸引。老伯静静地对着粗壮的柏树，双目微合，一动不动，安详而坦然，只觉得他在用全身心与树与山与大自然交流对话。另一位手扶栏杆，远望山顶，对着峡谷长喊。每声足有几分钟，似乎笃定要把昨日积下的浊气通通排出去。一声一声，山川回音，连年轻人都羡慕她的力气。有人告诉我：这两位七八十岁的老人是一对夫妻，历经战乱动乱，多受创伤，晚年执教大学，又有劳损，自退休后天天早起上山，风雨无阻。我顿起尊敬之意。审视他们如此自然自如的一静一动，透过鹤发童颜去探寻"行到水穷处，坐看云起时"的旷达心路，领略尽其体力、倾其心智，认真耕耘人生这块沃土，舍不得荒芜一寸一分的心境。

平台东侧，中溪里的两处泉眼前，灌水的塑料桶排起了长队。

人们用自制的舀子，半舀子半舀子地扤，每灌满一桶要十来分钟，好在每人都有等待的足够耐心，不争不抢、不急不躁，一个一个来。装满了拿一条薄薄的竹扁担，一头拴一桶，说一声"走啰"，一步三摇，颤悠悠地下山去，洒一路水唱竹吟。另有一伙人溯溪床而上捡石头，红衬衫白衬衫被风鼓荡成旗帜，奔跑、争抢、交换、议论，无异于雨后河滩上玩沙戏水的孩子。谁说流行歌里唱的不是一种真实，"从终点又回到起点，到现在才发觉"。人生的起点终点原来是重合的一个点。

我也来一番弯腰踢脚。动作正愈加快，不由得一阵头晕目眩、心虚气短。想不到我这青年时代曾获过某项运动奖励的人，只因十几年来伏首案牍，旋于俗务，懒于伸展筋骨，如今老本殆尽，窘相丛生。寻一石凳坐下来，看山看云看舞动的人群，默想，身体锻炼原属人类本能的事，也具哲理的方面，它是创造多彩生活的开篇，是一个终日劳心的人，工作读书思考之余一种自我提升方式，何况走进泰山，收获更多的是濡染于情绪受益于心灵的壮美感受与生机的体验。人性本惰，生计艰辛，不少时候一些本属自己的美好东西，往往被潜藏心底的懒惰、脆弱所阻而失之交臂。使灵魂不惰的唯有爱，爱生命、爱光阴、爱自己。你看那老人，那灌水的，捡石头的，且不说有什么实在的所得，首要的是他们多么热爱生活。有了这爱，为了这爱，人们就会有一种积极的自我规范，以砥砺恒心与意志，使心理性的强迫活动转变为生理性的自发行为，永不间断地去开拓新、去发现美，在开拓发现中得到自我享受，达到潇洒自如的自我收放，进而获得最终意义上的自由和自在。

　　盘道陡峭处，传来木板叩击石阶的声音。抬头看，一个手持特制小木凳的残疾青年，四肢铺地，在艰难地爬行，一身板正的绛黄色西装被汗水浸湿。甚是诧异，赶紧过去扶一把。翻上崖头，停下来休息，青年人道过谢意，攀谈起来，方知道小青年来自安徽某乡镇，儿时重病落下残疾，一直坚持自学，后被录用为信用社职员，刚报考了函大，此次专程来泰安投名医动手术，以准备迎接新生活。问及他只身登山之事，他说："泰山雄伟，谁不向往？我来一趟不容易哟，怕是一生就这一次了，一定亲自爬上去看看。"一个用全身心拥抱生活的年轻生命，一个被生活忽视而亏待了的残弱生命，面对常人难以逾越的沟坎，仍以一步一掬汗的努力，来汲取泰山以及所有能汲取的力量，寻求生命新的支撑点。由衷地感动。想他实在是力所不能及，便劝他乘坐缆车，他轻轻地摇头。直到告诉他过度疲劳会影响后天手术的效果，他才同意下山。一路相伴，来到红门，帮他乘上车，伸手握别时他留下一句话："一定会再来。"

　　我相信。

　　车走出去好远好远，窗口仍有一双频频挥动的双手、一双泪光中凝视泰山不忍离去的眼睛。

　　山下，商店的门窗全打开了，交警上岗，威仪有序地指挥着如潮的车马。我从一个新的起点迈入下山的人流中。

腿脚有些滞胀，轻松的是心灵。

午　　潮

最繁忙的地段、最热闹的时刻，交织出这片让人惊喜、令人感叹的景象。

不知从哪朝哪代起，这条街就形成这座城市里有名的商业区。"财源、财源、财富滚滚来"，延续到今，经久不衰。

雄踞大街东首的，是翻修一新气派轩昂的百货大楼。跨上高台阶，穿过迎门厅，乘电梯直上顶层，顺街西望：触目的皆是浅显的繁华、喧嚣和拥挤。钢筋混凝土灌起来的丛林似的楼群，硬邦邦的马路，不由分说地取代了曾经骄矜一时的青石马路和砖木瓦房。一街纳百店，大商厦、小买卖、露天市场，应有尽有，五颜六色的广告招牌一溜甩下去，各式各样的货物样品摆满人行道，挑逗起城市深藏的虚荣，招徕着四面八方赶来的顾客。于是，到处是脸挨脸背贴背涌动的人群，到处是满心追逐只能蠕动的各类车辆。车一靠站，门一打开，启闸泄水般地喷薄而出交错着蜂拥而上，最后挤上去的，不论身份修养，一样免不了被卡在车门后踏板上不上不下的窘相，形成当代独有的风景。水泥封住了每一寸泥土，坚硬的街道借以喘息的，唯有两排繁茂的国槐，然而，也已被音响里的聒噪和此起彼伏的叫卖，冲刷掉了最后一缕田园情趣和温馨意蕴。

脚下的百货大楼经过脱胎换骨的改造，再不是光线淡暗、柜台陈旧、中药铺式的货架和商品随便堆放，那年复一年、千篇一律的老面孔。挺拔的廊柱支撑起穹形前檐，小巧灵动的喷水池、设计新

198

颖的橱窗、迎门厅金碧辉煌的装饰都在表明，它的主人所具有的新观念：现代人的购物不再是个单纯实用的买卖行为，还是一种审美、消遣、享受，美好的购物环境会唤起购物的欲望。"买名牌，到百大"的广告词正中时下市民向往名牌的心理，成为这座古老城市一个崭新的风向标，就在大楼和对过影剧院之间向东延伸的景深处，一伙学生正在美术老师的指导下写生。孩子们迎着灿烂的午阳，仰望着这个中西风格融汇的巨大几何体，扫瞄对面被简易商品房遮住大半个脸面的矮旧长方形，然后按下画笔。显然，进行了艺术处理，缩在画板一角，不，是心灵一角的影剧院仅做对比的陪衬。这生动真实的场面，使我们深深地感悟到：城市新空间的世纪之交在新一代人的思维里埋下了种子。

许许多多的商店进行了装修，都有一个或响亮或含蓄或奇巧的名称，让人耳目一新。东方商业大厦西边一座平房也不示弱，深红色门头上四个大字："精品世界。"新式书写板上一条"富绅牌衬衫，拆迁大甩卖"的告示，引得人拥里挤外，一个小伙子抹着汗看刚抢到手的衬衫，商标，是无法辨认的字母，扣子，早已不翼而飞。急忙钻回人群，举起货物待要开口，服务小姐樱桃小口努向"削价处理、概不退换"的牌子，瞅一眼冰霜覆盖的"峻"脸，跺跺脚向外转，性急中一膀子碰掉了模特的一只胳膊，伸手去扶，接住把飞落的灰尘。模特在这里大概守候了一个世纪。众人正欲哄笑，猛地意识到：更新的是门面，没换的是灵魂。放下"名牌"，悻悻离去，留下空间，好让店主们欣赏自己导演的新瓶装旧酒的活剧。

大街中段下河桥附近是最火爆的去处，沿桥头十字路口向四下伸展的几百米里，连接起近百个服装和饰物摊位，一堵堵挂起来的服装"墙"，都是从南方批发来的，出口转内销的，以及自制的。它们与大商店里的"正牌子"共同满足着一个时代的欲望。昨天还是板板正正的西服、紧绷绷的牛仔裤，今天亮相的就是飘飘洒洒的水洗布、仿真丝、广告衫、线织毛编逍遥式，一个浪潮又一个浪潮，充分诠释出什么叫"流行"，也流露出对服饰主流文化的背离和挑战。它正是以领先这个城市的常态一步的先锋款式、多种品类、灵活快变、低廉价格以及自由的讨价还价，吸引了为数众多的赶潮流而囊中羞涩、没有资本实力把玩名牌正品的平民百姓，也吸引了一心想标新立异、突出自己个性的中小知识阶层。无法回避，其中不乏粗制滥造、假冒伪劣商品，还不时发生不法不义的行为，而在人们日益提高鉴别能力，学会察治办法，以及膨胀的不法行为会断送财源乃至生活出路的危险下，渐渐矫正方位，直到"改邪归正"。保持了这方市场不断看旺的态势。

紧贴桥头东沿向北拐，有个摊子明显地大一些，加了遮阳棚，货多而新潮。旁人告诉我，这个从黄土地里赤手空拳走来的年轻人，是从夜市卖几双袜子起家的。眼前，黝黑的皮肤上套着皮尔卡丹T恤、西服裤、花花公子袜，脚蹬耐克，本身就是一个服装博览会。腰包鼓起来的小业主，要的就是这个"派"，全然不管绅士型品牌与运动型品牌内在冲突的不伦不类。一位白面书生近前拎起一件棉麻宽松式："怎么卖?""一百五。""五十元。""开玩笑。"白面书生放下转身要走。眼看工薪阶层一个望风而长的消费欲望，在挡不住的诱惑和难以支付的矛盾中，在定高价出低价的悬殊下而夭折。"算了，不在乎这俩钱，交个朋友，六十元拿去。"一个递一个接，都表现得满面春风，使不少正买正卖的、不买不卖纯为领略现代市井风情的，翘首注目顷刻间的峰回路转，猜测从一贫如洗到腰缠万贯的心路，经过了怎么变化的历程，静思默想，以世态变化、服饰翻新勾勒出来的由僵硬到宽松，由单一到多样的社会渐变踪迹。

又一片商厦林立。再往西是座刚开工的大楼，旧的拆除了，新的贴着地皮，钢筋插了一片，像冰封的河面上瑟瑟而立的芦苇，给肩并肩、手拉手鳞次栉比的楼群开了个大窗户。编织蛇皮布围住了赤裸裸的楼脚和铺铺扬扬的灰沙砖石，遮不住的是背后狭窄曲折的小巷，及小巷两侧菌藻般低矮的小房。同样没有一处空闲，理发的、缝纫的、刻字的、电器修理的，一间一个门头，个个门头挂着招牌，大小不一，各种各样，光景一下子后退多少年。还有放录像的，放映室在小巷最深处，广告牌竖在小巷当口，俗艳惊险的片名让人却步，倒没忘了标出儿童不宜。拴在树上的音箱在直播，喊里喀喳夹着嗲声嗲气。音响一停，还没静一瞬，守牌子的黑瘦老头儿，随地喷吐掉烟蒂，可着沙哑嗓子喊："看——录像，港台武打，爱情传奇，快来噢，票卖——光喽。"音响又起，远远地听："卖时光喽，卖时光！"看那副瘦骨伶仃的摇摇晃晃的样子，直觉得他在一块一块撕着灵魂卖。

街西头路口的转盘，被挤压得同路灯合为一体。任一切继续自由地流来滚去，执勤的交警一丝不苟，把旋涡似的车马人流一拨一拨分散到火车站、汽车站。满载而归的和空手而去的，都拥着满足与疲惫，丰盈起生命历程的一段光阴。

过龙潭路，走上岱宗大街，相送的是绿荫下连着的大、中学校。一阵轻松宁静袭来，脑海里思考的话题仍然沉重：人类进程总是这么矛盾，始终不渝地追求文明幸福与温馨，却总要走过冲撞嘈杂泥泞的路。

午后艳阳在块块云彩里穿行，留给大地阴暗起伏的曲谱，一下子联想起晚上电视连续剧《乡下人，城里人，外国人》的主题歌，脚下加快了迈动的频率。

夜　魂

　　夕阳还在与青山厮磨，月亮已高挂东天，街灯守时地亮了，辉映出一个夏日独有的昼夜同在的瑰丽黄昏。

　　期待着忙碌一天后得以放松的人们，长长舒口气，匆匆换上便装，夫妻相伴，儿女相随，三三两两走出家门。不是为生计去奔波，不需要赶市场忙采购，躲过无休止的应酬，只带着本色的心情，悠然走上林荫道，漫过街头绿地，去营造一个生活情趣盎然的不夜城。

　　岱庙正阳门前，人仍然不少，只是比白日里静了许多。巍峨的高墙与岱宗坊、遥参亭南北一线排开，直抵东岳大街。这条中轴线两边大片特意空出来的地，已建成美丽的公园。东半边中心矗立着赤红花岗岩巨石雕刻的"泰山石敢当"，西北角留一块水泥抹平的活动场地，边上配一古香古色供人小憩的曲折长廊。月色灯光一罩，都失去了阳光下的威武厚重、棱角分明，变得朦胧斑斓、诗意横生。西南角绿地下面，刚落成不久的现代气派的商场——双龙购物中心，门庭洞开，华灯齐放。进进出出的人很多，仔细看，购物的少，闲逛观光的多。门前小广场恰似天然舞池，店员们踏着舞曲走进消夏晚会和前来的游人共舞。与之西邻的艺术馆大楼，当代书法家沈鹏题写的"泰山画院"灵动飘逸，门里灯下自发组成了沙龙和书画自由展。外边有露天卡拉OK，散散漫漫地围一圈人，随随便便地点唱，唱童年，唱家长，唱梦想，唱明天，唱得好与不好，都赢得了参差的掌声，一曲又一曲，将实实在在的生活唱成了一种情调，一种意境。

202

大街上形成一个不大的夜市，有传统小吃、日用百货。其中明显多起来的是书摊，一张床、两块门板就搭成了一个摊子。有一个以科技类图书、文学名著为主的摊子，挂了新华书店代销的牌子，两个小青年掌摊，边摆放书边颇有韵味地吟诵："卖书买书。木板当柜台，书籍是心窗，清风薄露，未扰卖书郎，卖哟，买哟，强国当自强。"歌谣吸引许多人围了上去，于是，一片哗哗的翻书声。逛书摊是文化人最向往最喜欢的活动，这座历史文化名城本来文化人就多，而物质生活提高后的精神需求，促生了这片旺长的书文化景象。现代文明人以固守立身的操行和优化生存方式，在昨天与今天之间，铺架沟通的桥梁。有的摊子还带来几只小凳子，让买书人坐下来，安心静气地把目光深深埋进书页，饱览、吸纳，中意了购买，不对路放弃，同样怀有一种获得新的了解的满足。整条大街都荡漾着淡淡的书香，给平日热闹、躁动的生活平添了悠远、深刻、安详的意味。

大槐树下，遥参亭石坊内，摆了一地石头，一位像石头一样清瘦峻拔少言寡语的老者守在那里。不少路边的人停住蹲下来欣赏。是泰山珍石，玉的、化石的，景观透石，最多的是花岗岩质地各式各样花纹图案的河卵石，图案有文字、肖像、风景、抽象画，月光使之升腾起迷离纷披的神奇。每块石头都配了一个自然贴切、韵味隽永的名字。"泰山神龙"，盈尺见方的石头上一条腾云驾雾的飞龙，鳞须毕现，双目炯炯，俯视人间万象的威猛峻伟神态，具有震撼心灵的力量。"寒山远黛"，苍松翠柏的远山上刚刚降下瑞雪，绿黛洁白相间，格外旷达清奇。"沉默是金"，纹图简洁而富有哲理，双眼圆睁，心中透亮，缄口不语。"木石为盟"，两块顽石被青藤老根紧紧裹缠，生死相依，不弃不离，使人想起《红楼梦》中那段木石前盟的哀怨……小小石块竟包罗了几生几世的变故沧桑。它给人的何止是奇、美、灵动，它以细硬而纯粹的质地、天然而富于变幻的纹图教人得知，自然、淳朴、坚固、深邃才是精神追求的极致，它是启悟众生参破尘俗的教科书。石能言，一点不错，可惜，投入生计为利禄而奔忙的人，有几个能凝神敛气地读懂山石的真言。

"怎么卖？"

"这块多少钱？"

"尽管看，不卖。"

怪，白天这方古玩市场上，精明的玩家把赝品和真品一样推销得天花乱坠，此时，守着金山银山般的真货却不取分文。几个手托石头的人还在问，老人平静地说："一块伟人肖像石，外商出价五万，我都不卖。它属于泰山和咱泰山人的，卖了再也没有了。"又说，"这些石头的审美收藏价值不亚于各地名石，外地人并不知道，而泰安人也知道得少。摆在这里，就是为让大家身在宝中要知宝。"不知不觉地叙谈起来，得知老人几十年如一日地捡石藏石，居处自命"岱石斋"，堆满千奇百怪的石头。可以想象出来，疲惫地穿行于崇山峻壑之中，人的伟大被巨石美石淹没后，又正是壮美富有灵性的石头给苦苦寻觅到穷途末路的人以不泯的希望。寻石藏石者，不正是以石头的品格来砥砺自己的情操？捡而不惰，藏而不淫，构建起真真实实干干净净的心灵栖息地。老人兴致勃发，讲述他要奔走呼号，建立泰山石展览馆，开发石文化系列，还要自费到国外去展出，直到让泰山石在世界石文化殿堂里占有它应有的地位。一个古怪的老人，一片真实的石头。神山脚下历来有诞生神话的土壤，有以神话传奇为底色的历史、今天和未来，泰山人好把美好憧憬成神话，一直在企盼着神话成真。

夜渐深，人声稀，无人售票末班车早停，街旁人行道上遍布的小摊高潮已过，简简单单的餐桌上杯残盘空。还有几个人相对举杯，酒是有灵魂的水，轻轻一碰，饮尽最后一滴，菜肴只剩下知己的语句，呷下最后一口，完成了相亲相知小聚开怀的洒脱、无拘无束的性情释放，带着轻松愉快，踏上回家的路。"梆——梆——梆"，声长夜短，凉皮小货车上烛光晃动，以最后一份打发了最后一位顾客，车轮辘辘，隐进夜色深处。

我余兴未尽，登正阳门上五凤楼。看街，空空旷旷，除去白日里繁华的姿容，只留得夜深沉的灵魂；望月，更圆更明，通体莹晶，心境一下子超拔辽远了许多。偌大的庙内，静得好像地球停止了转动。历代神圣与堂皇都隐进殿堂亭台里去了，松柏森森，碑碣穆穆，偶尔清风穿庭而过，林木低吟，一两根松针砸地，心情随之摇曳，大殿上风铃即兴叮咚，一两声微弱短促的鸟叫，像是惊梦的呓语。空空的祭坛，硕大的香炉，坛下垂立的仲翁石，都令我产生了一种与天、地、神灵心交神会相融相知的感觉。猛地想起何不拿白昼的疑问去请教？望神，神不语。

哦，今日是礼拜天。礼拜，是连上帝都休息的日子。

礼拜的夜，是人们尽情展放真心真情真面容的时刻，是独对自己、直面自然界庄严思考的时刻。在一脚踩着黎明另一只脚便踩着黄昏的飞逝时光里，此刻分外珍贵。直到我们真正拥有了这一刻，才不会忘记自己从哪里来，到哪里去。

夜——一个使一天趋于完美的尾声，人生不可缺的回味，又一个美丽黎明到来的准备。

雪悄然飘落

今冬不算冷，已过"大雪"未见雪。它在身边走过许多时日，我则似乎没有明显地察觉，隐隐觉得悄逝的冬少了些什么。直到深夜窗外的絮语把我唤醒，紧闭的心扉才随着房门"呀"的一声打开，"啊，下雪了！"

前日还阳光灿烂，昨夜也月色溶溶，此刻却漫天雪花纷飞，远山近城严严实实地裹上了银装，只觉得心里有些陌然。想不到，今年的第一场大雪，竟来得这么悄无声息、随便而自然。浑为一体的天地大舞台上，姗姗精灵，潜心表演着那属于宇宙的舞蹈语言，我读不懂，却能感觉得出，那是在启示着日月阴晴的交替，一个季节的客观存在，不容忽略。缘得早起散步的习惯，我只身走进雪里去。

其实下雪天并不冷，反倒由飞雪营造出一种温柔和缓的氛围、一幅飞扬灵动的景象，一扫冬季单调的肃杀。向来熙熙攘攘的大操场里，仅有三五个老年人，照常做着叫不出名来的健身功，一招一式，极其认真，似在珍重地梳理大半生的经历，也像在拾掇秋收后留下的残局。脚一落地，雪"咯吱咯吱"地响，那是动作力度的标码，传递出以风雪之砧，锻打生命活力、奋力挽留时光的恒心。我蓦地想起了五六岁时那个多雪的严冬。所有跟伙伴们花样翻新的游戏都已淡忘，仍记得故乡南场边千疮百孔的土屋里，那位蜷缩在一堆灰黑冷硬的衣物中、满头白发的孤瘦老人。记得冰雪把我的小手冻得生疼，我跳着脚尖叫，老人招唤我，让我把手伸进他半敞的破棉袄里。他留下的最后一缕温热至今凝固于我的十指，耳旁传来他沙哑的祷告："下吧，下大了，明年会有白面馍馍吃喽！"响过了诀别后的几十年，直叫人感觉着一个生命的延续。就在那个冬季，老人悄悄地走进另一个世界，那个多雪的冬季过后真有一个飘着麦香和喜悦的夏季。

老人们在继续锻炼，四下里仍少见往常行人的踪影。人们这样迟迟足不出户，是眷恋过往季节的热闹，或是贪恋隔窗旁观的那份惬意，还是对北方雪景早已熟视无睹的浪费？南方人就不是这个样子，他们对每个季节都一样珍爱，更是把最后的一个季节托在手心里，殷勤而精心地装扮它，使每一个年份都铸造出最终的圆满、辉煌。

前年深冬，我到南方 H 市去，正巧有"寒流"上岛。当然，那里永远不会有诗歌里惯写的冬天的意象，依旧是满眼浓绿，只是风尖了些，气凉了些。这下子，本来繁华的大道小街变得格外拥挤。人们潮一般拥向商店，一件一件挑选色彩鲜丽的毛衫长衣，着实不愿错过这个好不容易换下浅淡简单夏装的时节；人们水一样流向海边山巅，去看满山苍翠中，一片两片叶子变红变黄、飞舞殒落那斑斓生动的景象，感受一个季节里共存生长与死亡的美，体味海水的清澈、山风的清凉，使热了大半年的头脑冷成深沉的思索，以便更准确地谋划来年的进程。

正当我倚户而望的时候，同乡老友梅旋风般踅到面前。她穿一袭艳红的丝绒旗袍，柔美的曲线、光泽的明暗恰到好处，前身错落绣出两枝洁白洁白的荷花，胸前挂一朵耀眼的金菊，薄施粉黛，光彩照人。

"好漂亮，你变得年轻多了。"

"什么变得，你忘了，我才四十五岁哩。"

呀，还是那句话。五年前，故乡她工作的那家服装厂因一再亏损被兼并，她（们）被安排病退。"什么病退，我才四十岁啊！"想着自己二十年心血获得的裁剪师的技术，想着读大学上高中的两个孩子需要家庭的供养，她不顾亲友的再三劝阻，只身南下闯生活。如今，她已支撑起一个规模不大而名利颇丰的时装厂，成了一方小有名气的经理。这些尽管在曾洒下她泪水的书信里我早已知晓，现在又听到那句耐人咀嚼的话语，我的心还是怦然震颤了，胸中涌动起感动的滔滔潮水。她保持了青春的活力又焕发出成熟的魅力，怎不倍加神采奕奕，自信十足。看来冬寒只能增添弱者的愁容，却孕育强者新的生机，四季轮回，自然有序，而每一次都将是对消沉无力的洗涤。目前，她更知道有多少路程需要继续走，有多少事等着自己去做，哪有那份伤春怨秋的闲心。那天，我有事未能伴她同游，看着她汇入人流，宛如绿叶百花丛中一枚饱满的红果，自有风韵，毫不逊色；她款款前行，少男少女轻盈的步态里多了那种落地有声的坚实凝重步履。哦，初临的冬季，同样拥有属于自己的丰富多彩。

脚步踏着翻滚的思绪，不觉中登上了泰山红门旁的小山头，极目南望，山城一体，天地一色。空气被过滤得纯净，万物的眼睛被擦拭得晶莹，连被清洗去污垢的肺叶都变得翠绿。雪早把寒风撕掳下的枯枝败叶掩埋，千里沃野，绝无纤尘；大山上下，蜡象银树，逶迤莽莽。山坳里，忽来一股旋风，漫天漫地的雪花蓬勃奋飞，在晨曦里闪烁着银辉，继而升腾直上，摇撼太空，喷发出力的威势。

看着雪后别样生动美丽的山川原野，想象着，雪怎样用所有的温热去弥合万物被雷电创伤的心灵疤痕，去抚慰蛰伏的垂老生命，又是怎样不惜全部消融去滋润新的生命，顿然启悟到：这雪的洁白，才是世界生生不息的神圣的原色。衰老的最终归宿和新生的最初萌动，一切的结束和开始同时发生在这里。这洁白的雪，是开在冬天里永不凋谢、无与伦比的奇葩。有了它，寒冬变得美丽、年轻；有了它，有了由它孕育的不竭的生命之力，北国风光才有了壮阔、雄浑、伟大的魂魄。这如期而至的雪不值得敬重吗？怎好怠慢，以至放弃呢？

此刻，山下人骤然多了起来，不少门口，人一群一对地往下拥，像成捆成束一齐放飞的彩色气球，成为冬雪中的又一风景。正在诧异，往日一起散步的同事赶上来了，她告诉我：今天是星期六，大家依然进行义务劳动。我长长地出了口气，深深为自己久居其间熟视无睹的大意而懊悔。我这才切肤彻骨地感觉到："我，她，他们，不都同样忙忙碌碌、寻寻觅觅在冬季，采撷那寒冷之外的东西吗？"

"下吧，下大了，明年会有白面馍馍吃喽！"

那个声音依然在耳畔轰响，遥远深沉，回荡于泰山的千峰万壑。树上的雪被喊声震落了，一只白色的鸟箭一般飞向高峰被雪覆盖了的深林中去了。

在她拍打我满身积雪时，为我拔下了第一根白发，惊讶的眼神分明在告诉我：头上也有霜雪降落了。我坦然地接过来，随意地放飞到大雪中去。用不着吃惊，今天，我们从黑发里挑出白发，此后，二十年，三十年……只有从白发里寻找黑发了。斗转星移，不可抗拒，它悄然来临，我们坦然迎之。只要珍惜每一段年华，把面前渐渐缩短的路程走得有声有色，我们将会终生美丽，精心打扮的人世间将会永远年轻。

冬　韵

以冷漠的面孔遮盖着强烈搏动的挚心，以空旷的舞台
上演着最丰富的活剧，升华着每一个周期的完成，引擎着
每一个崭新的开始，在感知生命经历全过程中走向不惑，
这是冬。

——题记

独上极顶

整天奔波，忙得焦头烂额，时光吝啬，事务繁重，难得偷闲片
刻。终于到了春节假日，便把思谋多时的"宏伟计划"付诸行动：
除夕上泰山极顶，在一年终极之时到极顶去约会极致的清闲。

深冬凛冽，凛冽得让人难以靠近。看看街上稀稀疏疏、巾缠衣
裹的形象，冷气打心底往外冒。冷透了，反倒凝结成非与冷峻比试
比试的勇气。于是，逆着匆匆赶回家过年的人们，撇开疑惑不解的
目光，只身轻囊、乘车飞上山巅。

山顶上遍是寒风和积雪，空旷拉大了空间，寂静增添了神奇。
披一身冰凉，踏两脚冻土，独立于了无人迹、悄无声息的境地，只

觉得一下子扑入大自然，大自然回归我心。获得了摆脱狭窄氛围、退去久积疲惫的舒展和停止激烈旋转的清静。

雪雍雅、石清瘦，片片积雪中裸露出的被风剥雨蚀的嶙峋岩石，一扫平日里横空出世的傲气，还原了磐石般支撑大山的傲骨那可敬可亲的本来面目。枯草落叶中耸立着棵棵松柏，枝干坚硬，老皮爆裂，苍绿丛中间或缀一朵两朵雪聚成的白花，显示着永恒不变的生动和活力。我猛然想起了遥远的童年，当深冬严寒穿透单薄棉衣的时候，一家人围坐在一只火盆旁，点一抱柴草，续一把刚刚从坡地里捡来的枯枝，听老人讲千古不变的传说，看火光映照下没有过多奢求的满足笑容。有趣的是爆玉米花。祖母拿出精心挑选珍藏的饱满颗粒埋进余烬里，一声爆响，一声惊喜的呼叫，一阵友好的争抢。慈祥的祖母总是挑出爆得最好的，吹去草灰，放在我嘴里，微笑着看我嚼得香香甜甜。那颗颗亮黄洁白的爆米花永不凋谢地开在我几十年的记忆里，给我渐渐长大、越来越繁复的生活点缀上些许亲切、轻松，填充着心灵的褶皱。

远眺大地一片开阔，仰望蓝天纯净透明，再看树木花草默默地孕育比往年更加蓬蓬勃勃的生机，无数落叶经历了生命全过程的甘苦而不求所得、安然融入泥土的坦荡，顿悟出一种至高至纯至美的人生境界。

天色渐渐暗下来，昏暗中的旷寂叫人恓惶，我生怕这雪这山、这时光由此睡去，真想大喊几声。听得有说有笑，转身寻去，原来是早已投宿神憩宾馆的中外游客，油然升起亲切感的欣喜驱散着孤寂。脚下山坳里，刮起一股强劲的风，呼啸而来，裹挟着满山积雪落叶疾疾飞舞。霎时大山上下苍苍茫茫，弥漫着勃勃生气和摇撼之力。这是大自然粗重的呼吸吗？这是天地黑白大幕上精心排演出体验生命力量之美的辞旧迎新的礼仪吗？这风呼山应万物灵动的共鸣共舞是冬的暮曲，还是春的宣言？我被只有此时此地才具有的崇高、生动、激越所撼动，我为因脆弱而拒绝冬天的人们，与这风骨和威力交织成的壮美景象失之交臂而惋惜，顷刻间，我几乎完成了对生命经历的所有思考。

　　风远去了，山静我心也静，空白的脑海里又涌动出往昔的劳碌，顷刻间再不烦闷。人，之所以为人，为一个文明的人，就是在以毅力和韧性与艰难的苦境、困顿的厄运、免不了的失败的抗争奋斗中，由幼稚变得聪明，从蒙昧走向文明的。支撑生命大厦，丰富生活大舞台本来就需要追求进击，心智汇合汗水必然是丰硕的收获，无所谓的是一时一己的得失。冬的酷寒是春烂漫的母体，读不懂冬的意蕴，是人性中仍存在着遗忘、娇嫩、肤浅。听，对松山上涛声依旧，枯叶下土层里的新生在萌动，我以宁静的心绪等候深冬精心导演的再一次高亢、激越、绚丽的壮观。

　　踏着沾雪带冰的灰青色石阶前行，脚下的冷峻中多了小心。清越的磬声悠悠传来，抬头看，碧霞祠就在面前。拾级而上，想不到里边烛香缭绕，书符全新，道长正襟端坐，满脸庄重，比往常更加认真。上前互道新春的问候。他告诉我：岁首第一炷香，第一个祷告最灵验、最吉祥，用眼神示意我看廊檐下排坐的人们。出乎意料，我默然。深入严冬可嘉，希望不泯可贺，而寄意偶像，顶礼膜拜，终有何果，谁曾考究？吾心即佛，力在自身，失意也罢，挫折也罢，路畅风顺也罢，用得着喋喋不休地去述说、去倾诉、去诠释、去乞求吗？莫若留一个寒风吹得清醒的头脑、冰雪锻打的富有韧性的心，聚养宠辱不惊、无怨无悔、百折不挠、从容不迫的情致，积蓄起继续赶路的力量。

山下灯亮了，爆竹响了，新的一年打出了亮丽的旗子，缕缕炊烟化作悠悠的情结，牵引我踏上归程。

总是吉祥

"过年好！""过年好！"

"全家吉祥！""大家吉祥！"

到处是新，到处是笑，到处是恭贺，到处是祝福。现代化的方式电话拜年不及商量地占领了天上的空间；五颜六色、来来往往的人群依旧挤瘦了大街小巷。双双紧紧握在一起的手，毅然在昨日混沌的冷漠与今天明丽的欣喜间划分了段落。相似的语言、相约的心灵撞击出来的只有亲情、和悦、融融泄泄，平日里一切有意的无意的、恶意的善意的磕磕碰碰，被祥瑞气氛照耀出苍白、小气、可笑的真面目，逃遁的逃遁，消融的消融。握一把普天同庆的热情，温暖过去一年里奔波到滞重的脚步；撒一片而今从头越的期盼，丰满生命新周期的起点。想象得出，此刻，海外的、国内的，停留在地球每一个角落的华夏子孙都在用年年如此、人人如此，同一的言行，同一的形式，反复永不穷尽而又毫不觉雷同地表达着同一个刻骨镂心的感觉：节日再多，我们最早最原始最隆重最盛大最牵心最萦怀的，还是浸透了承前启后、陈旧布新、永怀希冀意蕴的春节。

把农历正月初一称为"春节"，起始于殷商时代。自此，《汉书》《后汉书》《晋书》，几乎历代史书里都留下了它沉重的脚印；唐诗宋词汉文章，古今文学艺术用尽华美壮丽的词汇，描述它的庄严神圣而又情趣横生，让每个中华儿女感受它与自己息息相关的不容忽视、不能割舍。"千门万户曈曈日，总把新桃换旧符。"（王安

石）"中国阴历新年，是中国人一年中最大的佳节……因为这是个大地春回、生命、发达、富贵复归的节日。"（林语堂）

春节确实是个好日子。《汉书》里记述道："春者，天地开辟之端，养生之道，法象所出，昏斗指东方曰春。"是吉祥幸福的象征。节多指节气，春与节连起来，这一天就是年之首、月之首、日之首。古人又把阴历每月初一谓之"吉"。在这样一个长久公认的好日子里，欢欣祥瑞自然堂而皇之地无处不在。春联上写的都是快乐、和平、多福、兴旺；窗花多色多彩的图案里，包藏着一颗颗向往的挚心。"三羊开泰"，三只温良可爱的羊，昂首期望的神情，像是看到了前方什么美好的东西；"连年有余"，蓬勃的莲下欢蹦乱跳着鲤鱼；最多的要数"肥猪拱门""肥猪背元宝"，猪本来就是农家财富的象征，猪年有那么多的肥猪背着元宝拱门，农民兄弟发财是无疑的了。喜庆镶嵌在习俗里，荡漾在每个人的脸上、心里。青年人打团围伙，总有说不完的俏皮话、扯不断的朗笑声、展示不尽的新服饰，大肆挥霍着充溢全身的青春，张扬出其他年龄段不能再拥有的十足生气。中老年人呢，虽然童心回归，到底丢不开那份成熟，站在热闹圈圈边缘，道一句关切的问候，发一声心照不宣的微笑，送上恰如其分的赞许，自有一种曾经沧海的悠然、从容和踏实。

有趣的是，一些过去俗成的清规戒律如今已少见痕迹。就说大年初一不允许做活吧，平日里最勤劳的主妇也不能去扫地、洗衣、切菜烧饭，怕扫掉了、冲走了、切去了好运气。大概从前好运气太有限，如今处处有好运气，一笤帚一菜刀怎会损失得了。于是旧俗被渐渐淡忘，照常打扫好房间，吃上新做的饭菜，然后成双成对成家地去串门去歌舞去旅游，毫无顾虑地用自己最喜欢的方式庆祝自己最重视的节日。

华侨大厦今日里好风光，在古今相融、中西合璧的装饰下，俨然一位高雅气派的贵妇人。饱览过它的风姿，目光的焦点自然放到人与人空前的团聚上，中外嘉宾、港澳同胞、各色皮肤汇集在同一个矗立起来的狭小空间，已经满满当当，本地发富的新潮家庭，又携妻将雏前来推波助澜，边开眼界边体验新上项目"自炊餐"的情调（领一份精巧的餐具和半成品的菜蔬调料，自炊而餐）。饭后人们拥到厦前小广场上，几个年轻人又拿出鞭炮和昨晚剩余的焰火燃放，爆响声把欢乐推向峰巅。一位外国友人高兴得跑来跑去，嗷嗷地喊："有味道、有味道，快再去买，越大越响越好。"

与门外正相反的是空下来的大厅深处咖啡间里，有了一天中最安静的片刻，只一位年长的侨胞在慢慢品茶，胸前微微飘动的花白胡子似剪不断的缕缕情思。他点奏了《春江花月夜》。良辰美景，原来有这等古典高雅名曲陪伴。年轻漂亮的女乐师会意地放下钢琴，操起古筝。一声高远悠长的琴声，托出一个江潮连海、月共潮生的生动美景。老人家像遇到老朋友一样激动、忘情，投入到曲子的苍茫深沉中，去思索"江畔何人初见月，江月何年初照人"的天地人生延绵的哲理，在质朴流畅的节奏中想"不知江月待何人"的代代相继，曲子转入委婉、深沉，老人轻叩几案，面容肃然地融入"白云一片去悠悠""何处相思明月楼"那思母游子两地思念一种离愁、归心如焚的境地。

厅内静悄悄，门前乐陶陶，仿佛宇宙的动静生化都浓缩在这里。

此景此情，分明地告诉我：这个经久不变的、自我更新到永远鲜活的传统节日，是一种足以坚定自己熏陶同化他人的浓郁醇正、博大向上的文化，是一个使世人不好轻视、不能忘记的情结，是一个民族精神的源头、生命的根基。我感受到了春节文化强烈的内聚力，触摸着它孕育欢乐吉祥的永恒。

总是吉祥。

静观焰火

到底耐不住深冬的肃穆、寂寞，制造出这般绚烂多姿、轰轰烈烈。

百花斗艳、流光溢彩、响声震耳、一片轰鸣，天地山川全都沉浸在辉煌中，牵引得千人仰望、万众欢腾。

刹那间声消明灭，接着的是奇黑无比。昏眩的眼睛什么也看不见，摸索中迈动的脚，深深浅浅，难放平稳。不由得升起一股莫名的恓惶、失落。

慢慢地，看清了枝丫投在地上炭笔画似的图影，看清了远远近近、星星点点的万家灯火，看清了回家的路。

蓦抬头，张扬的硝烟、招摇的浮云早已跑得无影无踪，留下一块干干净净、幽深幽深的天庭。高挂着的那轮曾被遗忘的皎月，一如既往地温馨，经久不变地平静，微笑着洒下洗涤万物的清辉。

冬尽头，月不语，我心颤动。

守望"非物质文化遗产"

　　一个民族的灵魂是什么？一个民族之所以存在的依据是什么？答案自然是传统。一棵参天大树之所以能够枝繁叶茂、茁壮成长，就在于深深扎入地下、四通八达的根。文化亦是如此，它就是一个民族赖以生存、发展的"根"。只有探寻到、保护好"根"，一个民族才会历经劫难而不衰、应运逢时而振兴。

　　中华民族的"根"是什么？在什么地方？在博物馆、在书籍、在影像中？毫无疑问，中华民族最活生生的"根"在民众间，在民众的生活方式中，在民众日常应用的文化里。我们祖祖辈辈衣食住行、歌舞传唱，从而形成的生活方式、日常应用文化，就寄存在古往今来、千姿百态的非物质文化遗产上。非物质文化遗产以其独特的方式，凭借人们须臾不可离的优势，在历史的风云变幻中延续着我们民族物质和精神的双重成就，承载着时光的洗礼和积淀，稳定而持久。我们重视非物质文化遗产的文化意义和价值，就是为民族的传统文化添柴加薪。

　　国务院于二〇〇六年公布了第一批国家非物质文化遗产名录，继而公布了第二批，已有一千零二十八项列入国家级名录，这一千零二十八个项目如同一千零二十八颗珍珠，虽形状各异，却个个特

217

色纷呈、光彩夺目。此后，各省各市各县都有一大批审定的非遗项目，由这些千姿百态又活灵活现的非物质文化遗产，铺展开神州大地美丽绚烂的文化生活图景，为我们博大精深而汪洋恣肆的传统文化做出了有根有据的注脚，反映出五十六个民族千差万别又相互辉映、丰富多彩的文化形态和生活方式。

非物质文化遗产就在我们从过去一路走来的生活中，保护它的最好措施也在于使它们回到我们日常生活中来，在传承它的文化内核前提下，恢复其生产性，提升它们的审美价值和使用价值。然而，由于历史变迁、时代发展等诸多因素，不少项目已经退出生活舞台，淡出人们的视野，以致濒临灭绝，被人遗忘。我们作为新时代的文化人，应该以民族责任心，用自己力所能及的方式，来记录它、宣传它，甘当"守望者"，努力为"非遗"传承做点事。于是，在工作之余，我注意拍摄遇到的"非遗"，留下了这样一组一组的片子。

这些毫无修饰的照片或许并不美丽，但它提示我们记住、引发我们自豪的作用并不褪色。我们不能不被我们祖传的、多样而精湛的陶瓷制作技艺所折服，想当时的生产力水平，能创造出如此精美耐用的器具贡献之伟大，此时此刻我们方明白英文把中国称作"China"那无以替代的缘由。这一座一座东西文化交融、西域风格浓郁的临夏古建筑，精细繁复的砖雕则是它们的点睛之笔，建筑景观因此才具有了丰富的历史文化价值。这一张张剪纸、一块块印花布、一出出皮影或说书段子，都超出了它们本身的限定，获得了更大的人文意义，无疑是传统文化的"活标本"，都能使我们从中找到岁月的印记、民族的属性。

今天，我们应以"敬畏"之心来审视这些"非遗"的过去、现在和未来，以亲近、赞赏、感激的态度来对待自己的"根"，以最本真、最可贵的情感，为挽救正在逝去的传统文化遗产而呐喊。而不是只以自信甚至自负的态度。如若那样，会忽视发展的自然规律，造成对传统的割裂、对辉煌的否定的。这是一种姿态，一种情感，更是一种思想。

第四辑

心灵有约

阿弥陀佛是一声问候

——病中访普照寺

那是一个晚秋的傍晚，因一直卧病室内而困于昏暗中的我，忽然被一束亮光惊醒，抬头一看，原来是夕阳的光芒，金灿灿、红彤彤的。

在这样一个时分，我突然想起了普照寺，那座山脚下城边上离我最近的佛寺和那里的僧人们。在这令人陶醉的夕阳中，他们会是怎样的一种姿态、一种情景呢？他们会不会坐在古松下石亭内，静心欣赏这灿烂的霞光？或许伴随晚课的钟声，踏着霞光边行边吟？于是披衣出门，朝久违的寺院走去。

二十分钟之后，我站在了寺院里大雄宝殿前六朝古松覆盖下的筛月亭里。我喜欢这座寺院，更喜欢这座亭子，不是因为我与这寺院这古松这亭榭有什么特别因缘，我只是喜欢它的小巧而不失气派、居高却不孤傲的气度；我喜欢这座寺院，自然还有它位于雄山怀抱里城市边缘上的那种不远不近的距离，以及身居闹市一直保持"大隐隐于市"的那种宁静风范，它给闹市的人们以安详、亲近、沉思遐想的空间。

不敢想象，将来的某一天，一旦失去了这寺院、这古松、这石亭连同这方狭小的宁静，居民们焦渴的心灵何处安顿，冥思遐想何以寄托？

太阳衔山了。和我想象的一样，如期听到了晚课的钟声，看到穿着黄色或褐色僧衣的比丘们，他们踏着万朵霞光，在挺拔的银杏和如盖的苍松下诵经徐行，一张张脸庞被夕阳映得醉红。我身边的亭子里，站着几位香客，也都双手合十，默诵着他们的心经。看那一副副平和轻松的模样，我不由得想起普贤院里的千古名联：见了便做，做了便放下，了了有何不了；慧生于觉，觉生于自在，生生还是无生。

一位年老的僧人走了过来，我迎着他送去一个微笑。他立刻回应了我，手中的念珠没有停顿，说了声：阿弥陀佛！

声音沉浑而亲切。隐约中我觉得好熟悉啊，像是我的一位老朋友，又像是我久违而怀想的亲人，在我长途跋涉归来深感疲惫之时送上的一声问候，被关怀的暖流霎时润遍身心。但我知道，他只是一个陌生的僧人，他口念佛号也只是对于我微笑的回答，是对于我问候的问候，他是在说：啊，你来了，你还好吗！

这声音后来一直萦绕着我，温暖着我，使我感觉到了一种来自内心的召唤和觉醒。我开始感觉到自己从童年开始的艰难岁月和漫漫旅途的可贵，感觉到正因为有了苦难才有言说幸福和快乐的理由。这心情，有点像长行于沙漠挖掘到甘泉的人们。

一个人要确认自己在行进长途中所扮演的角色，往往是困难的。不少人走过了，回头看又觉得很多路不该走。但人只能沿着时间规定的方向走，这是一个有去无回的过程，身后的脚印谁都无法转身去修正，只能甄别自己与别人不同的地方。我想，那些不同于他人的地方，应该就是自己可以种植的土地吧。

于是，我关注哲学，那种关乎世界观的学问。于是，开始翻阅有关佛学禅意的书籍。在那些书里，我渐渐梳理着智慧和良知的关系。如果说智慧是人类飞翔的翅膀，那么，良知就是人类飞翔的舵手。君不见菩萨、僧人，还有修行者，都低目垂眉双手合十于胸前吗，他们双目所视十指所指终归于心，良心是人心头的最后一道岗哨。我慢慢梳理着生与死的近邻关系，蓦然顿悟：如果前半生关注的是生命的价值，那么，后半生关注的应该是生命本身。因为，每一个人无论怎么努力，来这个世界上一生只有一次，无论怎么耽搁，都不会逃脱终究离去的结局，恰恰是离去使生存具有了意义，由此，我看到了事物永恒的无常变化。我觉得自己应该克服那些无益的消沉，用我的手和心来记录下许许多多善和美的感受，留住眼前偶然闪过的一朵朵浪花。

因为，我终于懂得了："佛"只是一种境界，"阿弥陀佛"就是一声问候。

海边，留下一首歌……

拾　贝

海水轻轻地抚过沙滩，恋恋地退去……于是，留下一片生动、斑斓。

高高卷起裤腿，踏着霞光薄雾炊烟交织成的暮曲，在湿漉漉的沙滩上寻觅、寻觅……

越过满地形形色色的贝壳，目光略带焦灼，则更加专注。莫非一旦失落的就再不能复回？前面一点洁白，是一只大大的白白的螺贝，多像当年在村边小河里找到的那个。眼前的它，大半掩埋进沙里，掩埋不住曾经的被遗忘：微微残缺的边缘，诉说着诸多风雨的剥蚀。珍重地剖开堆积的沙取出来，小心地放进海水里，冲洗去附着的尘垢，顿然呈现出被忽略的美丽。一圈一圈银色花纹注满对海浪爱抚的憧憬，跃动着的仍是那颗与大自然相和谐，不怕沙石磨砺，洁身自好，深蕴美丽的心。

岸上五颜六色，长长圆圆的贝壳制品，在风中"叮叮当当"大一阵小一阵地作响，是炫耀自己的幸运，还是惋惜螺贝的落寞？谁也没把眼珠转过去，不想听无谓的怜悯，不愿看人工雕凿的装饰。

奇贝千颗，只取一枚，色彩万种，独钟原白。轻轻地、紧紧地捧起大自然赐予的天然朴质，就拥抱了整个大海。珍藏起这始终如一的纯真执着，总算填补起生命乐章里空缺多时的那个激越的音符，成为一生中无可代替的鲜活的记忆。

蓦然回首，两行深深的脚印，把整整一海滩的贝壳串成了记忆的精美项链，吻在海的胸前。海，带着满足的微笑安详地睡去，如同获得初恋的少女一般，一般……

沐　雨

船开始行进，马达轻快地唱起礼赞的歌。到底要驶向彼岸。

向来的粗心，此刻里，粗心得忽略了将去的终点，沉迷在船舷外幻化不尽的风景中，滞留于相约相许的陪伴里。

风起了，舞动起海水里缀满繁星的轻纱，吹满了衣袖，鼓涨了心帆。

雨来了，毫不迟疑地捻灭星星点亮的灯盏，一下子把天、海、船刷成让人惶恐的漆黑，似乎要把一切美好冲刷殆尽。海呀，你也经历这诸多乍晴骤阴的磨砺。思维的鸟没来得及飞，就被越来越急的雨打湿。大海翻滚，轮船颠簸，我晕眩得五脏六腑翻江倒海，难受难忍。迎来一缕关怀、焦灼的目光，接受温热的大手轻重有致的"按摩治疗"，感觉着你无处不在的关怀，渐渐地昏昏进入梦境：安然地进入天上银河里那个最大的平静的港湾，悠闲地看整个宇宙经过了的和正在经过的风风雨雨……

风小了，雨停了，大自然呈现出整体的和谐、清澈的和悦。我摆脱一个梦，思维还被天上的种种奇观眩惑着，周围的一切，疑幻似真，好像又是一个梦。而远方明丽的晨曦，面前你压在合谷上发颤的手，额头满布的豆大的冷汗，分明地告诉，就在世间，一切是真。

海风是陶醉身心的美酒，骤雨是洗涤灵魂的清泉，颗颗冷汗是情义天平上的价码，此刻都融入身心，成为生命的一部分。

一路风景，收不尽的风景。不论阴晴雨风。

眼湿了，身湿了，彼此的许诺湿了。

心醉了，意醉了，不醉的只有意志和精神。

听　涛

月亮升起来了，驱赶着任意蒙盖万物的夜色，清晰了岸边小船上静默的你我。

没有匆忙，没有纷扰，沐浴着坦荡清纯的月色，只觉得全身被平和、圣洁的灵光笼罩得直至消融，留下赤裸的灵魂，宁静地谛听生命最初的诉说和呼唤。

海、天、地脉搏共振，同呼共吸，形成了极富韵律的涛声。它源头遥远，又厮磨耳畔，那么清晰，那么神秘。

"哗——哗——哗"，涛声缓缓而凝重。是贤哲的老人继续吟诵严肃人生、真情珍重的古老经卷；仔细听，又像我们一代人在历史的转弯处毫不紊乱的行进步履。

"沙——沙——沙"，涛声轻轻而柔韧。是在小心地沟通一个个激越跃动的旋涡，还是怕惊扰相对凝视的目光上演的精彩哑剧，悄悄地滋润"我爱的人同样爱我"的信心，把辛劳的人生装扮得令人感动。

不，都不是。它是大海与生俱有，发自心灵深处的天籁之音。是海久久的、深深的恋爱大地之歌的反复吟唱：爱是什么？爱是没有强加，不能阻止，分开了不可抑制的吸引，相聚了又无休止的碰撞。爱是偏见，爱是欣赏，爱是付出，爱是依存，整个旋律都那么自然、优美，而那收尾的音节昂起向上，是它们每次相聚要分离时忘却羞涩响亮的吻。不是吗？有天上的和水中的两轮月亮做证。

白昼潮如军，月夜涛是魂。这涛来了又去，去了又来，仿佛矢志要洗净大地的积锈和落尘，还之光洁与秀美。小船悠悠地荡呀荡，多像久违的母亲推着的摇篮；我们摇呀摇，摇落了心声投入涛声，涛声充溢心间，汇合涌起的潮水激荡奔流，穿过双方筑起的渠道融入大海，壮大了不息的涛声。

假如有来生，还要来倾听这涛声。

看 海 鸥

又是黄昏，一整天的颠簸劳顿，众人都早早准备就寝，我们依然去看海。

海平展展地伸进天际里，在无风无浪无人的时刻，坦露出本来的博大、宽厚，直叫人感觉肃穆、深邃、神圣。最后一抹晚霞，拼尽生命的力气挥洒所有的色彩，把海濡染得红极碧极，一条条、一片片，交织幻化成锦缎一般无可言状的空灵美景。

一只海鸥从远方疲惫地飞来，无力地停在锦缎上，不声响也不动。海伸出宽阔的臂膀拥着它，尽意地使这飘摇风雨中的灵魂得以歇息、安顿。过了一会儿，海鸥一头扎进水里，摇摆着，像个撒娇

229

的孩子；一会儿，又急切切地肆意抖动翅膀，拍打得海水四溅起玉撒锦泻般的浪花，它好似在抖落身上的积尘，排遣心中的不快。清澈的多情的海水轻轻地、细致地梳洗每一根羽毛，滋润干枯焦躁的身心；一会儿，它全身整个地贴在海面上，聆听相融相印的心声，缓缓地倾心呢喃。它要从这里汲取力量，培养情愫，恢复一个完整的自我。贴着，贴着，静静地，久久地……大海默默地接受了这一切，愉快地给予了这一切……海鸥再次振翅冲向碧空时，又是一个矫健的精灵。

哦，大海
神往的归宿
力量的源泉！

激越与温馨的和声

——序《肇星诗百首》

在人们的记印中，李肇星是一位面对豪强骨头硬的外交官。他曾任外交部的新闻发言人，此后就任常驻联合国代表而面对世界风云，再后就到了一九九八年三月，当他在白宫向克林顿总统递交了江泽民主席任命他为驻美大使的国书，并检阅美军仪仗队之时，脑海里涌动的是："知我者，历史的峡谷。我信然，时空的大度。"（诗集《重托之下》）果然，他不辱使命。二〇〇一年一月二十九日，华盛顿市市长为他在美三年为两国人民友谊所做的卓越贡献颁布文告：宣布当天为"李肇星日"。

相比之下，他的诗文才俊显然被关注得较少。当一名作家是他从童年萌生的追求。读读这精美而厚重的诗集吧，谁都会感觉出，它是作者内心深处至诚至爱的自然流泻，更是一个博大胸怀高远志向的寄托。作为外交官，他同时在用诗去把握世界，以心灵去呼唤心灵，以真情去感染真情。行行文字，都是肩负重托远走天涯的足迹；篇篇诗作，犹如向世界敞开祖国心扉的窗棂，不惜"讲得太急，太细……"，"太响，太多……我失去了自己的声音"（《温暖的失音》），来让整个世界了解他挚爱的祖国。如果把李肇星维护祖国利益和民族尊严的外交行为视为排击不义的剑气，这些流出笔端的文字则是抒写崇高情怀的箫音。此中既有磊落的激越，又有温馨的优美。

李肇星出生在山东胶南的一个农家。在艰难的岁月里，贫寒的农村并没有阻断他无垠的向往，他从小就喜欢爬到村头的树上读书，读累了就看天空中鸟儿划过的痕迹；中学时代趴在家乡的麦地里写出的文章，寄往远在上海的《少年文艺》。三十三年后他叙写当时的情景："我钻进学校附近的麦子地里写了《越活越年轻的爷爷》。我是因为不好意思，才偷偷躲出去写的。结果，弄得浑身是土，稿纸上也肯定有土味。但在庄稼地里写爷爷是再合适不过的，他属于山东那片土地。狠了狠心，稿子进了绿色邮筒。当时我真羡慕那篇短稿，不管发表与否，它是可以去一趟设在上海延安西路1538号那间编辑部了。"时隔三十多年，他仍能记住编辑部的号码，那该是怎样的刻骨铭心？故乡的地域文化滋养影响了他为人为文的走向。后来考入北京大学，由第一志愿中文系而戏剧性地跨进西方语言文学系。

细品李肇星新版诗集，觉得套用诗论上现成的美学术语，显得窄仄了许多。清人赵翼曾有诗曰："少时学语苦难圆，只道工夫半未全；到老方知非力取，三分人事七分天。"正像冯骥才在为李肇星早年出版的诗文序中写到的："才华有如春草，充满着一种从大地里迸发出来的渴望。"又说："最好的序应是一种读后感。"我在阅读时也隐隐觉得，用现成的理论去解读李肇星的诗，似乎是一种不着边际的虚妄。面对这片诗的汪洋，兴叹之余，只能匆匆拾捡起那些引起深思的点点滴滴。

一、密不可分的生活之源。

古往今来，因情感写诗的诗人多，因生活及其触发的思辨写诗的诗人少。前者觉得现实生活没有诗意，于是逃离自身境遇，到古人古典中去找资源、找灵感，结果满纸的名人名言，唯独不见作者自己的思想，这种诗往往"短命"，或者在堂皇之下孤芳自赏。后者则常被广众传唱，作者被视为大师。

诗是高度浓缩的结晶体，本应以生活为根。诗人保留对自己时代和周围生活的敏感，是创作最基本的要求。李肇星的诗无一不是来自他亲经亲历的现实生活。据说，他能轻松观看用英语上演的莎士比亚戏剧，却从不打着东西方文化交汇的旗子，去搞那些背离国人口味、故作高深的徒劳行为。他的诗大都晓畅、质朴，朴素得像日记，像民歌，带有土味。正是这些带着作者体温、呼吸和热血沸腾的生活，这些原汁原味的细节，使读者同诗人一样获得现场感，得以感受真实、理智和与之相呼应的美。立足在坚实的土地上，"生长着的不会衰老，玉米还是玉米"（《又见老玉米》）。《故乡愿》《梦见爷爷》等篇均在此列。

面对国会山的乌云和杂草这样艰涩的政治题材，诗人竟联想起儿时偷吃姥姥的樱桃的顽皮情景。家乡的樱桃营养丰富，滋味鲜美，就因为"吃足了姥姥的樱桃"，"不怕那山的乌云，不怕这山的杂草"。好一个底气十足，举重若轻！诗人驾驭题材的功力赋予了诗应有的灵动、活鲜。

《奶娘》更是作者源头活水的喷涌，也是催人泪下的重作。面对奶娘如今干瘦、冰凉的手，聆听自顾不暇的老娘亲再一次的切肤关爱，谁能不被震荡，绕梁的余音便是儿女之辈该如何面对老娘亲的思索。真是应了一句名言："如果你觉得你的日常生活很贫乏，你不要抱怨它；还是抱怨你自己吧，怨你还不够做一个诗人来呼唤生活的宝藏：因为对于创造者没有贫乏，也没有贫瘠的地方。"

应该说，李肇星属于善于发现、善于创造的一类，加上他独特的人生阅历，他那些诗便厚重。他用自身的人格去发掘进而展示原材料的魂魄之美，用心血和生命去凝结诗章，使之闪耀出理性的光芒，成为牵引人们在长夜里迈动探索步履的灯烛。葡萄牙波尔图的软木，是"不事脂粉""不修边幅""默默不语的片片、屑屑"，可谓木材里的弱者，为人所司空见惯，而诗人从它的出口量联想到了"天生我材必有用"的传世名句，给读者一种世间万事万物皆可有为的自信。同样，踏上欧洲之角，面对流传了几个世纪的名人名言"陆止于此"之时，他毫不矫饰地指出：那是"目光的局限"。"山外有山是真知，达到巅峰是偏见"，使人们的思维一下子从地域和视野的局限中摆脱出来，拓展了许多。着眼未来是诗人的追求；立意高远的诗是哲学。生活是诗之源。那么，在知识面前自感渺小而学而不倦，在世界面前自知个人微不足道，紧紧地与祖国联在一起，大约就是李肇星不断向人生高境界冲刺的力量之源。

二、浓得化不开的家国之思。

李肇星是外交使节，这是现实中的分工，但似乎也可把他称作诗人，因为他胸中的历史诗情是那样深沉而又美丽。外交官的命运历来与国家的命运紧密相连。从鸦片战争到今天已经一百六十多年。抚今思昔，怎能不使中国的外交官感慨万千？李肇星在《瞬间》里写道："一百六十年的泪泉，你有多深多浓！我骄傲地任热泪从双眸奔涌。"这样的诗是心里话，令人信服、振奋。

外交官的特殊经历，使本来就与祖国息息相通的李肇星更添一段思乡念国之情，凝成诗集里无处不在的点睛之笔。在他眼里，英姿勃发的祖国本身就是一首诗。置身天涯海角时，更觉祖国清丽纯情、光彩照人。写香港回归，题目只一个字："根。"只要了解回归中的麻烦和殖民主义者留下的印痕，就能体会出"根"的分量。《圣地亚哥寄信》使我怎么也无法忘怀，并不只因为它是我在千里长途中翻开读到的第一首，也不只因为从诗人《送娘远行》一文里得知，诗写在母亲去世的前一天，而作者并不知道，"最苦的是，已不能说再见"。是因为诗人的步履太匆匆，走得太遥远，走到了外国首都中离祖国最远的一个，也没忘了给娘——"伟大祖国最可爱的一部分，自己心头最敏感的一部分"写封信："离家久了，想给娘写封信，腹稿早已成篇。要寄走却很难，很难。不怪天各一方，不怪万水千山。——信上的字字句句，包括标点，都会在子夜梦中被原封退还……"

很短，我的泪珠都超过了它的字数，那是它品位的砝码。诗在中国是最古老的艺术，是中国人几千年的情感史，本来就是最娇艳的精神之花，包含着民族的文化、心理、气质。这一首在怀亲诗里应属绝唱。千万里之外的游子心中的家与国、母亲与祖国是无法分开的，心切情真，久结深埋，在这里无可遏止地迸发而泻，落笔之处一曲三波，犹言难尽，余音不绝，是中国诗歌传统中历久弥新的乡愁；飞白之处却是超越时空、超越自我、永远不能割舍下的爱国主题。作者与读者交相共鸣的家国情结于诗章里得以永恒。这样的上乘之作出自李肇星之手并非偶然，因为他早已认同："岁月的血脉是我的生命线，祖国的神经是我的生物钟。"（《生物钟》）

三、记忆与反思的哲辩之光。

著名科学家钱学森说过："在艺术里最高的层次是哲理性的艺术作品。"《牛田洋》就是一首叫人思考的诗，它记下的是一个悲剧。作者在诗的后记中说，一九六九年七月二十八日，几百名在广东汕头牛田洋锻炼的大学生和解放军战士一起，同台风海啸拼搏，数百名战友牺牲。诗人惊呼："你不是普通的水，你不是普通的浪。你是侵吞生命的粗暴，你是骇天动地的疯狂。"

正视历史，正视主宰历史的人类自身，是一种宝贵的自审意识，作者做到了。数百名学生和战士死而不能复生，"活下来的是奢侈的偶然"。一句话，足以使我们痛定思痛。于是，牛田洋具有了新的定位。诗人用纯朴的语句表达出了深刻的内涵。深入浅出恰是才华所在。如艾青说过的话："蚕在吐丝的时候，没想到吐出一条丝绸之路。"

李肇星在对外交往的原则问题上从来都丁是丁卯是卯，不卑不亢，可平日里就灵活多了。面对强权，有时也不妨幽默一下。《公鸡报告肥皂剧》就是他对美国《考克斯报告》寓言式的嘲讽诗。涨红了脸的公鸡，霸道地向常识宣战：我有羽毛，你不能再有，否则就是偷了我的；我产下超蛋，就不允许别人再有……诗人不动声色，顺手拿起常识之镜，照化了肥皂剧的迷雾。幽默往往是智慧和正义感的体现。

"来何汹涌须挥剑，去尚缠绵可付箫。"外交官忠于自己的祖国，诗人忠于自己的心灵，心灵与心灵交流的最好工具是诗。在一个沸沸扬扬的世纪里，有一位外交家选择了诗，在世界众生的心灵之间架构起一座座理智和友情的桥梁，使外交多了些飞扬的神采，诗歌增加了些内在的分量。冯骥才称他为"双倍的诗人"。

确然。

静 夜 吟

　　那年的夏天特别的热。

　　这两天，算得上今年夏季最热的时候。

　　熬煎了一天的燥热，只盼夜幕早降、清风徐来。傍晚，一场大雨下得急，停得急，换来一个难得的清爽之夜。人声已稀，我贪恋月夜雨后的水光山色，便踏着满地潺潺流淌的水，沐着流淌的月光，沿日日散步的岱宗坊路，走向山脚下的虎山公园。

　　满月高挂中天，分外清朗，映得整个苍穹一派幽深。间或一丝一片轻绡似的白云，或缠或托依偎身旁，平添了许多妩媚。路边店铺大都关了门，只有红红绿绿的招贴字画在月下争艳；儿童游乐园里静悄悄的，那群乳白色的动物雕塑聚在一起，是不是又在演绎童话？虎山水库里，水上涨了许多，游艇舟楫在岸边空荡荡地漂，往日在嘈杂拥挤里显得狭小的水面，衔着一轮皎月，顿然灿烂宽阔。夜色和地气一样潮湿，混融绿色植被生命的气息，清凉凉地弥漫开来，滋润得草繁树丰。地上一汪一汪的积水，树叶上草尖上点点滴滴的水珠，颤动闪亮，和着水库里粼粼的波光，组成一个水银的世界。四周的群山，少了几分细微的清晰，多了几分轮廓勾勒的写意，揭去冷峻傲气的面纱，展现出自然的和谐美。没有攀登者的喧嚣、

237

朝拜者的热闹，更显出难以言状的深沉、庄严、静远。

我珍爱地拥着这静美到极致的夜。随意地记起一位哲人的话：人只有在不受外界影响的时候才能看清世界，只有在完全属于自己的时空里才能认清自己。不由得想：有一个静美的夜是一天的完善，一个人学会独立冷静地思索，才可能走向人生的完善。于是产生出一种从未有过的释然、轻松、自如。任阵阵湿润的风抚慰焦躁的心思，安顿漂泊的灵魂；伴自然的真、和悦的美，去回首来路、思索未来。真感谢人们乘凉睡去，留下这静谧的诗一般的境地；真庆幸鸟啼蝉鸣、林中的悄悄话皆已消隐，保持了这任情思放纵的片刻。

我回想起少年故里的那个夏夜。

刚接到升入中学的通知书。百多号学生录取不到十个，我在同学中是家境最差的一个，命运之神格外光顾给我带来格外的兴奋。踏着月色我和伙伴们来到村外小河旁，他们都下河游戏去了，我来到岸边日日耕耘的瓜地里。望着连成片的绿叶、星星点点漏出脸来的南瓜，不由得想到鲁迅《故乡》里的闰土，第一次感到幸运。于是，对双亲病重所致的困窘、过早挑负生活重担的艰辛、平白遭受不公的委屈都不在乎了，把憧憬和月亮贴在一起，用不竭的银辉涂抹去一切不幸，描画明丽的前景。于是不自量地许下诺言：今天在这里启程，明天要把一地南瓜变成财宝，让创造出来的幸福像夏夜的朗月，照见你、照见我、照见每一个角落。霎时，觉得长大了很多。

光阴如梭，转眼到了不惑之年，想不到一启程，奔驰颠簸的列车再没有停下过。经历了奋斗的激越，更渴望宁静。前年初秋，出差南行，在南疆海岛上又过了一个酷夏。途中需乘几十个小时的船，窃喜有个歇息的机会。一上船就横下心，什么也不想，什么也不做。

开始很惬意，渐渐睡足了、闲腻了便又觉无所事事了。记得最后那一夜，起初风平浪静，水天一体，混混沌沌，漆黑一团，直叫人觉得无着无落的惶恐。船幽幽地行进，人百无聊赖到了感觉不出生与死的差别，不知身在何处，不知道前方该发生什么，无奈地听任摆布。突然电闪雷鸣，风雨交加，波涛开始翻滚，船开始起伏颠簸，自己莫名地振奋，升腾起一股抗争的豪气，走向甲板，任凭风浪抽打。同舱几个人走出来了，一路不曾交谈，彼此陌生的人们由风雨之夜赋予的一股无形力量拉近了，我们手挽手地直面风雨，接受洗礼。事情早已过去了，至今自己也不能理解那举动的全部内涵……

夜渐更深，物臻沉寂。我收回放飞的思绪，只想长坐达旦。寂静之中听得四周传来"咝咝""剥剥"的声响，哦，莫不是草木在长生、在拔节？夏天是生长的季节，最热的夏天是万物生长最充分的季节，这生长大都在夜间实现。细看周围的树木新枝叶特别多，连经年的老柏树，也放下一向从容不迫的姿态，展出一层新绿。小草更是恣意旺长，宽宽的道路被掩隐成窄窄的一条，远山近野没有一处裸露。它们是把积蓄整整一年的精气，趁这热、这雨、这夜，倾其所有地挥洒出来，热热烈烈地铸造生命。此时此刻，才使我真切地感触到夏夜梦幻轻纱包藏下那颗从未放慢搏动的心。温馨的夏夜给人以小憩、抚慰，更给人自我调整、力量积蓄、精神振作。它外在的静深蕴着铸造生命原力的动，就是这种动力，催促万物不顾一切地茁壮成长，一次又一次地绽放出最美丽最神奇的生命之花，一次又一次地重复展现人世间可贵而可爱的魅力。

我爱清静的夏夜。

我将携带着它走向绚丽热烈的明天。

寒霜即将逝去

前几年，偶然的机会，我来到分别多年的一位老同学的居处。爬上高高的顶楼，敲开尽头单间的房门，站在我面前的依旧是修长而单薄的身躯，清癯的面容，鬓发里新添的一两根银发格外惹眼。直到伸手拉我进了房门，才结束了无言以对的惊喜凝视。

我立在房子中间打量着四壁白墙内，一床一桌一排书橱，一色洁白。挂历翻到十月份，画面上如同小雪的积霜，压满了地，洁无纤尘，上方角里伸出的树枝上挂满一串串霜花，射出一丝丝冰凉，迫使这里的热闹、欢快蜷缩进角落深处。窗外，风不住地吹着，窗玻璃发出微微颤动的簌簌声。透过窗，触目的是落地枯叶，滚来滚去，做出十分的秋意。我只觉得冷气浸骨，不由得想起了"高处不胜寒"的句子。

望着她静默冷凄的面容，迎着因好友远至而兴奋的目光，我走近书桌，翻弄着敞开的稿本。在写霜，翻一页还在写霜，霜在她笔下千篇一律却又千姿百态，有的晶薄如蝉翼，有的厚洁如凝玉；吟菊篇里，花竞相怒放，灿若彩霞，花瓣上叶片上没少了淡淡的霜，只不过无可奈何。她写香远骨傲的梅，厚厚的雪花比花干还重。我抬起眼看她，她明白我在戏谑她的疏忽，浅浅地一笑说："是你忘了，雪是严霜凝成的，花蕾在霜雪中萌生。"

她的心灵受过贫穷的熬煎，情感曾被重重地创伤，复杂的经历使她过早地经历了人生的四季，成为一本完整的书。在学校时她就说过：是早降的寒霜结束了自己灿烂的童年，凝固了天真的笑容。从此后，只有扯起百衲衣的长襟，拾捡失落的美好和欢乐，藏进眼睛里，汇溶在血液中，深深地保存……目睹眼前这些，我便轻声地问她："还记得过去?"她摇摇头，便捧起一本书漫翻，使我弄不清她是说不可能忘记，还是不再记忆那些已成为过去的事，但分明看见滞留在书上的眼神很清澈，显出些许激动、潮润。

那天，她约我到近处山里去游玩，爬了半天山，脸上挂着一层细细的汗珠，直说不觉得累。一路上她很快乐，一会儿跑到小溪边，捕捉透明的小鱼，捉住了又放开，看着它钻进水底石头后面；一会儿爬上低矮的老松树，在树丫中间露出脸来。高高的石崖边，开着一朵鲜红的花，她说山里的芬芳是它熏的，天边的红霞是它染的，于是攀上去，采下来插在我的凉帽上，望着我大笑起来。我第一次见她笑得这么开心，无拘无束。回来的路上，山脚下小亭子旁，传来悠扬的笛声，循声而去，是一个十六七岁的男孩，横笛在口，双拐在旁，面前一个纸盒，盒里盒外零散着一些钱。她脸色苍白，眼圈泛红，急忙忙翻遍身上的口袋，掏出所有的钱物，一股脑儿扔下转身跑掉了。我怅然伫立，有悔似悟：她热爱美好，她属于大自然，如果让她住进山里童话式的小房子，心灵的创伤会在那里治愈，真不该让心还在痛的她回到闹市，直面时时变奏的人生。

我们回到那四壁白墙之内，继续叙谈分别以来的情形。她说十几年来，一直很累，除做好正常的工作，业余时间大都用来读书写作，有时候，几乎每天都有文稿。我的目光自然地落到堆满手稿的书橱底层，抽出来最下边一本，封皮泛黄，扉页自题道：

> 一无所有苦求索，
> 潜心诗书是寄托。
> 横点竖画千千篇，
> 笔墨潸然泪几多。

我慢慢地合上放回原处，另取一册。正好是记述一位大学同学下海经商破产跳楼的事，行文里有泪有梦，有酒有烟，有长长的送殡队伍，沐浴着铺天盖地撒下的纸钱，尽头矗立的是未经雕凿、字画皆无、山崖一样厚重的墓碑。我默默凝视她许久，她看一眼文稿说："你在问我孱弱的心是怎样穿过炼狱的吗？告诉你，我的心就打那时刻起硬起来的。咱同学赶新潮，勇敢地迈出这一步，可惜在第一遭难中便倒下去，好没意思。一个生命来得多不容易，人的一生注定要历经坎坷多难，用血肉之躯去遍挨遍尝，极尽其致，才能领悟生命之伟大，我怎不流泪呢？有悲伤，更有惋惜。"

我们又谈及她的经济状况和个人生活，她说不算窘涩，也不孤单，这些书，这些文稿，是她极珍视的财富，也是她须臾不离的情人。我问到文稿发表情况，她豁达地说："发不发无所谓，我只想把世间的五颜六色收集笔下，绘出时代的痕迹，留给后人。"略一停顿，又说，"越来越觉得自己生活的面太窄了，只想尝试一下新领域，以便将来文笔触及那一段时，更实在，更准确。"

时光荏苒，至今我们又分开好一段时间了，这期间，我曾去过几封信，始终没得到回音。听说她结了婚，爱人称心如意。此后又听说，她搬进一套漂亮的新房子里。最近，突然收到她的厚厚的来信，打开一看，是她去了南方一家企业做文字工作。信上说，那里风热，太阳亮，山绿海蓝，四季都在成熟收获，还有八方云集的拓荒者、淘金者、冒险家，够她写一阵子的。信后面有一篇散文，题目是《寒霜即将逝去》，开头写道：

　　一年一度降临的寒霜怎能抗拒？然而，当它最浓重的时候，也是即将逝去的时候，太阳踩碎霜花升起，春天在严寒中孕育……

　　她丢下寒霜，迎着热烈而去了。一遍一遍读着她的信，猜想她如何下决心走出这陡然转折的一步，更觉出那颗历经寒霜锻打、泪水浸泡过的心该是多么坚韧。她身后留下的轨迹是清晰的：再不幸，再坎坷，从没有歪斜过，更没有倒下去，她的心海里始终有一片常青的绿洲。前方，会有一轮冉冉升起的属于她的太阳。

杜鹃声声

明天又是大星期。五天工作制后的正常休闲日。

时过晚七点，放下手中未了的事，走出静寂的办公大楼，疾疾回家，疾疾用餐，脑子也疾疾地思索着：这两天该安排什么。爬泰山，天天对视时时登临，差不多连哪棵树长在哪里都记得清楚；逛商店，毫无目的地去挤那人海声浪？去串亲访友，去垂钓，去……不是做过了用不着就是不感兴趣。向来以忙为乐惜时如金的自己，珍惜地捧起具有绝对支配权的四十八小时，竟不知道如何是好。

路灯下，扑克打得正热闹，再远处，飘来敲敲打打快节奏的乐曲，佐以似断似续只听出嘶哑听不清歌词的腔调，无意地想到了儿时故里磨刀人伸长的脖子涨红的脸。我怅然坐在窗前，任浸透暖意的风吹拂，看中天如水的明月，寥落的灿星，理不出思绪，说不清要期待什么。

忽然传来一声饱满而悠长的啼鸣："多多耕种，多多耕种。"是杜鹃！精神顿时一振，探身去寻望，看到的只是边飞边叫从不停歇的剪影。一声又一声，一声近一声，叫得那么急促，喷发出催人耕耘莫误时节的殷切；叫得那么清亮，充满了踏踏实实临近收获的喜悦。杜鹃的啼鸣盖过了一切杂音，悦耳宁神，显出了初夏夜的美丽温馨。

　　杜鹃是人们熟悉而喜爱的候鸟，又叫杜宇、子规，名字很美，啼叫声美，传说故事也很美。有人说它因蜀人怀念有德有为的望帝而得名，有人说它为执着的追求、铭心的爱，不停地啼叫直到泣血。第一次被它的叫声深深打动，是在"战山河"的青年时代。中学一毕业就上了会战工地，一冬一春都在窝棚里度过，日出而作，日落而息，枯燥劳累如同跋涉在无边的沙漠。一个腰酸腿疼辗转难眠的夜晚，听到了杜鹃的啼鸣，直觉得像来自天际的乐曲，庄严、徐缓、深沉。听着听着，身发紧，心发颤：啊，不知不觉中自己步入成年了，岁月又临近一个该收获的季节了，而眼前，浸透了汗水、光秃秃的黄土地上并没有丰硕的稼禾！今夜，你如期而至了，为何而来呢？怎么还唱着那支亘古不变的歌？仅为了报送一个最热烈最繁忙的季节吗？还是要忠诚地陪伴仍在忙了夏收忙秋种的农民弟兄？可是我分明听出了叫声里的欢快轻松昂奋。莫非你也为休闲来，来提醒我们学会休闲——这另一种形式的耕种。

　　杜鹃不停地叫，跨越时空的高歌把我的目光引向了大洋彼岸。在那发达而又以"会玩"著称的国度里，休闲的好去处是书店、音乐会、歌剧院、体育比赛场。西雅图的艾略特湾书店里，在亚里士多德名言"哲学是有闲人的学问"条幅下，丰富的藏书前人头攒动，阅读、朗诵、对谈，各种活动进行得热烈而活泼；伦敦的巴比堪剧院里，皇家莎士比亚剧团正上演《第十二夜》，座无虚席，观众都忘情地沉浸在欢快之中。是啊，人类生活的全部意义和唯一价值在于对美好生活的创造。社会发展到了立体而多元、纷繁而紧张的时代，任何一项创造都增加了高难度。通过适当休闲，来保护哺育那些投身创造的人们，是需要，是进步，是文明。休闲是一场场紧张奋斗之间短暂自由惬意的小憩；是生产力自身的耕耘灌溉调整；是远航归艇的港湾；是人生旅途中一时停靠的风景。它是放松、是享受、是恢复、是充实，其本质在于提高生活质量，同时本身也具有对生命的创造。然而，乘势扬帆正奋进的中华儿女们，对骤添的间歇能理解能适应能准确把握吗？惯于劳作耐于苦累的炎黄子孙们"会玩"吗？能闲得住，闲出品位、质量、水平来吗？

在生活之车转弯时，知时知情知心的杜鹃如期而至了，带来的仍是那支最古老最永恒也是最新鲜最动人的歌。仔细倾听吧，听着它，学习在每年一百多个休闲日里垦荒、除草、耕种；警觉着，切不可在随随便便漫不经意中轻掷浪抛了三分之一的生命，时时把握住工作、休闲所共同的安身立命之根本，摆脱不知所措的无知，抛弃茫然混迹于庸俗无益中的浅薄。

杜鹃声声里，月西斜，晨曦升。我带着对休闲日本质的理解，瞄准不懈追求的生命归宿，安排好了两天的行程。整顿行装，准备走进轻松、亮丽，更加丰富、深刻的明天。

孩子，妈妈多想对你说

马老得走不动时，或许才会明白世上的许多事情，才会知道世上许多路该如何去走。马无法把一生的经验传授给另一匹马。那些年轻的、活蹦乱跳的马儿，从来不懂得恭恭敬敬向一匹老马请教。它们有的是精力和时间去走错路。老马不也是这样走到老的吗？

——摘自《一个人的村庄》

晴晴：

我的女儿，妈妈随办公务把你带到北京，没能等到开学送你入校，更没有在你新生活开始之际，帮助安排安排，我想你会谅解的。如今，我们实在挂念千里之外处于全新环境中的你，每时每刻都想得到关于你的音信，哪怕一点事，一句话。家中每次电话铃响，都以为是你打来的，每次走进家门，第一眼总是习惯地投向你曾经的卧室。

然而，这一切总是空的。

自从接到北京大学入校通知书的那一刻起，在欣喜之余我们已深深地意识到：你此次远行，掀开了人生崭新的一页，再也不能依偎在我们身边了。此时此刻妈妈多么后悔，后悔至此也未能与你彻夜长谈：谈谈你小时候的乖巧和顽皮；看看你那些淘气的照片；告诉你，那一次，当妈妈听着病中的你"要妈妈"的号哭，泪流满面地跑上出差的汽车时，那种作为母亲难以承受的心疼和无奈；听你讲讲你的那些可笑的小秘密，讲你高一时曾一个人伴着严寒酷暑上夜自习、高三从没休过星期天的刻苦努力……然后，爸爸妈妈为你洒酒壮行。可是，妈妈又一次没能做到，把永久的缺憾留在了我们的回忆里。妈妈送你远行的唯有一颗心了，这颗心将始终陪伴着你走过漫漫长途，无时无刻都在冥冥之中祝福着你。是啊，妈妈知道，鹰总会飞向高空，鱼总归游入大海。不管什么人成长都在摇篮里开始，然而，只有英才才需要到广阔天地中去成就。尽管我们对分离早有足够的心理准备，尽管对你在爱而不溺的家庭环境中培养起来的坚强自立性格有足够的信任，尽管与你送别我们都没有热泪盈盈的缠绵，可是，从北京一回到家中，就明显地感觉出没有你的家一下子变了味道，缺少了许多许多。心理准备、足够的信任统统逃得无影无踪，空空落落又无以言状的心情，总像浸在水里的棉絮，绵绵的、沉沉的，蔓生的思念和牵挂再也割不断、理更乱，被时光拉扯得越来越长。

这种情况，大概你不会想到，我们也不曾意识到。自从你来到世上，爸爸妈妈对你的照顾都是粗线条的，从你三岁进幼儿园到上完高中，我们从没接送过，这在当今独生子女中尚属少数。对此，我们有歉疚更有自信，因为我们想的是，不光用自身劳动创造一个美好的世界留给你，更应该从小培养你具备创造美好世界的能力，从而争得一个世世代代向前的永恒。想不到分离后的牵挂竟如此的强烈、多余而无奈，就在接你打来的第一个电话时，手和心都发颤

248

了。真是应了那句老话：世上做父母的千差万别，对儿女都是一样的心情。

不过，我们总是高兴的，心底充溢莫大的欣慰，为你也为我们自己，为你安然度过了青少年世界观的形成期，用自己的奋发努力，搭构起一个正确世界观与人生观的雏形，并且争取到一个受教育的极好机会，如愿以偿地到北大去徜徉书海、汲取知识、阅读世界，在人生长旅之始踏踏实实地迈开第一步。也为我们自己，自此，我们有了一位能沟通可交流的知己。过去在家里，我们沿用传统观念自以为是地充当你的老师，似乎什么都是我们知道得多，说得对，对你总有那份不放心。以身边的琐事淹没了人类进化的基本规律：一代胜过一代，主流不可逆转，实现对老一代的超越本在你及你们新一代发展要义之中。从此以后，我们是母女，也是朋友，更要互为师长。

从电话中你要妈妈给你写信，我很赞同。只要人类需要相互间思想感情、文化知识的交流，书信就有其存在的特殊价值，眼下新通信方式多而方便，但它在古老的书信面前就显得简单而肤浅了。学习中文更应该多写多练，写信不失为一种好的锻炼方式。一旦我们能保持经常通信，并且都能认认真真地写好每一封信，几年下来，不就可以结成个集子了吗？用它留住我们心灵深处的沟通，留住这段你放飞理想的心路历程。妈妈更想借它来遏制人与生俱有的惰性，促使你养成勤于动脑动笔、善于积累的习惯，体验体验"胜人先胜己""不动笔墨不读书"成为古训的道理，实现所学知识向实际技能的及时转化。如果这样，所写的就再不是一般意义上限于生活琐事、儿女情长的家信，而是谈天说地、论物及人、大到宇宙人生、小到事理人情，内容宽泛、形式不一、言辞优美，既体现家书亲切

249

和真实特点又不失大气的文章了。在不了解你学习现状的情况下，提出这样的设想有点贸然，我想学中文的大学生只要科学安排，不是不可以做到的。

书名呢，我想叫作《阴晴圆缺》吧。你看了一定会哑然失笑，又是你的名字。的确，我们对你的名字很珍爱，你诞生前，我们足足翻了十个月的字典，没找到一个可心的词语。就在看熟视无睹的天气预报时，蓦然醒悟：阴晴，这个自然界的客观存在、对立统一，既平易到人人知、天天见，又广深到包涵整个世界，不正合乎我们对你的希望吗？爸爸妈妈生长的那个时代总是阴多于晴，到你们这一代开始阴转晴了。爸爸妈妈多希望，你头上永远是一个晴朗的天啊！当然，你知道"阴晴圆缺"出自苏学士的传世之作，它在词中内涵就丰赡瑰丽得多了：中秋夜的月光至清至纯，美丽而明亮，把大地耀如白昼；又多了含蓄轻柔，让每个看到它的人都感觉到美好。然而，正是在它的普照下，再现出世间的沟沟坎坎、形形色色，引发了共戴一月、两地相思的离愁别绪。世上的事情竟没有一件是完美无缺的，连月亮本身也无可避免地盈盈亏亏、圆圆缺缺、相生相随、循环往复。自然界的规律不正是人生的哲学吗？以此作书名，既能涵盖我们母女分离两地的情思，又可教你悟出一个处世做人的道理。

好了，暂到这里吧，期待你的回音。面对注定的别离，妈妈只有那个千古不变的心境：但愿人长久，千里共婵娟。

祝你学习进步，生活愉快！

妈　妈

一九九八年九月十日

晴晴：

　　我的孩子，你开始大学生活后的第一封信我们已经收到了。那天你爸爸工作到晚十点才进家，一听说有你的信，手没洗，鞋没换，带着浑身的疲惫去读信，千把字的短信竟看到了十二点，明明看完了还攥在手里呆坐着。注定，从此之后，读你的信是我们生活的一个重要组成部分。

　　看到你那么快便适应了全新的环境，进入角色，开始了快而紧张的大学生活，而且对学习和新的生活那么有信心，我们有说不出的高兴。

　　信中谈到了你对北京大学初步的印象和感受，尽管时间很短，应该说是比较准确而有深度的。这座被当今国人称作"天才摇篮"的最高学府，无疑是吸引无以计数求学者的神圣殿堂。它有等同校徽标志的红楼，有秀外慧中的未名湖，有藏书富足到号称"亚洲第一"的图书馆，但其精要却在于它荟萃的人杰以及由这代代英杰以历史感、使命感铸造的北大精神：民主、科学、进取、创新。这种精神从北大聚集的百年中国社会的苦难和上下求索中产生，又体现了一种不屈不挠、崇尚科学、追求真理的蓬勃朝气，它既是这所学校的精神，也是我们中华民族新时代的精神，有了它，这所古老的学府就会永远年轻；有了它，学习生活在燕园的代代学子，都会感受并把握一种超越时空的恒远存在和巨大动力，在其感召和哺育下，成长为社会发展各个时期的英才。孩子，你能被选择，跨入这块圣地，就读于红楼之下，穿行于未名湖畔，是非常幸运的。同时，你还应该知道，选择了北大就等于选择了终生不息的进取与创新。相信你已理解了它的分量，并能很好地把握这个机会，在那里学习文化知识，学习处世做人，更重要的是学习那种为尊重科学、追求真理而坚忍不拔、自强不息、勇于献身的精神。

　　说到北大精神，有一位先贤不能不提，他就是本世纪初期的北大校长蔡元培先生。这位清末的翰林，在北大由清政府和北洋军阀双重摧残成为旧思想旧文化营垒的阴霾满布之时，毅然放弃了一帆风顺的仕途官运而受命，其动因不得不在他对中国社会发展命运关注的责任感、使命感中去寻找。他一入燕园，便以涵融万汇的泱泱大度，宣示了一个上空千古、下开百世的治校方针："兼容并包。"这一方针，在当时，可谓一柄刺破封建文化一统天下的神剑。在这一方针下，新文化革命和新民主主义革命的先驱来了，马克思主义最早的传播者来了，融会交流东西方科学知识的学者来了——那段历史时期的一些重量级风云人物都顺天承势地聚集在这面大纛下，挺身于时代舞台前沿，用不同方式把自己忧国忧民、报国安民的宏愿发挥到淋漓尽致。于是，北大成了中国新文化运动的中心、五四运动的发祥地、马克思主义在中国传播的最初基地。至此，燕园书声琅琅依旧，而开时代新风的气象已是雷霆万钧，远远超出了一座学府本身。

　　孩子，你一定记得，开学前我第一次带你到燕园去，北大的老师开玩笑说：先到未名湖畔补补气。我们在校园内环绕后，驻足未名湖南岸，瞻仰蔡元培先生的铸像，那是一尊大理石奠基、汉白玉底座、青铜铸成的半身胸像。先生坐北朝南，后倚土山，前临开阔而茵绿的草坪，面目敦厚慈祥而神情端庄凝重，远眺的目光投射出凛凛的心灵之光，深邃、豁智而略带忧郁，是古往今来那些大智大悟者所特有的汪汪若万顷清波、皇皇如黄钟大吕般的人格气度，迎视这目光、这气度，哪个血性儿女不被注入一股激荡生命的动力，勃发立天地之间、承古今大业的豪气。

如今，与先生治校方针一脉相承的北大精神，已成为这一圣地不朽的魂灵，鼓舞着、塑造着一代一代莘莘学子，去学习，去创造，去奉献，从而成长为蜚声海内外的学者、名师、栋梁英才。他们创造出的名扬天下、惠及人类的业绩，与默默沉潜的学术思索，汇聚成一种可歌可泣的壮与美，凝铸成一段载入史册的不灭记忆。想想看，国家各个领域中的重大发展有多少缺了北大师生的贡献？各条战线上俊才的行列中大都有北大人的身影。正如季羡林老先生所说："从北京大学毕业的人无法统计——在这些人中，有许多在中国近代史上非常显赫的名字。离开这一些人，中国近代史的写法恐怕就要改变。就是这些显赫的名字和显著的业绩，奠定和维护了母校名牌大学的地位和荣誉。"你说，感觉北大的老师学生思想都很活跃、敏锐，有很强的进取心，在那里惰性和无知是深度的耻辱。这正是北大精神传承的作用和表现。

　　信中说，今年高考全国的文科状元在你们学校，你的同学都是各中学的第一，你再不愿回想自己高中时期曾经的骄傲，感觉出了不足，但并不气馁。此事此情都在预料之中，你的感觉是正确的，信心是实在的，我们为此而高兴。中学时期于你已经成为过去，自你佩上"北大"的校徽起，光荣中包含着要付出更多艰辛，应承担更多责任。现在你面对的是高手如林，眼前是一条新的高水准的起跑线，百舸争流，不进则退，再从零开始一次吧。

　　以前，我们曾经说起过，人有作为有价值的一生一般要经历三个阶段：立业、立德、立言。立业就是要成就一番事业；进而修养崇高的品德，形成完善的人格；最高境界应该留下有独到之处、对社会前进有所帮助的学说或思想。试回想，上下五千年，一时多少豪杰，生存的形式不同，一生的遭遇不同，寿终的结局也各不相同，而能传世不朽的只有他们与常人混淆不了的业绩、品德和思想。再退一步说，不管达到哪种境界，都必须以丰厚的学养为基础。儒学里有句话说：一事不知，儒者之耻。要求真正的知识分子要上知天文，下知地理，中通人事，只有达到"知（知即智，通假）周乎万物"才能"道济天下"。我们知道，你是个心气很高而又有勇气正视困难的孩子，相信你能够再拥有一个好的开端，乘燕园优秀的学风，效前贤同窗的大志大德大勇，聚集自己四年的汗水和心血，蓄养一个丰满的果实，为将来走向社会、实现抱负，增光于母校，铺就第一块基石。只要你这样去做了，终有一天，你会无愧地说出：我是北大人。

孩子：

最近学习紧张吗？时至隆冬，室内外温差大，一定注意及时地穿衣服，预防感冒。

你的来信早已收到，因为出差，未能及时地回信，让你等待了。读了你的来信，我们很高兴，因为通过你在信中谈到的学校生活、同学们的思想状况，感到你在观察现象时能够思考深层的问题了，而且是非观念基本是正确的。不过，有的地方仍存在些片面或肤浅。为此，谈点个人想法，供你参考。

来信谈到你的同班同学中有一个孤儿，经历了超出常人想象的艰苦经历，你特别点出最可贵的是他仍具有健康的心理、自信自立的意识。读了后，我们都为这位同学的身世和奋发向上的精神所感动，对他幼小的心灵经历如此的风雨不被扭曲，乐观自信地去学习、去生活而感慨不已，同时对你能通过他的作为看到他可贵所在，也打心里赞成。

有句古话："有钱难买儿时贫。"说的就是人在青少年时期，经历艰难困苦磨炼是一笔可贵的财富，将会终身受益，可谓经一番波折，长一番见识，多一分事用，添一分志气。不错，人类生生不息的奋斗，就是为了不断改善自己的生存环境和生活条件，谁也不愿意穷困一辈子，也不会人为地去制造苦痛。然而，在人类进步和社会发展的过程中，曲折、灾难总是不可免的，一个人的毅力、品格、分量，在困难和挫折面前最能体现；波折困难的时候，往往是大浪淘沙的时候。自古英雄多磨难，从来纨绔少伟男，已被古往今来的无数事实所证实。时至今日，有的家长在现代文明面前反倒遗忘了，只想让下一代不再有自己曾经的苦难，一味地爱、护、宠，枉有望子成龙之心，徒无育子成才之举，加上人与生俱有的惰性和孩子娇气，结果使孩子沉溺在过分宠爱之中，消磨掉了本应有的进取锐力和迎难自强的骨气。在这种现象带有普遍性的今天，你那位同学走过了一段苦难的历程，不是他所拥有的精神财富吗？生长在那种无亲无故、衣食无着的条件下，他尚有一个健康的心理、向上的精神，确属难能可贵。

最近，《齐鲁晚报》连载了来自大学城的特殊报告《落泪是金》，写了获第三十八届国际奥林匹克数学竞赛金牌的安金鹏和茹苦含辛供他上学的母亲；写了三次失学、终于走进中国农业大学，靠勤工俭学交生活费，还要从中分出一些寄给被穷怕了、不让他上学的母亲的王文喜；写了……一篇篇报道扣人心弦，一个个故事催人泪下。你那位同学的经历不更值得写吗？文章下面有欢迎提供线索的字样，于是，我不假思索地拨通了责编的电话。听了我的讲述他也深受感动。可惜，这部报告连载早已截稿，提供线索指的是新的可连载的文章。责编特意向你们约稿。孩子，上报纸可不是随便一写的呀，不知道我的女儿可否有这份勤奋，有这个勇气。

哲学上讲内外因的辩证关系，突出内因这个事物变化的根据。人更是如此。这几天看十三届亚运会，在激烈的竞赛中，尽管竞技有高下，而心理素质尤其重要。凡过关夺金的大都能够以健康的心态，冷静面对如林的强手，正确对待过程中的得失胜败，沉着而充分地扬己所长，克敌之短，以坚强的毅力拼搏到最后一分一秒。邓亚萍荣膺世界乒坛常胜冠军，她健康的心理、沉稳的作风很关键，因此而普遍受到国人的赞扬。

我国的传统教育，历来注重修身养性，也就是心理、性情、人格的培养。世界上教育模式很多，有以德国柏林大学为代表的"专业研究，专业人才培养"见长的模式；有以美国大学为代表的"强调服务于社会"的模式；也有以英国牛津、剑桥大学为代表的"以培养有教养的绅士"为目标的模式；北京大学长期以来，融合各种模式之长，秉承儒学优良传统，形成了具有自己特色的"注重人格养成"的教育模式，应该说具有科学性的方面。古今成大事者，莫不始于性情，情由性起，性由心生，心不为物所动，人才会不被一时一地的名利得失所羁绊，心平气和，不骄不躁，才能做到得意时淡然，失意时泰然，为人处世也就自然得体了，进而达到你信中提到的"轻松做人"这个很难达到的人生境界。希望你能博采众长，修养自身，获取知识，来使自己崇高的人生目标变为现实。

信中对同学中存在的反常、偏激的行为予以批评，从你列举的一些现象看，确属不妥当之列。我们很理解你以此表达你的是非观点和自己行为的标准，绝没有指责同学之意。但把一件事一个举动和一个人的心理素质联系起来，仍然是看得过重了。从此，我再一次感觉出妈妈对你的影响：太认真近乎刻板。这个责任应该由妈妈来负，同时，这也是妈妈最大的担心，不管什么事一旦过了分就会增加生活的沉重，谈何轻松做人呢？况且你和你的同学都是不定型的未成年人，看问题想事情容易片面，甚至偏激，有盲从，有猎奇，有异想天开，都属于成长过程中的必然现象。同学们来自全国各地，甚至境外，每个人经历不同，条件不同，习惯不同，一下子聚集在一起，不可避免地表现出千差万别的言行举动，其中一些不可取的行为，在大学接受教育的过程中会得到纠正的，不至于影响心理健康。同学相处，豁达宽容的态度尤为可贵。宁可看不到别人的缺点，不可看不到别人的优点，取长补短，自受其益；坦诚相待，与人其乐，自己自然乐在其中了。

祝你生活愉快，学习进步！

妈　妈

一九九八年十二月

孩子：

自本学期开学以来一直没有通信，大概我们双方都觉得在假期里话说多了。然而，无论怎么我都无法全部否定与你交谈的意义。普天之下为人父母者，有谁不把一代比一代过得更好作为终生的希冀呢？而明智的父母谁又不在自觉地用自己辛勤的奋发、正直善良的行为极力为下一代做出示范呢？儿女长大成人了，要走自己的路，而父母仍希望自己能全程呵护孩子走过人生长旅，不厌其烦地提示道路的坎坷、风云的不测，不惜一切地为之遮风避雨，竭尽全力地为之鼓劲导航。当风雨或者灾难到来的时候，恨不得把所有的不幸都集中在自己身上，来换取孩子永远的欢乐和幸福！但，这又怎么可能，于是由这不可能的无奈变成了无尽的叮咛。

孩子，作为女孩，你无法忽略一个顽固存在的现实：中国的传统观念和文化价值，至今还残存着限制女性发展的因素，在经过五千年封建制度的这片土地上，女性没有坚强的自信心、足够的能力，很难自如地发展自己的人格，很难获得全方位的空间来充分展现自己的能力。尽管发展到"现代"的今天，女性要获得社会的承认，取得应有的成功，仍需要付出比男人多得多的努力，需要扮演好多重角色，这句来自生活经历的结语，凝结了一代又一代事业型女性奋争的沉重和委屈的泪水！

妈妈又说多了，不错，仔细想来，多少年多少天来妈妈反复对你说的不过一句话：希望你获得自信自立的能力，修养一个完善的人格，以适应变化莫测的人生长旅。

自信自立是一个事业型女性成功与否的根本所在。上面说到封建社会对女性的摧残，最大的摧残莫过于摧垮了女性的自信，使之甘为弱者，去做别人的附庸。失去自信，不能自立，还谈什么得到承认和尊重？所以一个要扬帆远航、去寻求自己的梦想、去体验生活甘美多彩的女性，最重要的是拥有一股发自内心的自信力，凭这股内在的力量，去寻求诠释人生价值的谜底。只当有了自信，才能具有正视客观困难和克服自身弱点的勇气，不断地求知求新，跨越现状，最大限度地发挥生命的潜能，从而获得人类的大智慧。正如我国传统文化经典《易经》中所说"天行健，君子以自强不息"，宇宙天体在永久不息地运转，人要效法天地，永远自立自强，才称得上君子。相反，一个缺乏自信的人，注定一事无成。

作为一个自立于天地间的人，还应该有属于自己的人格特质，譬如人们常常赞许的那种豁达而不失温婉、活泼而不失自重的外显形象；纯净而善良的心地，坚忍而执着的内在个性。总之，该是个勇于面对各种磨难与挑战，永远追求光明、播撒阳光的人。当然这是个做人的目标，需要"修炼"，一旦养成这种高尚人格，才会领略"坐看云起时，物我两相忘""尔曹身与名俱灭，不废江河万古流"的大境界。

以上说的是否太沉重？回望史实，直面现状，还不自觉地掺杂了叠嶂重重可望而不可即的悲观。其实，客观生活对每一个人原本是公平的，每个人发展前途的决定权都掌握在自己手里，无人可以剥夺或取代。记得一个故事里讲过：一个人来到世上，上帝都是把同样的一粒种子赋予他手中，有的人总说明天去种，结果把种子搁置一边，没有种植耕耘的一生自然是一无所获；有的人一开始下种、浇水、精心管理，后来人生的磨难、生活的压力使之慢慢忽略了它，最终这株已发芽的植物只能长成低矮的灌木；而那些长成枝繁叶茂的参天大树的，都是主人一生不懈耕耘培育的结果。孩子，你的一生打算种植一棵什么样的树呢？我想，这一点你早已成竹在胸了吧。

假期里，你说：从现在起要辅修"经济管理"专业，恐怕难以保持经常通信。进入大三本来课程最重，况且现在又增加了一倍，理应先把学业做好，通信的事就顺其自然吧。想跟我们写信时就认认真真地写，在学校里写了好的文章也可以给我们看看，注意不间断地以多种方式练习写作就行，时间长了，不是照样会集腋成裘有所成果吗？

祝你学习进步，生活愉快！

妈　妈

二〇〇〇年四月二十日

女儿长成了母亲

"妈妈，我给您带回来一些东南亚产的血燕，您可要用呀。"信息是出差国外的女儿发来的，我看着发呆、出神。

东南亚的峭壁上，产卵期的母燕吐出唾液织成了第一个巢，圆圆的，白白的，被人采走了。她紧接着唾织第二个，颜色灰暗了，掺着一些未消化的食物，形状也不再那么圆润，又被人采走了。产卵迫在眉睫，已经没有那么多唾液了，心急如焚的燕妈妈只好呕血筑巢……

还是那句话：孩子，对于每一位母亲，都是她生命的全部意义；世上做母亲的千差万别，对子女的心情都是一样的。

从我成为母亲的那一刻起，孩子便成为我生命的寄托和生死不渝的爱，不管做什么，走到哪里，孩子永远是我无法放下的牵挂。在幼儿成长过程中遇到的艰辛、烦琐、担忧与期盼，和所有爱孩子的母亲一样，一件不少，一点没落。

后来，工作越来越繁忙，做不成细致周到的全天候母亲了，不得不请亲友来家里帮忙。正是这一段经历，给幼小而单纯的心灵留下了缺乏温度的印记，女儿不时以疑惑的心思追问：我闹觉的时候你陪伴了吗？我饥渴的时候能吃上你做的饭菜吗？我怎么不记得拉着你的手逛公园呢？记得上幼儿园的时候，每次放学，只剩下我一个人倚在门口，等来的都是没人接的失望。高高噘起的小嘴，句句幼稚可笑的儿语，重如泰山岩石一般压上我的心头。孩子呀，你哪里知道，你在我心里占了怎样的位置，你是我的血脉，我的希望，我生命的延续。你的笑声，你的眼泪，你迈出的第一步，你说出的第一个字，每一次的跌倒，每一丁点儿的进步，无不牵动我的喜怒哀乐，无不令我铭心挂怀。我对你的关怀和照料怎么可能由其他人代替，也不可能因为其他因素而减少分毫。原来，母女之间，并没有什么崇高伟大，也没有什么功成名就，只有这些上不了书本的日常起居、说不清的琐碎照料，连缀成生长的历程，尤其不可或缺的是母子的朝夕相伴，给予孩子的亲身体验。

再后来，两代人难免观点不尽相同，母女间竟凭空生出些许隔膜，说话做事，时不时有那么一点点拧巴着的感觉。女儿从现代幼儿教育理论找出了依据：童年时期母女每天相处达不到三小时，往往会产生不易沟通的隔膜和逆反；我则以母亲和教育工作者的双重敏感，越来越真切地体会到当下为人父母特别艰难。

像现在所有的母亲一样，由于有了文化，懂得一点点教育常识，就愈加清晰地知道：人生不是一场快乐，不是一时的游戏；也不是一个永远不散的筵席；人口众多、机会有限的实情，形成了前所未有的激烈竞争；刚刚从“穷坑”里站起来的中国人，对“成功”的评价从来没有像今天这样单一。作为母亲，不能不更加关注孩子未来的安身立命，总希望把所有好的都给孩子，总想拿出自己毕生的经验引导帮助孩子铲平坎坷，铺直前进的道路。而教育本身除了鼓励、引导之外，还包括约束、惩罚，自然免不了随之而来的说教、纠正、管束；而未曾涉世的孩子，关注的只能是眼下玩得开心，活得自我，要关爱不要约束，对管教回报的往往是不乐意、不耐烦、不接受。使得做母亲的不得不小心翼翼地去揣摩，去选择，在说与不说、管与不管、给与不给之间以及在怎么说、怎么管、怎么给之间，取舍难定。

伴随着女儿一天天长大，彼此的沟通和理解需要愈加小心。女儿上了初中自然遭遇成长的问题和烦恼，说轻了怕引不起重视，不起作用，说重了怕引起反感，说不定有什么副作用；放手让她享受自由自主带来的快乐吧，怕她淡忘的做成事所需要的目标意识和坚持不懈的毅力，从而被机会抛弃；约束她一门心思读书学习呢，她早起晚睡地攻读，着实让我心疼不已，恐怕扭曲了她原本阳光的性格，缺失了与人沟通的能力。进入高中，越发像个小大人了。俗话说"儿大三分客"，此时和她说话更需要寻找时机，讲究方式，否则，只能接受"不受待见"的怠慢。"代沟""父母不理解我们"这些轻飘飘的时髦话语，便成为两代人之间拒绝沟通的盾牌。总算幸运，天资聪颖的女儿边学边玩地考上了北京大学，众人的羡慕、亲友的夸耀，都不能抵消我内心深处"也是一个不尽成功的母亲"那一丝丝凉意。

只能交给时间，只有耐心等待。直到大学毕业的女儿拉起一支队伍独自创业，就在她既体验了撑起一片天地的自信，也经历了立业起步一波三折的艰辛之后，终于有一天，她瘦削而疲倦的身躯蜷伏在我的膝头，脑袋枕着我的膝头，遥望星空喃喃自语："过去妈妈说话的时候，我总是一副漫不经心的样子，现在遇着状况了，自觉不自觉地想起妈妈说过的话。"她显然在为自己年轻时的青涩而懊悔。我诧异地看看她，抚摸着她丝绸般的秀发，心头如释重负，暗暗感慨"在场""体验"的神奇。

这一年的母亲节，我收到了女儿的赠言：

> 一把伞，把人生的风雨撑起；
> 一双手，把生命的寒潮拂去；
> 多少岁月，背后注视着我们的，永远是母亲那双眼；
> 人生坎坷，扛起一切苦难的，永远是母亲的双肩！
> 今天是母亲节，祝辛苦的母亲，节日快乐！

字字读来，使渴望理解的母亲之心如沐甘霖。

女儿成家了，生了儿子，且不说工作繁忙之中十月怀胎的不便和担心，也不说怀孕时为了孩子健壮体重由九十斤增加到了一百六十斤的付出，单单因为下不来奶，她忍着痛坐在床边一夜一夜热敷，那心甘情愿、耐心忍受的情形再也找不到曾经的小女孩娇惯任性的影子。为了保证奶水的质量，女儿再不由着性子挑吃拣喝了。儿子吃的喝的都是自己调配、尝试，儿子用的所有器皿，不管下班多晚，都亲自一一清洗消毒。由于奶水不足，喂食早，每顿饭女儿都顾不上按时吃，而是先耐心地照料儿子吃饱喝足，儿子的一个笑靥便将她全身的疲惫一扫而光。我劝她用不着那么无微不至，她眨眨眼睛说："我这是在还账呀。""一出是一出，这算哪一出，你还得清吗？"母女相视而笑。我的小外孙生了病，这可急坏了我的女儿，她不让任何人代替，日夜守护着。几天下来，小外孙的病情好转了，女儿乏透了，再也撑不住，躺下来刚刚入睡，阿姨要换尿不湿，到我女儿房间去拿，我本能地横身遮住门口，悄声说："找些纸代替一会儿，不要打扰她。"话音未落，女儿凭着母亲的警觉，翻身坐起来，深情地喊了声"妈妈！"哦，她原来知道，在这个世界，除了母亲还有谁会这般在意她的存在，只有母亲时时刻刻牵挂着她一丝一毫的感受。

母亲都有一样的经历，都要走一样的路。长成了母亲的女儿，以母亲的心情理解了她的母亲。

缺憾终于消隐。

一年年一岁岁一代代，女儿长成了母亲，母亲退去了韶华走近衰老，容貌不再美丽，眼睛不再明亮，腰板不再挺直，不老的只有亲情，圆满的只有心境。正如希伯来的谚语里说的那样："上帝不能无处不在，因此，他创造了母亲!"母亲的爱永远博大宽厚，无处不在。

愿女儿此生的母亲之旅更加实在、丰盈、圆满!

绿叶成荫

——写在伯母八十寿辰

女人是花，女兵更是"万绿丛中一点红"的娇艳之花。我的伯母李国柱就是一九五〇年大学毕业后从戎进藏的一个女兵。她虽然出身贫苦，童年屡经战乱，由于从小读书，由文化滋润教养，又个头高挑，仪表端庄大方，无疑是一朵动人的花朵。然而，在她此后的生涯里，却一直担当着绿叶的角色，这是因为不久她便成了"首长夫人"。

对于由组织牵线的这段姻缘，有些人不太看好，觉得男方是军政要员，处事理智冷静坚毅，双方存差异具悬殊有变数。而伯母说："我是被他的人格魅力所吸引。"这一晃，他们不离不弃、相亲相依地走过了近六十个年头。高大的树，有了葱茏的叶子才不会苍凉；雄伟的山，有了依偎的云、环绕的水才不只冷峻。二〇〇八年，他们名列一百对省军级以上干部金婚老人，走进了"首届华夏金婚大典"的殿堂，从国家领导人手中接过了匾牌，这其中的人生百味恐怕常人难以体会，其含金量更是当下动辄分手的痴男怨女们怎么也掂量不出来的。

人们常常以为"首长夫人"总归是茶来伸手、饭来张口、衣食

265

无忧、幸运而幸福的一类，而伯母工作在我国最原生态最艰苦的特殊地区，身处刚刚解放、乱象丛生的特殊年代，肩负着解放和建设双重的特殊任务，特别是汉族官兵与藏族群众的沟通，藏族群众对汉族干部的认同接受，需要破冰，需要耐心，需要时日。她清楚地知道："藏族群众认识中国人民解放军，认识中国共产党，认识新中国和社会主义，就是从自己和战友们的形象和言谈举止开始的。"（拉巴平措为《女兵》一书作序之语）于是她把自己的言行与所从事的事业、所扮演的角色紧密相连，事事带头，处处严格要求，总是以牺牲奉献为荣，以吃苦耐劳为乐。她同所有进藏的士兵一样，饱尝了高寒缺氧、忍饥受冻的滋味，急行军时曾赤脚一天蹚过十三道冰河，断粮时曾啃过半生不熟的死牛肉，在修建康藏公路建设中，她和男同志一样，在海拔四千八百米路段，干着挖、挑、担、扛的重体力活，曾累昏倒在万丈悬崖的边沿上；为了便于与藏族群众沟通，她带头攻克藏语关，成为首批能说一口流利藏语的"通司切嘎"（半个翻译）。这一切的一切，都与常人想象的"首长夫人"的优裕相距甚远。

就看看她的婚礼吧：在首长小伙房里，单位领导、介绍人总共六个人吃了顿饭；洞房是一间四平方米的小屋，仅一张用木箱支起来的单人床，一条薄军被。第二天，用自己一个月的工资——四块大洋买了二十颗无纸包的水果糖，给同事们发了"喜糖"。一个身在军旅的花季少女，就这样简单地办完了自己的终身大事，从此也拉开了她水波不兴的绿叶人生大幕。

为人妻任谁都得面对生儿育女。伯母于一九五三年和一九五四年在海拔四千零一十米的江孜分别生下了两个女儿，由于产前缺乏营养，孩子生下来脸瘦得像老太太，二女儿头骨上留下一条大大的缺缝，长期不能弥合。两个孩子都在十个月大小的时候患上高原性心脏病，不得不托人把孩子送往四川的保育院。一两岁的孩子离开妈妈的怀抱，开始过半军事化的生活。耳边听的多是"叔叔""阿姨""老师"的称谓，对"爸爸""妈妈"很生疏。孩子大一些，老师教他们给父母写信，孩子写来的几行字是妈妈眼中最宝贵的"圣经"，天天拿着看，无法控制地任由泪水打湿小小的信笺。伯母平静地叙说着这一切，不断地出现"孩子没有享受到家庭的温暖""我们未尽到做父母的责任"一类的心灵呼喊。显而易见，她内心深处经受着多大的磨难，愧疚的感情潮水撞击着一个母亲最敏感的神经，久久难以排遣。

她第一次到四川学校看望孩子是在母女分别四年以后，孩子不认她，伤心地哭喊着："你不是我妈妈。"经老师说服后认了，但仍然不会喊出"妈妈"二字，使本来就难受的她更加难以承受。相见难，别亦难，大人尚且如此，何况和久别的孩子乍见骤分，难舍难离。她想抱抱亲亲孩子，没想到孩子不解地问："你为什么爱哭？我们就不爱哭！"一下子推开了妈妈……第二次再去看孩子又隔了六年，其间老师们议论：这学生的家长是不是死了，为什么这么久不来看孩子？……这怎能说不是人间生离的一幕人伦惨剧。

常言道，孩子"三岁看大七岁看老"，"十三岁基本定型"。说的就是人在童年可塑性最强，接受力最佳，这个时期的教育培养是否科学全面，对一个人的终生发展至关重要。当今的幼儿教育理论也有一论点：儿童和父母每天至少要相处两到三个小时，否则孩子的性格和情感不健全，到了少年时期容易逆反。这些为了祖国和平建设大业奋斗的老西藏们和幼小的孩子一别就是几年、十几年，他们的孩子性格和情感的健全何以保障？科学全面的教育又从何说起？

这些一个人终生需要的宝贵情愫，一旦失去再也无法弥补呀。伯母在藏二十三年，她奉献给她所钟情的那片土地的是最旺盛、最美好的青春，她付出的已经远远超出了一个母亲的所有，她对于子女欠缺了最珍贵最宝贵的东西——母爱，她用自己所承受的现实，诠释出了老西藏们"献了青春献终身，献了终身献子孙"的沉重内涵。

　　高原的艰苦、工作的需要使她们母女不得不分离，母女分离不能不产生深长的无可阻断的思念，"做女人难，做高原的妈妈更难"，做高原的妈妈是要承受更多更深磨难的。伯母承受起了这些磨难，她把痛彻肺腑的思念之情，点点滴滴化作对这片土地和这片土地上的人民的热爱和帮助，她在转化中变得坚强高大。此后，她更加坚定、踏实地走进一座座藏族群众的宅院，握起一双双牛粪浸泡过的粗粝大手，用爱去慰藉去温暖藏族群众饱经沧桑的悲苦之心，她交结了一批又一批上至高官与活佛、下至农奴与百姓的藏族群众朋友。尽管她做的这一切，算不上什么惊天动地的大事情，然而，她真诚的笑容、亲和的举止，春风化雨般融入了那片佛山净水，长久地留驻在了藏族群众心灵的殿堂……

　　我第一次见到伯母是在二十世纪八十年代初期，她给我的第一印象是平静、慈祥、端庄、得体。此时，伯父二次进藏担任自治区党委书记，带伯母一起返故里探望他的大哥——我们的大伯父。我们是个大家族，父辈兄妹九人，近支近份的也有一百几十口人，一下子拥进大伯父二十平方的客厅里，再安静也免不了人声嘈杂、人头攒动。长辈们说话，我们转向一旁静静安坐的伯母。虽是亲属，仍然有那种天地之别、仰望日月的感觉，她微笑着走过来，拉起我们的手，轻轻地、缓缓地询问我们是哪一家哪一个，洒下来的是温馨的星辉，大家的距离感、紧张心顿时消散。这才知道，原来越是博大的厚重的越会平静如水。

　　第二次走进伯母的家门，到了二十世纪八十年代末期，两位老人已赋闲在家了。当然伯父一如既往地为他要做的几件大事——诸如青藏铁路的开通、"一江两河"的开发等而奔忙。伯母呢，除了继续给伯父当帮手外，其余时间都是在家中静静地、默默地、不急不躁地说着、做着，迎来送往，一并送走了一个又一个平常而平凡的日子。

　　伯母家里没有昂贵的摆设，也不多时时更换的现代化电器。她自己的一应用品一概与当下的时尚名牌不沾边，她穿的衣服大半是自己去商店选价格便宜的衣料找裁缝制作的，多是西服上衣、落地长裙，配上相应的好看的丝巾，端庄而不呆板，悦目而不凌乱，随意而不流俗，让人看着可身、得体。

　　家中的来宾最多的是西藏客人，有官员、专家，也有平民百姓，或是来京进修学习的学生，或是与西藏有关的同事或朋友，因此，酥油茶、青稞酒、奶酪片、牦牛肉干总是不能缺的，还有伯母一直没撂下的那口流利而亲和的藏语，让客人在祖国首都感受亲切的乡音乡情，感觉两地距离的缩短。伯父退休前是军职，家里的勤务人员都是服役的年轻军人，虽然经过伯母的示范和调教，他们都能做出几样像模像样的饭菜，但是如果有西藏来的客人，伯母往往要亲自下厨，做几样客人可口的藏式风味菜肴，斟满几杯青稞酒。很熟悉的朋友，伯母还要以水当酒陪一下，以此表达她对客人的敬意和欢迎。她说，凡从西藏来家里的都有那段情愫，带来那份记忆，话题能说到一处，都算是老朋友了，无法不尽心尽意。

　　再常来的是阴家的眷属，一个百多口人的大家族，从事各行各业，多数还是一般干部、平民百姓，农民仍不少。不管是谁，只要迈进她的门槛，她都是笑脸相迎，随和、真挚，用心照料。花钱不多，总是买些可心应用的东西，把来人打发得高高兴兴。伯父的母亲、我们的祖母直到百岁高龄，迈进新世纪的门槛才辞世。伯母每次回家探望老人，总是从衣帽到鞋袜，买得齐齐全全，有时还服侍老人试穿，让老人家笑得合不拢嘴。她说，自己的母亲，平时不能常回来，回来一趟总要尽尽孝心。

　　每年春节，在京的十几家都聚在伯父家过除夕夜，几十口老小说说笑笑，难得的热闹。正式开宴前，总是请伯父讲几句，伯父说几句贺年的话，不管怎么着都能很快转入西藏的话题。孙子辈的年轻人有的就悄悄抱怨了：老是多年如一日地讲那些古董。伯母依然微笑着坐在那里，静静地听，似乎百听不厌。这种生活情致，其实早就融进了那种认同的信念、共同的使命、不变的追求当中了。她说，自己一辈子能和这个值得敬重的男人一起为国家做点事，是一种骄傲，一种幸福。然而，在她身上，我们看到了优秀女性，无论是花是叶，都在散发芳香，给人以温馨。无论青春韶华，还是垂垂暮年，无论轰轰烈烈，还是平平淡淡，都能使人尊重，让人亲近。

　　伯母原本是花，却一辈子甘当绿叶；她一生理想远大，追求崇高，勤恳不辍，到头来官不高，位不显，甘于平凡而从未有怨言；她对信仰的执着、事业的忠诚和对物质生活的淡泊形成鲜明的反差。她把家里的生活搞得清苦而近乎小气，却将一生的积蓄全部捐给社会，捐给西藏。早在一九七〇年，正是伯父被"打倒"没工资的时候，伯母九十元的工资要支付全家费用。山东老家为打水井来信求援，伯母毅然取出了在藏的所有积蓄，以伯父的名义给家乡寄去。时至一九九八年，孙子辈挣了十几万元，她把两个人的工资加上去，总共十六万元，捐给了西藏希望小学。正是这种无私也无欲的大气，形成了她纯粹、清澈、真诚的品格特征，成就了一座令人仰止的精神富矿。

今年是伯母的八十岁寿辰，我们晚辈都想给她好好庆贺一下，问她用什么方式，要什么生日礼物。她淡淡地笑着说："一切都免了吧。我与你伯父在西藏工作多年，离开后我又回去了十七次，为西藏建设忙了一辈子，《女兵》一书出版后，同事朋友写来不少文章，就再结集成书，赠送给亲友做个留念吧。"

伯母活得勤奋而轻松，活得坦荡而清澈，活出了善良和优雅，活出了血性与成功。她以所作所为让绿叶蔚然成荫，活出了女人之所以为女人的生命质量。如今，时代进步，生境大变，越来越富足文明。然而，回看来路，伯母一代奉献者的风采宛然在目，仍在苍茫的岁月中一如既往地表现着，诉说着，瞩望着！

她们的精神不可磨灭，她们的故事口口流传。

为人父母的楷模

——记李肇星先生尊重孩子选择二三事

每一次见到李肇星外长，都会受到深深的启迪和感染。二〇〇五年十月十八日到北京出差，正好部长在京，不想错过这一见面的时机。

我留学回国的女儿，有了在国外所体验到的外长和他的祖国一起声誉日隆的经历，敬仰之心使她想和我一起前往。日本首相访华刚刚结束，美国国务卿赖斯已经来到北京，部长有时间吗？他能见一个不熟悉的孩子吗？我犹豫地拨通了部长秘书的电话，竟然得到了一个极其爽快的答复：或在会见日本访问团之前的三点钟，或在会见之后、迎宾晚宴之前的五点钟，由你们的情况选定，一起来吧。

驱车前往，女儿犯了踌躇："见了部长该说什么好呢？"我说："李部长是把爱国之情融化到血液里的人，你告诉部长伯伯，回国工作是想为祖国多做点事，他就会高兴的。"又说，"他处理起外交事务来，丁是丁，卯是卯，平日里很平易，很幽默。"

部长准时结束了会见，一一送走了外宾和中方的陪同人员，快步走回他的办公室，身后跟来一堆或请示工作或报批文件的工作人员，部长就近在秘书的办公桌上处理完这些事务，一边笑着跟等候在这里的我们握手，一边看着表说：晚了十分钟。带我们走进他的办公房间。我说起了阅读他在非洲莱索托王国当外交官时，写给儿子的书信结集《黑色，是美丽的》之时，被他浓浓的爱子亲情和以身示范、循循善诱的言行所感动。他笑着说："那时候自己年轻，孩子小，第一次到那么远的地方长时间工作，就是想孩子。"我向他介绍了我的女儿，部长起身拉起女儿的手，要她坐到自己身边来。看到部长单腿盘坐，手拉手面对面、问长问短的情形，直教人觉得：这哪是伟大祖国的高官、享誉世界的外交家，就像自己家里的一位宽厚慈爱的长者。彼此的距离感早已消遁得无影无踪了。

"是不是还在国外读书？"

"毕业回国了。开了个公司，做国际贸易呢。"

"好哇，我儿子也在开公司。我反复告诉他：'要努力工作，合法经营，依法纳税。'他嫌我啰唆，说：'你这个部长怎么说话一点新意也没有，语言如此的贫乏。我已经不是西郊幼儿园的那个小朋友了。'"

听着部长的话语，我想起了他在网络节目《外长在线谈外交》里说过的话："中国人爱孩子，是和世界各国人民一样的。我的儿子就和我不一样，他不可能当公务员了，原因之一是他兴趣不在这儿。"现在果然成了现实。记得二〇〇二年，当我为女儿是留北大继续读研究生还是出国留学一事犹豫不决而向他请教时，他果断地说："既然是她自己的认真选择，应该尊重。孩子在家里是父亲、母亲、爷爷、奶奶的掌上明珠，外国也并不就是天堂，孩子到外国吃了苦，才真正锻炼了独立生活的能力。"他劝说别人尊重孩子的选择，自己也是这样做的。

尊重孩子的选择是最好的培养方式。

这正是我一个教育工作者苦苦思索的探究话题。选择本身就是人的一种具有能动性、自主性的生活方式，人类就是在不停的选择中寻找自己的本质、推动社会的发展。整个生活过程就是一个在不停的选择中不断地否定之否定的历程。在人生的道路上，保留一点对未来的不确定性的向往和敬畏情怀，是重要的，是美好的，是牵引人奋然向前的原动力。然而，多种因素使当今的家长们望子成龙的期望值，和对自己未竟梦想寄托于下一代的补偿心理有增无减。有多少家长懂得这一理念，劝说别人时讲得很好，一旦放在自己的孩子身上，全然成了另一回事儿。又有多少孩子在关爱着自己的父母那里，只有接受，没有选择，由此被毁掉了成长最需要的原动力，使原本鲜活的生命个体变得目标茫然、意志脆弱，最终变成了一种工具，一种载体。今天，我在这里似乎看到了新的希望。

女儿要和部长合影留念，问："可不可以挽着伯伯的胳膊？"欣然应允。拍照之后，部长说："既然你在开公司，我要送给你一些东西，作为祝贺。"说着便满屋子里寻找，工艺品、书籍等找了一堆，又指着房间迎门摆放着的一盆合抱大的蝴蝶兰说："这几盆花都是一些重要朋友送给我的，兰花最好，我转送给你，很有生机，很有意义。"我俩一齐说："太大了，车里装不下呢。""哦，再选别的。这一盆小了点，这一盆素了点，就这盆红掌吧。"不由分说地把一大盆红掌装进袋子里。又拿出世界知识出版社刚刚出版的《为了世界更美好——江泽民出访纪实》一书，郑重地签字赠送，自言自语地说：写小校友还是小老乡呢，不管什么，可都要"天天向上为祖国哟"。

小校友，我听着这一亲切的称谓，由此想起了二〇〇二年，北大山鹰社五位队员遇难希夏邦玛峰，一时间社会上众说纷纭的一些情形。我女儿从英国发来邮件，痛悼她的校友，赞赏他们勇于挑战自我、探索大自然的勇气和精神。我在拜会李部长的时候谈起了这件事，部长马上就说："这样的事情出现在北大是北大的骄傲，我也为之自豪，这些年轻学生的选择是有意义的，因为在现代化建设中，攀登科学高峰所需要的勇气和毅力要比攀登雪峰更大。"对年轻人凡是有益的作为、可贵的精神，哪怕是仅仅萌芽，部长总是那么呵护，那么鼓励。

不知不觉中，大半个小时过去了，部长微笑着送别，说："我再没有时间陪你们了。"并叮嘱我的女儿："你可要对妈妈好一点。一个对母亲都不好的人是不会对祖国做贡献的。"刚刚送出门口，部长又转回来，把我女儿叫回到他的办公桌前，说："晴晴，来，让你看看我每天都在做什么。"说着拿出来一大摞国书，还有国家之间往来的书信，国书雪白的封面上高悬着鲜艳的国徽，那样凝重，那样庄严，顿时使人心生肃穆和敬仰。"我每天都要签署很多这样的文本。"边说边认真审阅，一一签上名字后说，"你帮我把这些文件拿出去交给秘书。"

在等待的片刻里，我顺手拿出了兰红光先生新出版的摄影集《世界儿童》，肇星部长在为这本书写的序言里说道：财物大多是别人的，而关于孩子，却不存在"别人的孩子"。孩子们属于全人类。所有善良的人都爱自己的孩子，祖国的孩子，各国的孩子……

爱自己的孩子，爱所有的孩子，会爱、去爱。这一切尽在他的一言一行一举一动之中，没有刻意，没有作秀，有的只是坦诚而纯粹，实在而高尚。他本身就是一部让人百读不厌、品评不衰的大书。他以实实在在的行动留给人们一个亲切而令人仰望的形象。其影响、熏染，乃至感召的力量，自在其中，历久弥新。

走出外交部大楼，我和女儿久久地沉浸在美好而感动之中。女儿不禁感慨地说：原来，一个真正热爱祖国的人，是会热爱祖国的每一位公民的。今天，我第一次体验到"如沐春风"的感觉。

四季短章

春，与野花一起笑

一夜春风细雨过后，清晨的空气干净得太多太多了。

我来到平日散步的广场上，发现一些草地竟然被野花占领了。大胆的小花朵在残雪冰缝里开花，在生硬的石磴上绽放，都精神抖擞地站直了腰身，披一身细碎的水珠，仰着童儿面似的粉嘟嘟的小脸，在等待将要来临的一个盛典——朝阳升起，光芒照射。晨风趁势助阵，顿时花儿们开怀大笑——"唰唰唰""嗦嗦嗦"，笑开了眉眼，笑弯了腰身，笑得前仰后合，笑得你推我搡，欢声一片，热闹非凡。

我被感染，也想笑。四处无人，原自一个人笑，太突兀了，人"哈哈"或"呵呵"的笑声太另类，岂不惊惧了花草？憋住不笑吧，又觉得太委屈自己了，一个人精彩而自在的一生，应该是忠于自己的，想笑就笑，想说就说，想做就做，坦率地展现真实的自我。这片园林，多我一两声笑声，并不会改变什么，就是这座城池，多我一个少我一个，也不会变得多什么少什么，不必把自己太当回事，徒增束缚和压力。

于是开怀地笑，恣意地笑，笑得花开草长，笑得阳光普照，笑得病容全消，在笑声里开始新的一天。

夏，小草忙着生长

骤雨乍歇，一叶敲窗，蓦然想起了山野深处那片盎然的葱茏。

果然，风雨离去，留下生机，叶儿们尖尖上的水珠还颤巍巍的，便忙不迭地起身生长，让生命的激情在有限的时日里恣肆漫溢。散立着的树林甘心做它们忠诚的侍卫，一排排，一队队，手臂相挽，护卫着这片绿色，抵御秋意来袭。

这个绿啊，绿得连天彻地，毫无缝隙；绿得前仰后合，势如波涛；绿得让万物忘记了必然轮转的季节。没有一点旁骛，没有半丝杂尘，只是一个劲儿地率性生长着，生长着，带给这片悄无声息的山野原林无可抑制的生机之壮美。

有人来了，像五彩的蝴蝶，在茵茵绿毯上随意地蹁跹。草儿们切切地望着，静静地拥着，任她们浅笑流波，漫步旋舞。这一切，凝结成草儿心中最美的记忆。

舞歇了，人儿坐在草地上，抚摸着嫩嫩的草尖尖儿，相对无语。它们是在感念天地赐予这般的金色年华、这般顺风顺水的季节吗？一生苦短，一季甚微，何况小草呢？看看它们坚韧而陶然的模样，大概是觉得繁茂的夏季毕竟来过了，自己尽情地绿过了，至真至美的景象拥有过了，于是才有了这般的安宁沉稳。

秋，荷开始播种

一两枝莲蓬跃出，荷恋恋地卸去华贵荣装，退出生长的殿堂，悄悄地走过曾属于它的夏，静立在凉风晨露里。渐次散去浅浅的粉、浓浓的翠、悠悠的香，淡出过客们的视野，将过往的风景化作远遁于记忆深处的怀想。还是那模样，那心性，不改的风骨，生命的精髓：只可远观而不可亵玩焉！迎风拎起一袭金色的裙裳，露出面对收获会心的微笑。

花谢莲生，叶残茎直，又是一片风景。任凭季节变化，在高天淡云下，享受着正午有点暖、晨昏有点凉的畅然和惬意。苍苍的莲蓬上一个个小房子里都有一颗小小的籽粒，正悄悄地长成一枚金色的星星。

我走过绽满野花的小径，从荷塘里小心翼翼地掬起一捧音符，在热烈与深沉之间，把情感的种子从容地撒下，任它落地生根。

冬，雪点亮大地的颜色

一天一夜的大雪落下，不见了山，不见了湖。灰蒙蒙的苍穹下，一马平川、无边无际的旷野上，只不过有所起伏罢了。眼前艳红的指北针雕塑格外招眼，像火苗，似闪电，此时此地，谁看它一眼，都会觉得目光被牢牢粘住，此后再也不会摸不着北了。厚厚的积雪上没有一点人为的痕迹，只有风吹过留下的细细波纹，偶尔一两只鸟儿停留一下，留下的脚印不一会儿就被新落的雪花填平。再就是雪掩盖不住的粗大树干下面黝黑的线条，勾勒出不知名的图案。稀稀疏疏几棵松柏，针叶从厚雪里扎出些尖尖儿，让风雪见证生命的顽强。风起了，雪花随意翻飞，落在我头顶上、衣服上，小颗粒溅在面颊上，凉丝丝的，清爽爽的，神志为之一振。不与这样的大雪相遇，能算从冬季里走过吗？

每座城市都有属于自己的色彩，犹如某个人偏爱某种颜色一样，穿的，戴的，用的，一个色系，自成格调。红色热烈，紫色神秘，绿色生机，黄色活力，蓝色理智……这座城市特有的色彩，就是它的爱与愁，历史与现实。

我觉得，泰安这座城市该属于褐色，大概因为商海大潮也很难冲褪它以农为本的味道，还有巍巍泰山坐落城池的缘故吧，满脸的正经，浑身的敦厚，只有土地的颜色能与它匹配。雪呢，白，美玉无瑕的白，纯洁而轻盈，这样一片土地让白雪一盖，顿时亮了起来：面目全新，多了无限的生动与灵性，厚重里有了妩媚。

看着这大片的茫茫白色，心中不免生发出几许期望和幻想，多么希望纯粹而明亮的白色，能点缀在生活的每一个角落，点亮我余生的分分秒秒。

暮年种菜趣味长

　　赋闲的时光是从容的，心境随之淡然，生活起居、日常活动均做减法，只保留了读书的习惯。空闲多了，时光慢了。脚步明显地迟缓了，体态渐显臃肿起来。日子一长，难免生出些空荡之后的落寞。

　　这一日又是闲来无事，捧一卷古诗词，慢慢品读，读到陶渊明的《归园田居》中"种豆南山下，草盛豆苗稀"的句子，觉得心清气爽，句是好句，境是好境，只有一事想不明白：种豆得豆是常理，怎么会种成这般光景？知道老先生向来疏懒，老境贫困潦倒，那也不至于几垄豆花都懒得拾掇。只存一种可能了：老先生书生意气，种豆只为了怡情，并不在乎收获。这倒符合他别样的生命本真，如若我有块种瓜种豆的园地，万万不能种成这般模样。

　　近年来，城郊之处的房地产开发花样翻新，我偶得一处有庭院的住宅，可着劲儿地压缩花木草坪的面积，挤出一小块辟为菜园，总算圆了我半生的种菜梦：小时候的故乡地处丘陵，没有水浇地，不能种瓜种菜。二十世纪六十年代闹饥荒，最难忘的美味佳肴是从邻村弄来的几颗青菜。当时，无知的幼小心灵，只觉得有菜园的村子景色最美，人最富有，人家村里走出来的孩子也格外水灵，羡慕得不行。还记得，中学下学后干农活，干到日落月升，人乏口渴，跑到小河边全村唯一的一块瓜地里，想摘个瓜解解饥渴，一望月光下风翻绿浪，瓜闪金光，只是少了个持叉扎獾的闰土的景象便陶醉了，呆立良久，竟忘了来干什么了。此后，瓜园菜地与我结下了不解之缘。种菜种瓜，成了一生抹不去的怀想。现在身处泰城景区，全市人均农田不到八分地，这里是名副其实的寸土寸金，我这半分大小的菜园，应该属于铂金级了吧，哪能让它"草盛豆苗稀"呢？

宅在山坡，土本贫瘠，深挖细翻，筛出石块，换上熟土，撒上畜肥，待春风一到，分毫不得闲置；漫水洇透，撒下种子，覆层细土，五六天小小芽儿赶着趟地拱出土来，棵棵带着泥土的芳香，再过两三天，小芽芽又长出一对小翅膀似的叶片。往后，田园一天一个样，黄变成了绿，绿连成了片，看着养眼，品着养心，看着品着还真品出了山青水绿的味道，省去了远足寻春的徒劳。只觉得这才是一天中最美好的事情，穿着简单而宽松的布衣，揣着一颗悠然而平静的心，哼着老旧的曲调，吟着古人"蔓蔓自然生，棘棘花特别，可爱春稍一怒时，物性真清绝"之类的诗句，在举手投足之间扶扶这棵幼苗，展展那片嫩叶，这儿施施肥，那儿锄锄草，侍弄着菜儿、瓜儿、豆儿、茄儿一天天长大。

不错，人勤地不懒，心尽苗儿旺，疏密有致的菜儿瓜儿生机勃勃，葱葱茏茏，可着劲儿地往上长，一天一个样。一个月后，花开了，黄的是各种的瓜儿，紫的是豆荚、茄儿，白的是草莓，引得蝶儿绕间旋舞。清风穿过，叶儿花儿一齐摇曳，承载着生长的快乐、春秋的气息，在怡静的小院儿里弥漫，氤氲着我的心田，温馨着我的岁月。多时落寞积尘的心境渐渐充实、明亮、自在起来。待到收获时节，看着高的矮的、瘦的胖的，菜儿瓜儿果儿堆满箩筐，"种瓜得瓜、种豆得豆"的满足和喜悦挂上眉梢，充溢心间。站在小菜园这一头，回望从前终日耕作在大田里的那一头，其间四十年的风风雨雨、坎坎坷坷消隐不见了，生活又回到自由自在的原点，趣味又归于朴素本真，暮年的生命里多了一片生机，一份踏实。

至于它们变成餐桌上的一道美味，枝枝叶叶浸满了我的汗水和情绪，自然多了一份精心的料理。黄瓜从外到里的碧绿，从头到尾的清脆，永远像个未成年的女孩儿，有款有形地透着灵气，做它只能斩断生吃或者冷拌或者轻炒，就品它那个脆，看它那个绿，悦目而赏心。苦瓜呢，由生自有的瘦削之相，苦寒之味，贫是贫了点，绝无半分贱气，像寒贫之家走出来的骨相朗俊的少年，这是它的本性和真味。它的经典吃法，焯一下凉拌，放在白生生的素瓷碟里，翠是翠、白是白，清爽地摆着，清脆地咬着，满身的浊气、一夏的暑气也就慢慢地消去了。还有细细蜂腰朵朵云片的小芫荽，最显形见味的做法：以高汤为锅底，文火慢烧的清汤，出锅时撒上做个缀头。寡寡的汤，青青的叶，淡淡的香，只有味儿是厚厚的。似一曲《高山流水》，像一对齐眉举案的夫妻，家人或投缘的好友相聚小酌，最适宜不过这味汤了。至于圆圆的西红柿、胖胖的紫茄子，自有属于它们性味的或圆润或肥厚的做法和吃法。在食材安全问题尚未完全解决的当下，我能享受这一份自然、纯粹、可口又可心的美味佳肴，真有说不出道不尽的难得口福和生活乐趣。

小小菜园，日日种菜，给我的暮年生活增添了充实的滋味、收获的欢愉，牵引着我，回味进而了结了半生的经历，重新思索生命的本质和价值。

心底的词句跃然而出：

老蔓释沧桑，

嫩叶承春色，

一院花儿款款飞，

闲伴清风坐。

叶掸面颜尘，

瓜解心情结，

往事何须感叹多，

岁月终归昨。

我的花园我的家

人的一生总会曲曲折折、坎坎坷坷。一帆风顺仅仅是自己的愿望、别人的祝福，十人九不遇。

我的一生不算平坦，真实地经历过生活的艰辛、世态的炎凉、病痛的折腾。十二岁便担负起家庭的重任，劳苦艰辛自不可言，无助无望的孤单和决绝，是没有这番经历的人难以想象的。正是这段苦难，锻造了我自立且坚韧的性格，使我体会到了在逆境中始终保持乐观向上的不易，那真是需要些支撑、润泽，还得有那股劲儿、那股气儿。庆幸的是，这其间没有缺位长辈的挚爱，没有间断养花种草的情趣。灿烂之花，勃勃生机，给我柔弱的生命以慰藉、以照拂。尽管家徒四壁，因为有爱有花，此处足以安身立命。

一九七七年，我带着两脚的泥土迈入大学门槛，生命由此转机。毕业后教书、转而做社会工作，几经换岗，每每努力，沧海沉浮，丰富了阅历，提升了生命的能量。尽可能地付出得到了相应的收获，此生不虚。

闰余成岁，转瞬挥去一个甲子，而今，步入了随心所欲之年，迎来了自由简单的光景。只可惜，种种因素致使健康欠佳。此时此刻，心头想到的第一件事，居然是种花植草，寄意于花草疗伤。于

284

是，未待寒气完全消退，便忙不迭地整好庭院里的空闲之地，把花花草草种下去，不久之后，便收获了一片青芽绿叶。

早春，群山沃野还是一幅慵懒的模样，我的小花园里已经蠢蠢欲动、跃跃欲试了。我一改赖床的旧习，每日里迎着橙色的晨光，在泥土芬芳的花园小径上缓行。看牡丹高高擎起火炬似的花苞，铆足了劲儿准备一展身手。高贵的本性怎会轻易放弃花中夺魁的胜算呢？再仔细看，只见它的脚下，野生的荠菜不声不响地开出一簇簇白花。往常并没有留意它的存在，今天，大地尚在一色枯黄的境地，显得它格外耀眼。难怪古人说："城中桃李愁风雨，春在溪头荠菜花。"荠菜生来就是与早春连在一起的。与它连成片的茵茵绿叶，是不经意中带进来的野花——波斯婆婆纳。它从容不迫地绽开一丛蓝宝石似的小星星，纤巧而精致。偌大的早春莫不是被这群星星唤醒的？其实树有高低，花无贵贱，大有大的雍容，小有小的精巧。纤纤花草与莽莽山川，二者虽形差千里，给人带来的心灵观照却是一样的。仰观天地，俯瞰花枝，人间至道，无非生息。

闲适的日子本来是慢节奏、静时光，一片盎然的生机扫去了其中淡淡的寂寥，使凡尘时光多了禅意，平淡生活不乏清欢。我甘做老花农劳作的热情被点燃起来。于是，天天早起，弓腰曲背，不辞劳苦地精心侍弄它们，哪个芽什么时候发、哪朵花什么时候放、什么时候该浇多少水、什么花该施什么肥，点点滴滴在心头，只差自己不能变成它们中的一员，无以尽情享受大自然的赐予了。

雨来了，细细的，像雾，轻轻地洒在花蕊上、嫩叶上，湿衣不觉，润物无声。花儿叶儿汇集起的水珠，"吧嗒、吧嗒"地落在地上，好像有意让我听见春的脚步。"哦，春不负我，又回来了。"不觉得眼睛有些潮润。伸手到叶尖上，接几滴水珠，凑到嘴边品咂，

285

着意要找回遥远的童真。雨住了，风来了，悠长的声音好像轻音乐，协调着花草摇曳的节奏，谱写成生长的乐章，又一次鼓动起我生命的原动力。上天赐予的生命，是人世间最珍贵的礼物，谁能消费得起？被病痛侵蚀的身心，哪能对花草"背信弃义"一味消沉呢？坚持、坚韧，像那棵水竹芋似的，一任风吹雨打去。

　　春深夏初，到了"开到荼蘼花事了"的季节，我的花园里，花事一如既往地热闹。四季月季和玫瑰，新花接着旧花，一丛丛，一簇簇，五颜六色，一茬比一茬旺。因为挖地深，地气足，施肥多，今年雨水又好，它们花开得大如牡丹，多得数也数不清。我轻抚着花苞，哼起了《花开在眼前》的曲调。那株不起眼的石榴，本在房中养在盆里，总是恹恹的，如今移出花盆一头扎进泥土里，像脱缰的野马，一路奔放，放出一树翩翩欲飞冲天而起的火焰。它不慕领春秀梅的含蓄，不效别秋豪菊的凛然，只有自己任性的热烈、真颜色的恣意展现。"五月榴花照眼明，枝间时见子初成。"石榴花和其他花卉的不同还在于：它从初放就预示着创造与收获。去年初冬刚栽下的一棵紫薇，细细的枝干只有二尺许，被冷落在角落里，仍然有一簇花绽开在枝头。说到它的花期，更是令人咂舌："谁道花无红百日，紫薇长放半年花。"细看枝干上新发出的几个嫩枝条，想必来年真的是繁花似锦、四季如春了。

　　小小花园不只是我的休闲场所，也是我的花艺和诗词的创作之地。园边凉亭下，摆放一桌一椅、一沓纸一支笔，还有插花的一应用具，用收集来的国内外各式酒瓶做花器，花材就地采取，晨光下暖风里，细细摆弄，半天过去，一瓶清可绝尘、亭亭玉立的插花应手而生。悦目而赏心。情思为之所动，文笔为之挥洒，一首首诗词任意流泻。几百个日月下来，一批插花作品做成，百首诗词写就，结集成书，《花间一壶酒》悄然问世，自序的前言名曰："心境如花。"就是在这花丛中亭子里，我和出版社商定好了出版事宜，年底就会有一卷新书在握了。读着出版社对著作介绍中这样的句子：汇聚源远流长又历久弥新的花艺、诗词艺术、酒以及酒瓶艺术于一体，使之交相辉映，自成新曲。传承中华文化的自觉与豪情齐聚心中。我还能为之尽点绵薄之力，而且并非我子身一人，不觉畅然。

七月的花园里亭子间自然是火热的，客厅里也是一番热烈景象，因为，智利伊拉苏等三座酒庄的现任董事长爱德华多·查威克先生到访了。他带着寻求合作的诚意，还有对今日中国百姓生活现状的好奇，到我家中做客，我们自然欢迎这位致力于自己的国家、自己的事业而卓有成效的贵宾了。布置客厅少不了院子里的鲜花，当然，我把它们摆布成了花艺。客人落座，双方畅意融洽地交谈后，茶艺表演，接着交换礼物。我们赠送了书法作品和我的著作《山东野生鸟类》，先生回赠了画册。画册上南美风情浓浓，他打造智利、也是多次蝉联世界盲评满分葡萄酒的情形历历在目。还有一枚精巧的家族徽章，满载他的先辈在二十世纪蝉联智利四任总统、其父蝉联两届世界马球冠军的荣耀！温文尔雅的身躯里是一腔沸腾不止的热血，一颗永远向上向前的英雄之心呀！先生要离开了，他弯腰嗅了嗅花香，说："你们的生活花一样的美。"会心地相视而笑。

暑去秋来，微微的凉意并不排除丰饶，更是个花果争艳的季节。桂花如期开放，花小，味浓，满院子里都是甜丝丝的香气。菊花也是怒放得一发不可收拾，十几个品种齐放，姹紫嫣红，铺排成一片锦绣。那些花谢了、叶落了的，诸如橘子、栀子、木瓜，都捧出了黄的、红的、绿的肥厚果实，使花园增添了丰硕的厚重、收获的喜悦。我嗅着幽幽的桂香，抚摸成熟的瓜果，看一回双飞的蝶舞。偶然捉到一只绿蚱蜢。侧耳倾听，隐隐听得院外草丛中蝈蝈的天籁之音，心境随之荡漾，一直到旷野的远方。

月季花又一次盛开，只是高高的枝头上出现了枯枝黄叶。我不想让它们打扰了这一园子的姹紫嫣红，于是踮起脚尖儿，使出全身的力气去摘除，结果脚跟一寸也没能离开地面。呵，我真的是翻过了生命的山顶，开始走下坡路了，病痛加快了下滑的速度。老迈临门，谁又能阻挡得了呢？但这并不意味着就此对生活失去兴趣，更不能对生命轻言舍弃。生理的衰老远不如心理的衰老更令人可怕。拒绝衰老最好的良药，莫过于对生命始终如一的珍惜，对美好生活始终如一的追求，对心中的花园、远方的风景始终如一的向往。是啊，落叶无法重回枝头，这并不泯灭它安居树枝迎风招展的曾经。假如我今天的生命如同枝头的枯枝黄叶，那又有什么可悲悯可痛楚的呢？它毕竟度过了春夏秋冬，经受了寒冬酷暑，阅尽了所有的风景。以往的花红叶绿早在我的枝头，一年又一年，装点出一幅又一幅美化天地、悦人眼目、陶醉自己的绚丽风景。正如作家三岛由纪夫说的：生似开花之灿，死如落花之美。此生如是，何憾！

看着想着，不知不觉地倦了，歪依在藤椅上。眼前是一座熟悉的四合院，只是房屋塌了，院墙破了，原先青砖黛瓦的高大不见了，只有砖镶粉壁的迎门墙突兀地立在那里，中间大大的"康熙福"字，墨迹剥落，只剩了隐隐的轮廓。墙下，我常年种植的花草依然旺旺地长着，葱茏一片。凤仙花、长寿菊、蝴蝶兰，还有许多从大田里挖来叫不出名字的花花草草，争着挤着长在那里，活泼泼的，水灵灵的。不大的一片花草，把一大片残垣破壁映成了文物般古典而雅致的风景，也滋润了我终日劳作而疲惫的身心，放松了挣扎在困苦中近似崩溃的神经。鼓舞着我憋足了力气迈动前行的步伐，从这里跨出大门，跻身那个阳光与暗夜并存的社会，去求知，去谋生，去追求属于自己的那片天地。

墙角里蹿出两棵眉豆，长长的藤蔓绞在一起，爬过了邻近的残墙，向外无限延伸，花儿密密匝匝开了一丛，豆荚一嘟噜一串地挂满枝秧。一阵辣椒炒眉豆的香味扑鼻而来，是墙后边的厨房里传出来的吧。好奇怪，小时候爱吃的饭食到老都忘不了，这把年纪了，什么山珍海味没吃过，怎么还是恋着那味道。鼻子使劲嗅嗅，嘴巴用力呷呷。猛地醒来，原来一梦。

迷离睡眼，看着阳光下的楼台亭榭，似雾里看花般模糊不清。倒是那院落，那花丛，那菜蔬，清晰在目。少年时种下的花草，在我心中竟然生长了六十多年，陪伴我走过了大半生的沟沟坎坎。不管到什么境地，心中的这片花园，从没有缺少过养心蓄力的生机和色彩。如今，走过了生命中最热闹的那段旅程，终归回到虽蓬乱却自然的境地，身心终得自在而安宁。

那院落这厅堂，或简陋或清雅，都有花草绵延，始终生机勃勃，温馨依旧。它们是我的花园我的家，今生今世，割不断，舍不下。

滋味尽在业余中（跋）

　　一个整天忙得脚不沾地的基层小官吏，硬往作家行里挤，不把自己挤对出难言的窘迫和尴尬来，那才是怪事。诸如：写文章并不懂得多少章法；好端端的素材弄了个有头无尾的半半拉；正在洋洋洒洒写着，一个电话，急务，拔腿就走，回来再也找不到感觉了，弃之不忍，用之缺憾，着急都不知朝哪里发。

　　别说，半路出家的莽撞，傻乎乎的硬挤，还真挤出点儿事：二十年下来，出版了几本书，发表了不少文章，被收录进了几十种选本，还获得了"全国首届冰心散文奖""首届齐鲁文学奖""泰山文艺奖"之类的奖项。特别是身心疲惫的时候，想喝杯茶，歇歇脚，清净清净，说说话，翻来找去，往往找的多是文学圈的朋友。每每抚卷，惜之叹之，石缝里挤出来的小草也是绿色，拥抱春天总会得到温馨。作家这一称谓历久弥深，庄严而尊贵，即便加上"业余"也足以了却心愿，感觉坦坦然了，再往细里品，倒觉得诸般滋味尽在这"挤"字之中呢。

　　"业余"去挤并非易，难在直面世俗上，累在角色转换里。

　　我国历朝历代的散文名篇多半出自有作为有学问的官员，单说唐宋八大家，哪个不身居庙堂？亲经亲历，有事物可赋，有感想可

290

发，鉴史警世，可读可思也就可传了。不知从什么时候起，人们翻出新印象："从政""为文"不可兼得，文章写得好了自然是文人，文人哪能从好政？我正在从政又想弄文，自然被挤在不可和非议之中了。嗟叹之余，不能不审视我们民族文化发展过程中遭受浩劫而断代的史实。而话说得再大，也挡不住现实中或友好规劝或敌意谤毁的种种怪异。那就要考较个人的胆量和见识。好官应该是优秀的政治家，政治家应该是品质高尚的学者，知识经济时代，官员们更应该由"指挥型"变为"智慧型"。就自身来说，忙碌之余，寻一个静下来读书思考的瞬间，保持一种精神的充实、内心的宁静、生活姿态的平衡，然后再到工作中去释放智慧和理性的光芒，二者相得益彰，岂不是人生的一段精彩乐章？

为官为文二者的角色倒是不宜混，官有官道，文有文道，这道非那道，岂容混为一道？官要冷静、理智、决断并身体力行；文要富有激情、感悟、神采飞扬而育己喻世。内圣外王属于伟人的修行，常人难以企及。如若为官时书生气十足，难免误事败绩；为文时一副居高临下的说教面孔，怎不令人生厌；贯穿官道文道却有一条相同的底线，这就是真与实。

至于得与失，各人有各人的把握，人生的终极目标有几个能说得清楚？既然担当了社会职责，就要努力去胜任，业余爱好用业余时间来满足，这样做了，别人再说什么，由他去。从夹缝里挤出又一个自我来，难道不值得去珍惜？

坚持"业余"有其长，长处就在工作繁忙多经历，不用专门去体验，就会有一座取之不尽的富矿。过往的经历写了不少，现在刚卸任繁忙的外事又迎来沉重的教育，这可是个上对着天下对着地的良心活。煌煌一个市，师生八十万，学校上千所，本身就是一篇大文章。大小是个头，教师的待遇与奉献，学生的成长与得失，校舍的建设与安危，哪一项不揪心扯肺的，哪有工夫去"业余"。亲身的体验使我不得不为基层干部说句话：真不易！大变革的时代，几千元的工资，像是把自己押出去似的，负荷重，责任大，二十四小时都不属于自己，哪有那么多的反面形象去刻画？恐怕警世骇俗的传世力作，还得从决定时代命运的规律性环节上去考虑。

跑题了，还是回头说说自己。自古以来无论哪种文学题材无一不是以生活为根，只要实实在在地办教育，不远的将来又会有大量的人与事可歌可叙。艾青不是说过吗，蚕在吐丝的时候，没想到吐出一条丝绸之路来。还有一位作家也说过，作家第一本写的是经历，第二本写的是艺术，第三本写的差不多是垃圾了。我既没有搞艺术的本事，也没有造垃圾的愿望，只能停留在写经历的层面上，感恩生活，来向大有收获而又不弃后进的专家们致以敬意！

图书在版编目 (CIP) 数据

行得春风下秋雨 / 桑新华著. — 北京 : 中国文史
出版社, 2021.1
（跨度新美文书系）
ISBN 978 - 7 - 5205 - 2101 - 7

Ⅰ. ①行… Ⅱ. ①桑… Ⅲ. ①散文集 - 中国 - 当代
Ⅳ. ①I267

中国版本图书馆 CIP 数据核字（2020）第 120113 号

责任编辑：薛未未

出版发行：中国文史出版社

社　　址：北京市海淀区西八里庄路 69 号院　邮编：100142
电　　话：010 - 81136606　81136602　81136603（发行部）
传　　真：010 - 81136655
印　　装：北京新华印刷有限公司
经　　销：全国新华书店
开　　本：720 × 1020　1/16
印　　张：19.5　　　字数：235 千字
版　　次：2021 年 1 月第 1 版
印　　次：2021 年 1 月第 1 次印刷
定　　价：68.00 元